Regine Brühl

Fachwerkmord

W0290717

RHEIN
MOSEL
VERLAG

© 2018
4. Auflage 2022
RHEIN-MOSEL-VERLAG
Zell / Mosel
Brandenburg 17, D-56856 Zell / Mosel
Tel 06542 / 5151 Fax 06542 / 61158
Alle Rechte vorbehalten
ISBN 978-3-89801-407-6
Ausstattung: Stefanie Thur
Korrektorat: Melanie Oster-Daum
Titelfoto: Orchheimer Tor mit Orchheimer Straße,
Stadtarchiv Bad Münstereifel

Damit die kulturelle Vielfalt erhalten und für die Leser bezahlbar bleibt, gibt es die gesetzliche Buchpreisbindung. Deshalb kostet ein verlagsneues Buch in Deutschland immer und überall dasselbe. Ob im Internet, in der Großbuchhandlung, beim lokalen Buchhändler, im Dorf oder in der Großstadt – überall bekommen Sie Ihre Bücher zum selben Preis.

Regine Brühl

Fachwerkmord

Ein Münstereifel-Krimi

Roman

Rhein-Mosel-Verlag

Bad Münstereifel

1 Marienheim
2 Eiscafé Bella Italia
3 Bitburger Bierhaus
4 Café Le Petit und ehem. Wohn- und Geburtshaus von David Kaufmann
5 Printenhaus Portz
6 Gotisches Rathaus
7 Café am Salzmarkt
8 Sankt-Michael-Gymnasium
9 Hotel zur Post
10 Gasthaus En de Höll

A ehemaliges Hotel Hillebrand
B ehemalige Schwanenapotheke (heute Apothekenmuseum)
C *fiktives* Juweliergeschäft von Johann Katz und *fiktives* Buchgeschäft von Inga Meyer
D späteres *fiktives* Wohnhaus der Familie Katz
E ehemaliges Hotel Kolvenbach

© Katasteramt Euskirchen

Kapitel 1
Durch Münstereifels Gassen

Den Entschluss fasste ich einen Tag vor Heiligabend 2014. Mir kam der spontane Einfall, als ich durchs Städtchen schlenderte, um die letzten Weihnachtseinkäufe zu erledigen.

Bad Münstereifels Gassen entlang des Flüsschens Erft waren eingerahmt von Holzbuden, in denen dick eingemummte Verkäuferinnen ihre gestrickten Socken, Sterne, Tonwaren und andere Weihnachtsartikel anboten. Es duftete nach gebrannten Mandeln, Zuckerwatte und gerösteten Maronen. Das Outlet-Center war vor Kurzem eröffnet worden, viele Geschäftshäuser waren aufgekauft worden und wurden noch ausgebaut. Das Konzept der Planer war, die alten Geschäfte aufzukaufen, sie zu renovieren und darin Markenware zu Outletpreisen anzubieten. Im Stadtgebiet wurde viel über das Für und Wider diskutiert. Ich fand es gut, dass nun wieder mehr Leben und viele neue Geschäfte in das eher verschlafene Eifelstädtchen kommen würden, und sah der Entwicklung positiv entgegen.

Das Kopfsteinpflaster glitzerte vom zuvor gefallenen Schnee, der ganz dünn die Straße bedeckte. Die Pfützen waren zugefroren und ich liebte es, mit den Stiefeln aufs Eis zu gehen, bis die Oberfläche Risse bekam und brach. Das Geräusch des Knirschens und Krachens erinnerte mich an meine Kindheit. Die Brücken aus Stein, die schon viele hundert Jahre genauso aussahen, waren beleuchtet und die Steinmauern am Flüsschen wurden erhellt durch Tausende kleiner Lichter. »Have yourself a merry little Christmas« von den Pretenders ertönte aus den Lautsprechern der Holzbuden. Ich kaufte an einem Marktstand einen Engel aus Ton für meine Nachbarin. Jedes Jahr an Weihnachten überraschte ich sie mit einem kleinen Geschenk und hängte es an ihr Gartentor. Zumeist fand ich ein ebenso nettes Präsent am Morgen des ersten Weihnachtstages vor meiner Haustüre.

Der Engel lag in einer geöffneten Hand und schlief. Ich fand ihn einfach schön, so wie er da lag. Sorglos und geborgen. Die

Verkäuferin wickelte ihn in Papier ein, wünschte mir ein frohes Fest und mit ihm schlenderte ich weiter.

Meine Freundin erwartete mich im Café am Salzmarkt. Ich ging über eine der kleinen Brücken und stand vor einem alten Haus, das mir noch nie aufgefallen war, mich aber irgendwie anzog. Es hob sich vermutlich nur deshalb von den anderen Häusern ab, weil es eine heruntergekommene, noch nicht renovierte Fassade besaß und eine braune Haustüre, an der ein Schild aus Schiefer hing. Darauf war mit weißer Kreide geschrieben: »Käufer oder Mieter gesucht.«

Das Haus war ein dreistöckiges Fachwerkhaus, das nur etwa sechs Meter breit war und mich mit seinen kleinen weißen Fenstern gleich ansprach. Es war einmal senfgelb angestrichen worden, jedoch blätterte die Farbe längst ab. Die braunen Balken und das kleine Vordach sahen auch verwittert aus. Ich lugte hinein und sah, dass es aus einem großen und vielleicht noch einem weiteren Raum bestand. Vor meinem geistigen Auge entstand ein kleines Geschäft, in dessen Schaufenstern Bücher ausgestellt sind und allerlei Zuckerzeug wie ausgesuchte Schokoladen und Lollies, die rot-weiß-gestreift und rund waren und so groß, dass sie nicht in den Mund passten. Die beiden Fenster unten würde man in eines umwandeln müssen und bis auf den Boden herab reichen lassen, so dass man in dem großen Schaufenster seine Ware zur Schau stellen könnte.

Ich hatte gerade meinen Job in einem Bonner Buchladen verloren, denn der Besitzer wollte aufgrund rückläufiger Umsätze mit weniger Personal auskommen. Mein Herz hängt aber an Büchern, ein eigener Laden wäre so ein toller neuer Anfang für mich. Ich hatte sehr lange in diesem Buchladen gearbeitet und immerhin eine gute Abfindung erhalten. Mit dieser und meinem Ersparten zusammen müsste man schon so einen Laden finanzieren können, bis er laufen würde ...

Noch in Gedanken versunken erreichte ich das Café, in dem meine Freundin schon auf mich wartete.

»Da bist du ja endlich! Hab schon eine halbe Ewigkeit auf dich gewartet, Inga!«, stöhnte sie und umarmte mich zur Begrüßung. Ihre langen blonden Haare flogen mir ins Gesicht.

»Hallo Babs, ich weiß, bin wieder zu spät, aber ich wurde noch aufgehalten – ich muss dir gleich erzählen, von was!« Ich zog meine Daunenjacke und den roten Schal aus und hängte beides über meine Stuhllehne.

»Wer war's denn diesmal? Eine Politesse, die dir wieder einen Strafzettel verpasst hat und mit der du dich über diese Ungerechtigkeit ausgetauscht hast?« Damit zog sie mich immer wieder auf, nur weil ich ein- oder zweimal über einen Strafzettel so in Rage geraten war.

»Nee, ich hab einen Engel gekauft und dabei ein Haus entdeckt. Hier am Markt. Da hängt ein Schild dran…« Babs Gesichtsausdruck sprach Bände. Sie wollte gerade etwas entgegnen, als sich hinter mir jemand räusperte.

»Hallo, was darf ich Ihnen bringen?«, unterbrach mich die Bedienung freundlich, eine ältere Dame mit schwarzer Schürze und weißer Rüschenbluse, die durchaus zum Stil des Cafés passte. Es war das älteste Café der Stadt und hatte seinen Charme bewahrt. Hier war die Zeit stehen geblieben. »Einen Cappuccino, bitte«, sagte ich und Babs bestellte einen Kakao mit Rum. Die Bedienung verschwand. »Da hing ein Schild, dass ein Käufer gesucht wird. Ist eine alte Hütte, ziemlich altes Fachwerk, aber ich glaube, das wäre was für mich!«

Babs kannte meine Sprunghaftigkeit und meine spontanen einsamen Entschlüsse bereits und fragte: »Und was willst du damit machen?«

»Na, das wäre eine gute Möglichkeit, aus meiner Wohnung herauszukommen und ein kleines Geschäft zu eröffnen. Unten Laden, oben Wohnung. Es hat drei Stockwerke und liegt zentral, direkt am Markt. Ich würde doch so gerne wieder etwas mit Büchern machen …«

»… und da einen Buchladen eröffnen, meinst du?«, fiel Babs mir ins Wort. »Ja, und wie willst du das alles finanzieren?« Babs war immer so euphorisch und positiv!

»Ich werde sehen. Erst mal drüber nachdenken, vielleicht gehe ich morgen mal hin und erkundige mich nach dem Preis. War ja auch nur so eine Idee!« Die Getränke wurden gebracht. Am Nachbartisch saß eine Familie mit Kind. Der etwa fünfjährige Junge plapperte immerzu: »Ich habe Hunger, ich habe Durst, ich habe Hunger, habe Durst ...« Hoffentlich kommt die Bedienung bald, dachte ich leicht genervt und nippte an meinem heißen Getränk.

»Und was sagt Max dazu? Der wollte doch, dass du zu ihm ziehst?«, gab Babs zu bedenken.

»Ach, weißt du, in seiner Wohnung in Rodert ist es etwas zu eng für Zwei. Mir gefällt's hier in Münstereifel einfach besser und so ein eigenes Häuschen wäre eine neue Perspektive. Außerdem werde ich nächstes Jahr dreißig, irgendwann muss man doch mal Nägel mit Köpfen machen. Einen neuen Job zu finden ist auch nicht so einfach. Aber wenn ich mich selbständig machen könnte, ...«

Babs lachte: »Müsste man denn noch renovieren oder ist das Haus in einem Topzustand?«

»Die Fassade ist renovierungsbedürftig, aber dafür wird es auch vielleicht nicht so teuer sein. Zuerst muss ich mal einen Blick ins Innere werfen, bevor ich das überhaupt richtig einschätzen kann.« Ich sah schon, dass Babs nicht meine Euphorie teilte, und wechselte das Thema. »Was gibt's bei dir Neues?«, fragte ich. »Habt ihr schon Pläne für Silvester?«

»Ja, wir fahren zum Skilaufen nach Obertilliach. Mark und ich haben gestern gebucht. Ich bin froh, dass wir uns mal etwas länger sehen können. Seit er in Essen arbeitet, führen wir nur noch eine Wochenendbeziehung.«

Babs kannte ich schon seit der Grundschule. Sie war seit zwei Jahren mit ihrem Freund zusammen und arbeitete als Zahnarzthelferin in einer Praxis am Werther Tor.

Wir unterhielten uns noch einige Zeit, bis sie auf die Uhr schaute und sagte, dass sie nun los müsse.

Ich ging zurück zum Auto und fuhr zum Supermarkt. Natürlich waren viele Kunden im Markt und an den Kassen längere Schlangen. Doch keiner der dort Wartenden war ungehalten und genervt. Ich beobachtete die anderen Leute, die lächelnd miteinander redeten, und dachte: »Typisch Eifel. Hier bricht nicht einmal kurz vor Heiligabend die Hektik aus.« Kurz bevor ich meine Einkäufe aufs Band legte, fiel mir ein, dass ich das Katzenfutter vergessen hatte. Ich drehte, schob den Einkaufswagen an und sprang auf. Ich sauste bis kurz vors Tierfutterregal, bremste etwas zu spät ab und rammte einen Ständer mit Tierspielzeug. Es flogen Bälle, Gummimäuse, Futtertröge und Fellbürsten mit lautem Geschepper herunter. Die bunten Bälle verteilten sich hüpfend in alle Richtungen und ich begegnete dem verärgerten Blick eines älteren Herren mit Hut in Jägeroutfit, der sich kopfschüttelnd und vor sich hinbrabbelnd über mich aufzuregen schien. »Tschuldigung«, murmelte ich schuldbewusst und errötend. Schnell sammelte ich die Artikel auf, nahm noch eine graue Plüschmaus für meinen Kater mit und legte ein Paket Whiskas in den Wagen.

Zu Hause wartete Mikesch schon auf mich, mein rot getigerter Kater lief mir um die Beine herum, bis ich beinahe beim Suchen des Haustürschlüssels über ihn stolperte. »Mikesch!«, fluchte ich laut »du dämliches Viech!«

Mein Nachbar, Herr Johann, zerrte nebenan im Hof etwas Menschenartiges aus seinem Golf heraus. Er war um die 50 und eingefleischter Junggeselle. Nett, aber etwas eigenbrötlerisch.

»Hallo, Herr Johann!«, grüßte ich. Er guckte mit verdrehtem Rücken zu mir herüber und rief: »Frau Meyer, könnten Sie mir mal gerade mit anfassen?« Ich ging zu ihm, Mikesch miaute empört, da er Hunger hatte und nun warten musste. Mein Nachbar war dabei, zwei nackte Schaufensterpuppen, die er in seinem Golf transportiert hatte, heraus zu befördern. Es wehte ein starker Wind, die zufallende Tür behinderte sein Vorhaben. Ich hielt sie fest und schaute ihm dabei zu, wie er fluchend die Puppe aus dem Auto hievte.

»Was tun Sie mit denen?«, fragte ich ihn.

»Nun, da zuletzt noch in unserer Straße eingebrochen wurde, werde ich mich zur Wehr setzen und diese Puppen ankleiden und dann in mein Fenster stellen, so als Abschreckung, wenn ich im Schichtdienst bin und keiner zu Hause ist.«

Okay, dazu fiel mir nun auch nichts mehr ein. Diese Plastikdinger wollte der sich in der Wohnung aufstellen. Eifler sind komische Menschen, dachte ich bei mir. Ich musste ihn etwas irritiert angeschaut haben, denn er fügte noch entschuldigend hinzu: »... auch, wenn ich nächste Woche in Urlaub fahren möchte. Zwei Wochen nach Baden-Baden.« In Urlaub nach Baden-Baden, aha. »Ich möchte Sie dann auch bitten, nach meinen Haustieren zu sehen, wäre das möglich?« Bittend schaute er mich an und ich nickte. »Eine kurze Einweisung werde ich Ihnen dann noch geben.«

Eine Einweisung. »Um welche Tiere handelt es sich denn?«, fragte ich vorsichtig nach. »Um Wilhelmine, meine Schildkröte, und um ... najaa, ich besitze ein Terrarium, darin lebt meine Isobelle, sie ist eine Kornnatter.«

»Eine SCHLANGE!?«, stieß ich hervor. Alles würde ich füttern, aber vor Schlangen fürchtete ich mich. »Sie ist ganz pflegeleicht und sehr genügsam«, versuchte er zu beschwichtigen. »Kommen Sie doch herein, ich zeige Ihnen meine Isobelle.« Sehr unwillig und zögerlich folgte ich meinem Nachbarn. In seiner Wohnung sah es ziemlich unordentlich aus, jedoch hatte er seiner Schlange einen schönen Platz am Fenster hergerichtet. Ein riesiges Terrarium. Ich hoffte, das Haustier würde sich heute nicht zeigen wollen, aber Isobelle sonnte ausgestreckt an der vorderen Wand und schien uns bereits gesehen zu haben. Sie hob interessiert den Kopf. Ich hielt mindestens zwei Meter Sicherheitsabstand vom Terrarium. Das Reptil war ziemlich lang, ich schätzte seine Körperlänge auf über einen Meter, es hatte eine auffällige gefleckte Färbung in Braun-Orange. Eigentlich hätte man Isobelle als schön bezeichnen können. Im Terrarium befanden sich ein ausgehöhlter Baumstamm und Äste, außerdem ein großes Wasserbecken, eine Waldlandschaft in Miniatur. »Kornnattern brauchen nicht viel zu fressen. Meine ist eine juvenile, also halbwüchsige Schlange, sie benötigt nur alle zehn bis vierzehn Tage Futter.« Er griff zum Deckel und wollte mir sein Schätzchen präsentieren, aber ich hielt ihn noch schnell zurück. »Bitte erst einmal nicht öffnen, ich muss mich erst langsam an das Tierchen gewöhnen.«

Herr Johann blickte mich etwas verständnislos an und meinte: »Aber sie ist ja nicht einmal giftig und völlig harmlos für den Menschen. Ich kann das Terrarium jedoch unmöglich zu einem Freund bringen, das bedeutet unglaublich viel Stress für Isobelle.« Welchen Stress allein der Anblick dieser Schlange für mich bedeutete, konnte er sich vermutlich nicht vorstellen. »Ja, und wo steht das Futter?« Einmal in seinem Urlaub würde ich mich wohl überwinden können, ihr Futter in einen Spalt des Terrariums zu schütten ... ich suchte nach einer Packung mit Schlangenfutter. »Das Futter befindet sich in der Garage, kommen Sie mit.« In einem weiteren Käfig hielt mein Nachbar Mäuse. »Hier entnehmen Sie dann eine der Mäuse und geben sie Isobelle ins Terrarium.« Ich glaubte, er scherzte. »Wie bitte? Lebend?«

»Ja, Schlangen fressen ja auch in der Natur nur lebendige Tiere. Sie brauchen das. Manche Tierhalter geben ihren Schlangen auch zuvor eingefrorene Mäuse, aber Isobelle lehnt das strikt ab. Sie liebt die Jagd. Es kann vorkommen, dass die Maus in ihrer Todesangst anfängt, Iso zu attackieren und zu beißen, dann müssen Sie sofort eingreifen und die Maus herausnehmen.« Das fehlte mir noch.

Ich sagte nichts mehr. Ich würde Max fragen, ob er diesen Part der Nachbarschaftshilfe übernehmen könnte. Schnell verabschiedete ich mich von Herrn Johann unter dem Vorwand, nun mein eigenes Haustier füttern zu müssen, und verließ fluchtartig die Junggesellenwohnung.

Mein Nachbar folgte mir, nahm die Schaufensterpuppen, die am Auto lehnten, und trug sie zum Haus. Er bedankte sich überschwänglich für meine Hilfe. Dann drehte er sich noch einmal um und rief: »Haben Sie vielleicht noch ein paar alte Klamotten, die ich den Puppen anziehen könnte?«

»Ja, ich habe noch einen Altkleidersack mit ausrangierten Kleidern von mir, die überlasse ich ihnen gerne.«

Ich ging zu meiner Nachbarin Elke hinüber und stellte den Engel an die Haustüre. Sie würde später von der Arbeit nach Hause kommen und ihn dann finden.

Mikesch trabte hinter mir her in meine Wohnung und bekam sein Futter. Die mitgebrachte Plüschmaus machte keinen besonders großen Eindruck auf ihn, er zerbiss sie und ließ sie dann in der Ecke liegen. Wahrscheinlich hätte ich ihm besser eine Lebendige von Herrn Johann mitgebracht. Ich kochte mir Nudeln und machte einen Salat an, während es zu schneien begann.

In der Nacht wehte ein unheimlicher Wind, die Äste krachten gegen den Balkon meiner Wohnung und diese Geräusche verfolgten mich bis in meine Träume. Eine Haustüre, es war die alte braune Tür aus dem Fachwerkhaus, knarrte laut in den Angeln, da sie offen stand. Ich betrat den Korridor des Hauses und sah viele gelb leuchtende Katzenaugenpaare und Masken an der Wand. Im Hausflur waberte Nebel, der langsam emporstieg, welch eigenartige Stimmung. Eine Art Trauer. Ein kleines Mädchen lief vor mir die Treppe herauf. Es sang ein Lied »Röslein auf der Heide …« Irgendwas mit einem Knaben. Eine schöne Melodie. Ich folgte ihr die Treppe hinauf, die furchtbar unter meinen Schritten knarrte. Auf der obersten Stufe angekommen, fiel ich hinab in ein tiefes Loch … ich fiel und fiel …

Kapitel 2
Anna

08. Januar 1935

Heute ist ein besonderer Tag. Ich habe die Prüfung bestanden und darf mich nun mit meinen 20 Jahren »Goldschmiedemeisterin« nennen. Papa, der mich ausbildete, ist sehr stolz auf mich. Er schenkte mir ein schönes lindgrünes Buch mit leeren Seiten, in dem ich meine Ideen und Skizzen festhalten kann. Ideen habe ich eine Menge, es ist gerade so viel los in meinem Leben. Ich werde dieses Buch als Tagebuch benutzen und hineinschreiben, was ich erlebe.

Papa wird mich weiter beschäftigen können, wir haben im Juweliergeschäft in Münstereifel viel zu tun. Erst gestern kam Herr Schwarz ins Geschäft und bestellte Eheringe für sich und seine Zukünftige, diese werde ich jetzt nach seinen Wünschen anfertigen. Meine erste eigene Arbeit.

Heute steht in der Münstereifeler Zeitung, dass ein neuer Kinofilm läuft. »Mein Herz ruft nach Dir« mit Jan Kiepura und Marta Eggerth, Theo Lingen und Paul Hörbiger. Den muss ich sehen. Marta Eggerth ist eine begnadete Sängerin. Werde meine Freundin Christa fragen, ob sie mich begleiten möchte. Das Leben ist schön.

Es schneit und schneit, ich glaube, wir bekommen nach all dem Regen der letzten Wochen doch noch einen echten Winter.

Vor vier Tagen wackelte morgens die Erde. Um kurz nach 5 Uhr wurde ich wach, sprang aus meinem Bett und fragte mich, was denn das nun wieder sein könnte. Als meine Eltern mir im Nachthemd verschlafen und verschreckt auf dem Flur begegneten und wir erst gar nicht wussten, was los ist, hörte das Wackeln und Grollen schon wieder auf. Mama weckte meinen Bruder Elias, den nicht mal ein Beben erwachen lässt, und packte daraufhin wie bei einem schweren Gewitter in Windeseile die Nottasche, um bei einem Nachbeben das Haus schnell verlassen zu können. Was auch immer sie da in die Tasche packt, weiß ich gar nicht genau. Ich muss sie mal fragen. Papa lief die

Treppe runter ins Geschäft und schaute nach den Auslagen, es war aber zum Glück nichts zerbrochen.

In der Nacht blieb es ruhig. Wir haben alle schlecht geschlafen. Erst am Morgen erfuhren wir, dass es ein Erdbeben gegeben hat, das die Erdbebenwarte Bochum meldete. Es stand auch in der Zeitung.

Sonntag, 07. April 1935

Christa und ich sind heute mit dem Kraftpostbus nach Mahlberg gefahren und auf den Michelsberg gewandert. Es war erst ein schöner Tag. Endlich frühlingshaft. Von der Plattform des Turms konnten wir die ganze Gegend überblicken, doch dann sahen wir eine dunkle Wolkenwand aus Richtung Decke Tönnes heranziehen. Der Decke Tönnes ist eine Kapelle im Wald, die ich manchmal besuche, um eine Kerze anzuzünden. Ein magischer Ort, der mir jedes Mal neue Kraft gibt und neuen Mut.

Auf dem Rückweg herab vom Michelsberg überraschte uns dann ein Wolkenbruch. Wir rannten hinunter zur Gastwirtschaft Manheller und waren nass bis auf die Haut, aber das war uns egal.

Katharina Manheller, die Wirtin, gab uns Handtücher und goß uns heißen Kakao ein. So konnten wir uns aufwärmen und nebenbei noch die Neuigkeiten aus der Mutscheid erfahren. Ich wollte wissen, warum die Leute die Mahlberger immer »Heuköpp« nennen. Die Wirtin lächelte und erklärte uns: »Den Namen haben wir seit einer Tanzveranstaltung, die einmal in unserer Wirtschaft stattgefunden hat. Wir lagerten das Heu auf dem Boden hier üben dem Tanzboden. Als die Menschen tanzten, rieselte durch die Erschütterungen das Heu von oben durch die Ritzen der Holzdielen herab auf ihre Köpfe. Die Gäste aus anderen Dörfern lachten natürlich und gaben uns den Namen, der sich seitdem hartnäckig hält.«

Als wir wieder trocken waren, kam der Omnibus und brachte uns nach Hause.

Kapitel 3
Erster Kontakt

Am Morgen erwachte ich vom Miauen des Katers, der auf meiner Decke am Fußende stand und ungeduldig auf mir herum trampelte. So ein Tyrann! Ich stieg aus dem Bett und fütterte den alten Kerl, dann ließ ich ihn hinaus. Mikesch tappte vorsichtig durch den Schnee. Ich machte mir einen Kaffee und legte mich noch mal ins Bett. Heiligabend. Da darf man das.

Kurz überlegte ich mir, was ich gleich noch tun müsse, denn abends würden Max und mein Bruder Tobi samt Freundin zum Essen kommen. Zunächst würde ich meinem Nachbarn meinen Altkleidersack vorbeibringen, damit er seine Schaufensterpuppen einkleiden kann.

Herr Johann freute sich über die Anziehsachen und bat mich kurz herein. Seine Terrassentür stand offen, er zeigte mir seinen Garten und betonte, dass ich ja auch noch seine zweite Mitbewohnerin kennenlernen müsse. Er ging in die Küche und öffnete einen kleinen Kühlschrank, der in der Ecke stand. »Hierin wohnt im Winter meine Wilhelmine.«

»Wie?« Ich muss ihn sehr schockiert angeschaut haben, denn er fuhr sofort fort.

»Wilhelmine ist meine Schildkröte, sie befindet sich gerade in der Winterstarre, das ist so ähnlich wie ein Winterschlaf. Damit sie sich in einem Raum mit konstanter Temperatur zwischen 4 und 6 Grad Celsius aufhalten kann, der zudem noch dunkel sein sollte, habe ich ihr einen Kühlschrank besorgt, in dem sie den Winter verbringen kann. Auf diesem Thermometer können Sie die Temperatur problemlos überwachen. Der Kühlschrank ist wirklich der beste Ort für sie, um zu überwintern.«

»Und wie lange hält sie ihre Winterstarre?« Ungläubig betrachtete ich das Tier, das in einem mit Moos und Laub ausgelegten Karton halb eingebuddelt war und zu schlafen schien.

»Drei bis fünf Monate!«, antwortete der Nachbar, nahm eine Sprühflasche hervor und besprühte Wilhelmine. »Was tun Sie nun?«, wollte ich wissen.

»Ich besprühe sie von Zeit zu Zeit mit etwas Wasser, damit sie nicht austrocknet.«

»Ah ja, okay.« Ich fragte mich allmählich, ob man so sonderliche Ideen entwickelt, wenn man zu viel allein ist, und was Tierschützer zu dieser Methode wohl zu sagen hätten. »Sie müssen nur darauf achten, dass Sie während meines Urlaubs ein bis zweimal die Woche die Kühlschranktür öffnen, damit genug frische Luft hineingelangen kann, und ab und zu etwas Wasser sprühen.« Er händigte mir noch seinen Zweitschlüssel aus, bevor ich mich von ihm verabschiedete und ihm einen schönen Urlaub wünschte.

Ich fuhr die Windhecke entlang und den Berg hinab nach Münstereifel. Direkt am Michael-Gymnasium fand ich einen Parkplatz und ging zu »meinem« Haus, das direkt an der Erft lag.

Das Schieferschild klapperte im Wind gegen die Türe. Licht brannte im Flur, welches durch die Oberfenster der Tür schimmerte. Ich klingelte. Und zuckte zusammen, so schrill schellte die Klingel. »Die muss ich auf jeden Fall ausbauen!«, dachte ich, während sich nach kurzer Zeit die Tür öffnete und eine alte Dame neugierig lächelnd »Guten Tag« sagte.

»Guten Tag«, antwortete ich, »meine Name ist Inga Meyer, ich habe gerade Ihr Schild gelesen. Sie möchten Ihr Haus verkaufen?«

Sie musterte mich. Dann öffnete sie langsam ihren Mund und sagte: »Ja, ich verkaufe oder vermiete mein Haus. Möchten Sie eintreten?«

Erleichterung überkam mich. Das Eis war gebrochen und die erste Hürde genommen.

»Ja, gerne«, sagte ich und folgte ihr.

Der Geruch im Haus (ich finde Gerüche immer äußerst wichtig) war ein Gemisch aus Bohnerwachs und Schuhputzmitteln sowie Kaffeebohnen und frisch gebügelter Wäsche. Es roch so vertraut. Vermutlich erinnerte mich dieser Geruchmix an die Ferien meiner Kindheit bei Großmutter, in deren Haus es ebenso gerochen hatte. Ein vertrautes Gefühl stellte sich ein. Ich folgte der Frau in ihre Küche, zu der man aus dem Flur links abbog und die einfach und ein wenig altmodisch eingerichtet war. »Bitte setzen Sie sich«, bat sie mich. »Ich kann ihnen gerne eine Tasse Kaffee anbieten.« Ich nickte dankend und betrachtete die grünen Kacheln hinter der Spüle, die mit Prilblumen aus den Siebzigern beklebt waren. »Mein Name ist übrigens Tilla Brecht, ich wohne schon seit rund fünfzig Jahren hier. Aber allmählich werde ich zu alt, um allein zu wohnen. All die Treppen strengen mich zu sehr an. Ich habe mich im Marienheim erkundigt und kann dort im nächsten Jahr einen Platz haben.« Während sie mir gleich ihr halbes Leben erzählte und erläuterte, dass eine Bekannte von ihr auch dort im Altenheim wohnte und sehr zufrieden sei, wurde mir ein dampfender Kaffee in einer rosa-weiß-geblümten Tasse hingestellt, Zucker und Milch in badewannenähnlichen Schalen, und ich hörte erst einmal zu und genoss meinen Kaffee mit Zucker und Milch. »Und nun würde ich gerne verkaufen oder vermieten. Warum haben Sie denn Interesse, Frau ...?«

Natürlich hatte sie meinen Namen vergessen. »Meyer. Ich spiele mit dem Gedanken, hier einen Laden zu eröffnen.«

»Ah. Was für einen Laden? Was möchten Sie verkaufen?« Die alte Dame mit den schlohweißen Haaren und der Brille war neugierig. Ihre hellblauen wässrigen Augen sahen mich aufmerksam an.

»Ich möchte Bücher verkaufen, besondere Bücher, die ich selbst liebe, und außerdem Leckereien, Schokoladen und ähnliches. Wäre es für Sie vorstellbar, dass ich hier kleine Umbauarbeiten vornehme, um die untere Etage Ihres Hauses als Verkaufsraum nutzen zu können?« Ich schaute mich um. Die Küche könnte als Verkaufsraum dienen, zusammen mit dem Vorratsraum, der nach hinten die Küche erweiterte. Ein relativ großer Raum.

»Aber ja, ich wüsste nicht, was ich dagegen haben sollte. Sie müssten wahrscheinlich das ein oder andere Zimmer renovieren, ich konnte in den letzten Jahren nichts mehr machen. Ich kann Ihnen die oberen Räume zeigen, kommen Sie.«

Wir gingen eine Holztreppe hinauf in den ersten Stock, in dem das Wohnzimmer lag. Vier Fenster ließen viel Licht herein. Alte Eichenmöbel und eine scheußliche grüne Couchgarnitur aus den sechziger oder siebziger Jahren, schätzte ich, füllten den Raum aus. Hier würde man wohnen.

»Hier werden Sie sicher vieles moderner einrichten können, kommen Sie noch eine Treppe herauf, dort sind das Schlafzimmer und mein kleines Bad.« Ich folgte der Alten, die an die Achtzig sein musste und sichtlich Mühe hatte, die Stufen heraufzugehen. Keine Masken an den Wänden wie in meinem Traum. Ich war regelrecht erleichtert. Ganz oben gab es ein hübsches Schlafzimmer im Jugendstil, eine Kommode, einen Flokati und ein schönes Ölgemälde mit einem See im Sommer, auf dem Seerosen blühten. »Monet! Wie schön!«, entfuhr es mir, während ich aus den Fenstern schaute und auf den Zwentiboldbrunnen und das Flüsschen Erft sah. Frau Brecht öffnete hinter meinem Rücken eine weitere Tür. »Hier schauen Sie, das wäre das Bad.« Ich warf einen Blick hinein und sah eine wunderschöne alte Keramikwanne, eine Toilette und ein Waschbecken. Über dem Klo ein Fenster. Das Bad sowie alle anderen Räume verfügten über Heizkörper und die Räume machten keinen heruntergekommenen Eindruck, sondern waren liebevoll gepflegt. Ich war recht begeistert. Hier könnte ich mir wirklich vorstellen, zu wohnen. Nur, wo würde ich meine Küche unterbringen, wenn ich den Verkaufsraum unten nutzen wollte?

Frau Brecht ging wieder, sich am Geländer festhaltend, voran die Treppe herab und zeigte mir im ersten Stock noch eine weitere Türe, die ans Wohnzimmer grenzte. »Hier ist noch ein Abstellraum. Den habe ich nicht genutzt. Früher war er mal das Arbeitszimmer meines Mannes, aber der ist seit zwanzig Jahren tot.«

Der Raum war zwar nicht sehr groß, jedoch hatte er ein Fenster nach hinten und würde vollkommen ausreichen, um dort eine kleine Küchenzeile zu installieren. Ein Kühlschrank und eine Waschmaschine hätten auch noch Platz. Perfekter könnte es nicht sein, dachte ich.

»Das Haus gefällt mir gut, ich könnte mir vorstellen, es zu kaufen«, sagte ich.

»Das freut mich. Ich müsste mir aber noch Gedanken über den Verkaufspreis machen, darüber sollte ich noch einmal mit meinem Sohn Walter sprechen, der in Köln lebt. Er ist Anwalt und könnte uns auch einen Vertrag schreiben. So einen braucht man doch, wenn man so etwas macht, oder?« Sie guckte mich leicht verunsichert an.

»Ich denke, das wäre eine gute Idee. Überlegen Sie in Ruhe, was Sie verlangen möchten, und besprechen Sie das mit Ihrem Sohn. Ich komme dann in ein paar Tagen wieder, wenn Weihnachten vorbei ist. Und dann können wir über weiteres sprechen. Ich wünsche ihnen ein frohes Fest«, sagte ich und verabschiedete mich.

Die alte Dame schien sich mit dem Gedanken anfreunden zu können, mir ihr Haus zu verkaufen. Wir fanden uns gegenseitig sympathisch. Als ich auf die Straße trat, war der Markt bereits voller Leute und leise Weihnachtsmusik untermalte die Stimmung. Ich war einfach guter Laune und voller Hoffnung, dass ich vielleicht die Chance für einen Neuanfang bekommen würde. Eine dunkel gekleidete Frau kam auf einen Stock gestützt aus der Tür des Nebenhauses. Sie musterte mich skeptisch und fast feindselig, tiefe Falten durchzogen ihr Gesicht. Fragend blickte die Alte mich an: »Möchten Sie das Haus von Brechts etwa kaufen?« Neugierige Menschen gibt es! Ich war mir selbst noch nicht sicher, jedoch nickte ich und erklärte: »Vielleicht schon.«

»Das ist ein Fehler. Ich warne Sie. Dieses Haus hat eine schlechte Aura.« Sie drehte sich um und verschwand in ihrem Zuhause, noch ehe ich etwas erwidern konnte. Ein Piep in meiner Manteltasche holte mich zurück aus meiner Erstarrung, mein Smartphone zeigte eine Whatsapp-Nachricht von Max an. »Hi! Wo steckst du? Wollen wir um 12 Uhr was essen gehen?«

Ich tippte: »Klar, wie wär's mit dem Bitburger Bierhaus? Einen Burger futtern?«

Piep. »Gut, bis gleich! See you!«, textete Max, kurz und auf den Punkt gebracht wie immer.

Ich ging grübelnd und ziemlich geschockt über die Bemerkung der Frau den kurzen Weg hinunter zum Bierhaus und ließ mich auf einen freien Platz fallen. Max ließ mich nicht lange warten. »Hey, hast du schon was bestellt?«, fragte er und gab mir einen Kuss. Ich verneinte und schaute in die Karte. Als der Kellner kam und wir bestellten, waren wir schon in eine anregende Diskussion vertieft. Ob es Sinn machte, das Haus zu kaufen, oder ob es völliger Blödsinn sei. Max wollte natürlich sofort alles wissen. Ich berichtete ihm von meinem Besuch bei Frau Brecht und beschrieb ihm die Zimmer, aber verschwieg den Zusammenstoß mit der Nachbarin. »Die Fassade müsste renoviert werden, aber innen war das Haus in einem guten Zustand. Auch die Böden waren schön. Es gäbe sogar genug Platz für deine Zahnbürste und deine Lateinbücher, ...« Grinsend schaute ich ihn an. Max war Lateinlehrer am St.-Angela-Gymnasium. Bücher und alte Dinge waren sein Leben. Er wohnte in einer kleinen Wohnung in Rodert und war mit mir seit einem Jahr zusammen. Er liebte es, Originaltexte von Caesar zu übersetzen, in alten Schriften war er zu Hause.

»Naaa, nichts überstürzen!«, mahnte er, »zunächst einmal gucken wir uns das Haus an und dann musst du ja hören, welchen Preis die Frau verlangt. Ich komme gern mit und schau mir alles an. Und daaaann überlege ich mir das mit der Zahnbürste, EMMA!«

So nannte er mich immer, wenn er mich ärgern wollte. Emiliane war mein Zweitname, auf den ich keinen besonderen Wert legte. Er hört sich so vornehm an. Wir aßen unsere Burger und tranken ein naturtrübes Bier, dann wechselte ich das Thema und erzählte ihm von seiner neuen Aufgabe als Tierpfleger meines Nachbarn. »Wieso soll ich das machen?«, frozzelte er. »Es ist DEIN Nachbar und du hast deine Hilfe zugesagt ... Schlangen, ich hasse sie.«

»Ach, Max, tu mir doch einmal einen Gefallen, du kannst mich nicht hängenlassen.«

»Gut, dann werden wir uns gemeinsam um die Schlange und die Schildkröte kümmern.« Ein bisschen mehr Mut hätte ich mir schon von Max erhofft. Früher mussten Männer Mammuts jagen, er sollte nur zwei Tiere füttern, das war doch nicht zu viel verlangt. Er gab dem Kellner ein Zeichen.

»Wir werden sehen ... jetzt muss ich noch in den Supermarkt, um die Zutaten für unsere Pizza zu besorgen, die wir heute Abend zubereiten wollen.« Ich sprang auf.

»Wann kommen Tobias und Vany denn?«, wollte Max wissen. Mein Bruder hatte sich wie immer nicht festgelegt und meinte, sie kämen heute Abend gegen 19 Uhr, was alles bedeuten konnte. Wir hatten uns daher darauf geeinigt, Pizza zu machen. Wir konnten sie vorbereiten und nachher in den Ofen schieben. Da war es egal, ob Tobi und seine Freundin pünktlich eintreffen würden. Max schien jedenfalls von meiner fixen Idee mit dem Haus gar nicht so abgeneigt zu sein. Nach den Weihnachtstagen würden wir weiter sehen. Max zahlte die Rechnung.

»Kommst du mit zum Einkaufen und dann den Weihnachtsbaum aussuchen und absägen? Du könntest mir beim Tragen helfen!«, schlug ich vor. Max maulte: »Klar, zum Zahlen, Tragen und Schlangen füttern bin ich gut genug ...«, und zog sich seine Jacke über.

Kapitel 4
Anna

15. April 1935

Wir haben jetzt eine Baustelle vor der Haustüre, der Kanal wird gerade angelegt. Hier ist ein Lärm den ganzen Tag! Aber das Beste ist: An der Oberfollmühle in Eicherscheid wird eine Sommerbadeanstalt gebaut. Ich habe es heute Morgen in der Zeitung gelesen. Das wird Klasse, sie beginnen gerade mit den Bauarbeiten in der Nähe von Hendrichs Weiher. Endlich tut sich was in unserer Stadt.

Die kleine Schwester meiner Freundin Christa geht in zwei Wochen mit zur Ersten Heiligen Kommunion. Obwohl Papa Jude ist, hat Mama ihr in der Buchhandlung Schulte ein Gebetbuch mit ihrem eingravierten Namen gekauft. Christas Schwester Lucia geht bei uns jeden Tag ein und aus, sie ist ein lustiger Fratz und fast wie eine Schwester für mich. Sie kommt immer mit ihrer Katze im Schlepptau zu uns, die Glückskatze tappt ihr auf Schritt und Tritt hinterher. Lucia ist sicherlich heimlich in meinen Bruder Elias verliebt. Und Elias ebenso vernarrt in sie. Sie haben bunte Wollbänder geflochten und sie ums Handgelenk gebunden als Zeichen ihrer Verbundenheit. Elias schenkt ihr auch immer seine schönsten Murmeln. Er wird übernächste Woche zehn Jahre alt und möchte nur mit Lucia zusammen feiern. Mama erlaubte ihm, fünf Kinder aus seiner Klasse einzuladen und will seinen Lieblingskuchen, den Frankfurter Kranz, für ihn backen. Er aber besteht darauf, den Tag nur mit Lucia zu verbringen. Sie wollen den Kuchen einpacken und hinauf in die Wiesen gehen, um dort ein Picknick zu veranstalten und auf die Stadt zu blicken. Mama meinte, auf dem Weg hinauf würde doch die Buttercreme zerlaufen, noch ehe die beiden auf dem Berg angelangt seien. Dann müssten sie eben schneller laufen, war Elias' Antwort, der sich wie immer nicht von seinen Plänen abhalten lässt.

Neuerdings sammle ich Olympiahefte. Die gibt es jetzt bei Schulte für 10 Pfennig zu kaufen, man kann alles über die Olympischen Spiele, die nächstes Jahr in Berlin stattfinden werden, erfahren. Da würde ich zu gerne dabei sein.

Die Eheringe sind mir gut gelungen, Herr Schwarz war sehr zufrieden und gab mir ein paar Reichsmark Trinkgeld. Seine zukünftige Frau ist allerdings furchtbar hochnäsig. Sie war bei der Abholung der Ringe mit im Geschäft und machte ein riesiges Gehabe um die Anprobe. In allen Einzelheiten schilderte sie die Vorbereitungen zu ihrer Hochzeit, die im Mai im Hotel Hillebrand stattfinden wird. Als sie mit ihrem Zukünftigen das Geschäft verließ, waren Papa und ich sehr erleichtert.

21. Mai 1935

Juchu, der Zirkus Krone kommt nach Euskirchen! Ich muss unbedingt Karten besorgen. Sie werden vom 8. bis 10. Juni in der Stadt sein. Als ich das heute früh aus der Zeitung vorlas, schüttelte Mama den Kopf und sagte, ich hätte wohl nur Flausen im Kopf. Ich erklärte ihr, es wäre schließlich der größte Zirkus Europas und sonst wäre ja nie was los. Da muss man doch hin. Ich erklärte mich daraufhin aber bereit, Elias mitzunehmen, wir werden mit Christa und ihrer Schwester zusammen die Vorstellung besuchen. Da war Mama einverstanden. Mit meinem kleinen Bruder als Aufpasser unterwegs werde ich wohl nie einen Mann kennenlernen. Christa und ich werden als einsame Jungfern sterben, das sehe ich schon kommen.

Papa schließt abends das Geschäft um 19.30 Uhr. Ich finde das gut, denn so bleibt mir mehr vom Abend. Mama helfe ich dann noch etwas im Haushalt, aber eigentlich habe ich recht viel freie Zeit. Der Abend und die Sonntage gehören mir.

Im letzten Olympiaheft gab es ein Preisausschreiben, ich habe da einmal mitgemacht. Man kann ja nie wissen, es gibt 1000 Preise zu gewinnen.

Elias und Lucia haben übrigens »geheiratet«. Ihr Freund Thomas musste als Pastor ihre Trauung vornehmen, wir haben uns alle darüber königlich amüsiert, wie die beiden Kinder mit Mamas Tischdecke und Papas Krawatte verkleidet zum Traualtar (dem Küchentisch) schritten und feierlich die Ringe aus

Alufolie austauschten. Einen nassen Kuß gab es auch. Über die katholische Zeremonie gab es keine Diskussionen, Elias war es egal, wie er getraut wurde. Selbst Mama und Papa haben das Ganze lächelnd zur Kenntnis genommen.

Kapitel 5
Im Tannenwald

Mit dem Schlagen oder Absägen des Weihnachtsbäumchens begann für mich jedes Jahr der Heilige Abend. Nachdem die Einkäufe in meinem Kofferraum verstaut waren, fuhren wir in meinem roten Mini zur Schonung nach Soller. Der nette Rentner Toni, der die Bäume verkaufte, hatte viel zu tun, doch er begrüßte uns freundlich: »Hallo, da kommt ihr aber spät, ich hoffe, ihr findet noch ein ordentliches Bäumchen.«

»Da bin ich sicher!«, gab Max zurück, und wir liefen mit meiner Handsäge durch den kleinen Wald. Eine putzige Nordmanntanne, die ungefähr einen Meter groß war, gefiel uns sofort, und Max sägte sie etwas umständlich ab. Wir ließen sie bei Toni einnetzen und gaben ihm einen Zwanziger. Es waren auch noch einige andere Leute in der Schonung unterwegs, die einen Baum suchten, und es gab Glühwein, den wir genossen, während zwei Jungen nacheinander durch den Einnetzer krochen und dann verpackt aus diesem lachend herausrutschten. Toni knotete das Netz über jedem zusammen und sie hüpften hinter ihren Eltern her, die den Tannenbaum nach Hause trugen. Da hier oben im Höhengebiet von Münstereifel schon ordentlich Schnee lag und der Glühwein so herrlich schmeckte, kam Weihnachtsstimmung bei mir auf. Ein klein wenig beschwipst trugen Max und ich den kugeligen Baum in mein Auto und legten ihn auf die Rücksitzbank. In den Kofferraum würde er nicht passen. Der war ja auch voller Lebensmittel. Vom Handy aus rief ich meinen Bruder Tobias an und fragte ihn, ob er am Abend noch eine gute Flasche Wein oder zwei aus seinem Vorrat mitbringen könnte. Natürlich wurde das Gespräch durch das Schönauer Funkloch unterbrochen und ich musste nach der Ortschaft noch einmal durchwählen.

Zu Hause räumten wir die Einkäufe aus und Max stellte das Bäumchen in meinen Weihnachtsbaumständer. Es tropfte noch ein wenig und ich legte Zeitungspapier darunter. Wir lachten, weil es ziemlich wüst aussah und noch nicht sehr festlich. Mein Kater sprang an den Zweigen hoch und schien ganz entzückt, dass nun immer frisches Trinkwasser im Ständer vorhanden war. Gierig trank er daraus, nachdem ich mit einer Wasserflasche den Behälter gefüllt hatte. Nach etwa einer Stunde konnte ich unser Weihnachtsbäumchen mit der Lichterkette und mit meinen grünen Kugeln schmücken. Grün wie die Farbe des Sofas der alten Dame, dachte ich beim Dekorieren. Goldenes Lametta nahm ich auch noch reichlich dazu. Schön altmodisch. Max räumte meine Küche auf und begann mit der Essenszubereitung. Er lugte ins Wohnzimmer und meinte: »Nicht zu viel Lametta, das sieht blöd aus!« Ich ließ mich nicht beirren und hängte noch was mehr drüber. Max sah zum Schreien aus. Er hatte meine neongelbe Taucherbrille auf dem Kopf. »Was ist mit DIR los?!«, rief ich lachend.

»Na, ich schneide Zwiebeln«, gab er zur Antwort, »dann tränen die Augen nicht so!« Typisch Max.

Er deckte den Tisch für vier Personen und um sechs waren wir mit allen Vorbereitungen fertig.

Um 20 Uhr (auf die Minute eine geschlagene Stunde zu spät) kamen Tobi und seine Freundin Vany zu uns und wir verbrachten einen schönen Heiligabend. Die Pizza verbrannte fast, mein Kater warf zwei Christbaumkugeln herunter, die auf dem Steinboden zersprangen; das Geschenk, das ich von meiner zukünftigen Schwägerin erhielt, war jedoch echt schön. Ein Buch über die Geschichte von Bad Münstereifel und bebildert mit alten Fotos. Auf einer Seite war sogar ein Foto »meines« Hauses. Ich lächelte und erzählte ihnen noch nichts von meinem Vorhaben. Zuerst wollte ich abklären, ob mich der Hauskauf nicht ruinieren würde. Danach wäre noch genug Zeit, mit meinen Neuigkeiten herauszurücken.

»Tolles Geschenk, ich freu mich. Danke, Vany!«, sagte ich erfreut und drückte sie. Vany war eine blonde Fitnesstrainerin, in deren Gegenwart ich immer ein schlechtes Gewissen bekam dank meiner unnötigen Pfunde und meiner Faulheit in Sachen Sport. Tobi hatte wirklich einen guten Geschmack, sie war ein nettes Mädel. Mein Bruder war das krasse Gegenteil von ihr, er fuhr mit dem Auto zum Briefkasten, auch wenn der nur 200 Meter entfernt war.

Nach dem Essen gab's eine Runde »Therapy«, das wir ungefähr einmal im Jahr zusammen spielten, immer an Weihnachten oder Silvester. Wir lachten ausgelassen und hatten einen wunderschönen Abend. Als Tobi und Vany heimgegangen waren, legte ich eine DVD ein, die ich jedes Jahr anschauen musste. »Schöne Bescherung« passte wunderbar zu unserer Stimmung. Am besten fand ich die Stelle, als die auseinander schnellenden Äste des viel zu großen Weihnachtsbaums im Griswold'schen Wohnzimmer nach Durchschneiden der Kordel die Fensterscheiben sprengten.

Max schaute mit einem Glas Rotwein in der Hand aus dem Fenster in die Dunkelheit. Bei unserem Nachbarn brannte Licht und die Rollladen waren noch nicht herabgelassen. »Sag mal, wer steht denn da am Fenster bei Herrn Johann? Hat der etwa ne Freundin?!« Max kniff die Augen zusammen. Ich erwiderte: »Nee, das ist eine Schaufensterpuppe. Zur Abschreckung. Für die Einbrecher.«

Kapitel 6
Anna

10. Juni 1935

Gestern waren Christa und ich mit unseren Geschwistern Elias und Lucia zur 15-Uhr-Vorstellung im Zirkus Krone in Euskirchen. Die Vorstellung war grandios. Tiger und Löwen und die Trapezkünstler – es war sehr aufregend. Auf einmal war jedoch Elias weg. Wir haben ihn nach der Vorstellung überall gesucht und ihn dann schließlich vor dem Löwengehege gefunden, wo er noch die Tiere bei der Fütterung bewundern wollte. War ich froh, dass wir ihn fanden! Mama hätte uns die Ohren lang gezogen, wären wir ohne ihn nach Hause gekommen. Anschließend sind wir wieder mit dem Autobus nach Münstereifel gefahren. Ich hab Elias nicht mehr aus den Augen gelassen.

13. Juni 1935

Nun ist die Straße wegen des Kanalbaus bis zur Wertherstraße komplett aufgerissen und in Kürze ist das Nürburgring-Eifelrennen. Papa schnaubte heute Morgen schon und meinte, da hätten die Herren im Stadtrat wieder nicht weit genug gedacht, schließlich wird dann sehr viel Verkehr durch die Stadt kommen, um zum Ring zu gelangen.

Mama meinte aber, die werden doch bis dahin sicher den Graben geschlossen haben, zumal das auch für unser Geschäft besser wäre, denn hier ist ja die halbe Stadt aufgerissen und der Lärm ist auch nicht gerade schön.

Elias musste zur Strafe, da er mir abgehauen ist, das ganze Haus staubsaugen. Das war aber keine große Strafe für ihn, denn Paps hat ja letzte Woche diesen tollen Miele-Melior-Staubsauger mitgebracht, natürlich in der Luxusausführung. Er hat Mama damit eine Freude machen wollen, aber die guckte erstmal dumm aus der Wäsche, als könne sie das Ding nicht brauchen.

Ich finde alle Erfindungen klasse, die das Leben leichter machen. Elias staubsaugt nun laut singend und ist mit großem Eifer bei der Sache. Eine schöne Strafe!

16. Juni 1935

Es fliegen nun oft Segelflieger vom Flugplatz Nöthen über unser Städtchen hinweg. Ich war mit Christa und ihrem älterem Bruder Johann dort auf dem Gelände. Einmal mit so einem Ding über Münstereifel gleiten, das wär's. Johann möchte den Segelschein machen und suchte gleich Kontakt zu den Bonner Studenten, von denen er einen bereits kennt. Johann machte uns miteinander bekannt. Er heißt Luka und hat ganz lange schwarze Wimpern und so ein hübsches Gesicht, er sieht einfach unverschämt gut aus. Ich glaube, ich bin ganz schön rot geworden, als er mir die Hand schüttelte und mich anblickte.

Dummerweise ist aber im selben Moment eins der Gleitflugzeuge der Euskirchener auf der Nase gelandet, es machte einen Kopfstand. Mir stockte der Atem. Es ist jedoch niemandem was passiert. Nur in die Werkstatt musste der Segler und fiel somit mindestens für einen Tag aus.

Man hat beschlossen, dass jetzt eine Flughalle gebaut wird und die Bonner Uni den Platz zukünftig für Flugübungen und Prüfungen nutzen wird, was mich freut. So werde ich Luka sicher wiedersehen.

Kapitel 7
Verträge

Die Weihnachtstage verbrachten wir ruhig. Meine Eltern lebten nicht mehr, wir besuchten nur Max' Mutter in Hillesheim. Ansonsten gab es, bis auf meinen Bruder, keine Verwandtschaft. Ein Zustand, den ich an jedem Weihnachtsfest bedauerte. Aber ich hatte ja Max. Wir lasen viel und gingen am Michelsberg spazieren, von wo aus wir eine schöne Weitsicht zur Nürburg und der Hohen Acht hatten. Der Wind pfiff uns um die Ohren. Auch sprachen wir immer wieder über das Haus und schmiedeten Pläne. Max ging herüber zu Herrn Johann und erklärte sich heldenhaft bereit, in den nächsten zwei Wochen die Tiere zu füttern, worüber ich wirklich erleichtert war.

Nach den Weihnachtsfeiertagen fuhren wir zu Tilla Brecht und klingelten.

»Das ist aber schön!« Frau Brecht schien sich über unseren Besuch zu freuen. Ich stellte ihr Max vor und erklärte ihr, dass wir uns heute noch einmal gemeinsam das Haus anschauen wollten. »Ich habe auch mit meinem Sohn Walter gesprochen, der mich an Weihnachten mit seiner Familie besucht hat. Zeige ich Ihnen gleich, ich hab alles notiert«, versicherte Frau Brecht. Wir folgten ihr durch die Räume, die sie uns noch einmal bereitwillig zeigte. Max sagte nicht viel, er nickte nur, stellte hier und da eine Frage und schaute sich Fenster, Wände und Böden an.

Als wir wieder herunter in die Küche gingen, setzten wir uns.

Es lag ein Block auf dem Tisch, auf dem sich die alte Dame einige Notizen gemacht hatte. Ihre Handschrift war klar und deutlich. »Mein Sohn hat einen Vorschlag gemacht. Sie können das Haus entweder kaufen. Der Kaufpreis läge bei 100.000 Euro. Oder aber, Sie mieten es. Pro Monat würde eine Miete von 800 Euro anfallen. Wären Sie damit einverstanden? Sie dürfen sämtliche Veränderungen auch dann vornehmen, wenn Sie das Haus mieten. Es liegt an Ihnen.«

Max schaute mich an. Er nickte. »Das ist ein faires Angebot, Frau Brecht. Was meinst du?«, und er schaute mich fragend an.

»Ja, ob mieten oder kaufen, das müssten wir uns durch den Kopf gehen lassen. Beide Möglichkeiten klingen gut.« Ich konnte meine Freude nicht verbergen. Ich fand es auch ein faires, wenn nicht günstiges Angebot.

Wir sprachen noch über das eine oder andere Detail. Frau Brecht entließ uns dann nach einer Stunde. Wir liefen schwatzend und voller Enthusiasmus durch die Fußgängerzone zum Auto.

»Für DEN Preis können wir das Haus auch kaufen, das wäre eine prima Sache. Läuft das Geschäft nicht so gut, wäre es möglich, den Verkaufsraum als Wohnraum zu nutzen.« Ich war ziemlich angetan von dem Haus, Max rümpfte die Nase. »Da steckt jede Menge Arbeit drin, wenn wir das Haus ordentlich herrichten wollen. Außerdem wird es teuer, die Fassade streichen zu lassen. Ich weiß nicht, Inga ... Da kaufen wir besser eine neue Eigentumswohnung, in der Ashfordstraße wird gerade eine angeboten.«

Ich hörte gar nicht mehr richtig zu. Mir war klar, dass Max mit seinen Argumenten Recht hatte, aber dieses alte Haus am Markt hatte ich mir in den Kopf gesetzt. Max fuhr mit zu mir und wir tranken ein Glas Rotwein, diskutierten weiter über das Thema, kamen aber nicht auf einen Nenner. »Dann bleib du eben in deiner Wohnung, ich ziehe das durch! In der Ashfordstraße kann ich wohl kaum einen Buchladen eröffnen«, erwiderte ich wütend.

»Ich denke darüber nach, aber setze mich nicht so unter Druck. Es geht um einen Hauskauf, die Entscheidung sollte man nicht übers Knie brechen.« Er ging, schlug die Tür etwas lauter zu als gewöhnlich und fuhr nach Hause.

Am 30. Dezember besuchten wir Frau Brecht, um ihr unseren Entschluss mitzuteilen. Max würde seine Wohnung in Rodert aufgeben und mit mir zusammen das Haus renovieren. Wir würden zusammenziehen. Ich war Feuer und Flamme. Max schien noch immer ein wenig unschlüssig zu sein. Er hatte sich aber überreden lassen, da ich argumentierte, dass wir nie wieder ein so günstiges Angebot für ein Haus erhalten würden, das gleichzeitig so zentral lag, um es als Geschäft nutzen zu können. Das neue Jahr könnte kommen.

Wir wollten die Renovierung gemeinsam finanzieren. Handwerklich begabt war Max zwar nicht, aber Vieles würden wir alleine schaffen. Es gab doch für alles YouTube-Videos. Für die schwierigen Arbeiten könnten wir eine Firma beauftragen.

An Silvester, das wir auf der Terrasse des Historischen Kurhauses verbrachten, von der aus wir das Feuerwerk sahen, schaute ich auf die Stadt hinab und dachte mit einem wohligen Gefühl, dass ich bald dort unten wohnen würde. Mit Max.

Kapitel 8
Anna

24. Juni 1935

Gestern waren wir auf der Sonnenwendfeier bei Dr. Ohms Haus auf dem Nöthener Berg. Die ganze Jugend war aufgerufen worden, sich um 20.30 Uhr abends vor dem Rathaus zu treffen. Die Hitlerjugend ging natürlich vorne weg, alle anderen hinterher den Berg hinauf und los ging es dann mit der Flaggenhissung und sämtlichen Reden, eine langweiliger als die andere. Mir sind solche Rituale zuwider, aber man darf ja nichts verlauten lassen! Das Schönste am ganzen Fest war der Fackelzug, der nachher im Dunkeln zurück zum Rathaus führte. Der Ortsgruppenleiter löste dann den Zug auf und man ging nach Hause. Auf die Sprechchordarbietungen und den ganzen nationalsozialistischen Humbug hätte ich gut und gerne verzichten können.

20. Juli 1935

Die Kirmes wird gerade auf dem Klosterplatz aufgebaut, Elias und Lucia und einige ihrer Mitschüler halfen in den letzten Tagen schon den Schaustellern beim Aufbau des Karussells, der Schiffschaukeln und der Schaubuden. Mama und ich haben das Haus gewienert und geputzt, denn wir erwarten Kirmesgäste. Mein Onkel aus Berlin kommt mit seiner Frau, sie sind auf der Durchreise und möchten uns einen kurzen Besuch abstatten auf dem Weg in ihren Urlaubsort. Onkel Bernhard ist ein echt Netter, nur seine Frau ist mit Vorsicht zu genießen. Die hört Flöhe husten und findet in jeder Suppe ein Haar – oder zwei. Mama ist deswegen schon ziemlich aufgeregt und gereizt, sie mag Tante Helen auch nicht leiden. Da sind wir schon zwei.

23. Juli 1935

Schade, nun sind schon die beiden ersten Kirmestage vorbei, es war so herrlich. Am Sonntag begann die Kirmes mit einer Pfarrprozession, und es regnete zuerst einmal heftig. Aber dann kam die Sonne heraus. Dieses Jahr gibt es sogar ein Teufelsrad. Christa und ich und ein paar Jungs aus unserer alten Schulklasse mussten es natürlich ausprobieren. Das war ein Spaß, es dauerte nicht lange, bis sich die Scheibe so schnell drehte, dass wir alle herunter purzelten. Christa verknackste sich den Fuß. Ich stützte sie und wir humpelten lachend nach Hause. So fiel für uns dieses Jahr das Schiffschaukeln aus, leider.

Elias bekam ein paar Pfennige Kirmesgeld, er investierte es sofort in Glanzbilder, die er an einer Bude kaufte. Zu Hause zeigte er sie mir, er hatte sich ein paar Löwen und andere Zirkustiere zugelegt, die er sofort in seiner Zigarrenschachtel aufhob. Lucia und er tauschen die Glanzbilder in der Schule, jedoch würde er die Löwen niemals herausgeben, sagte er mir mit Nachdruck.

Tante Helen ist dieses Mal noch schlimmer als gewohnt, Onkel Bernhard erträgt sie mit einem Lächeln. Sein Schnauzbart ist nach oben gezwirbelt und zittert dann, er ist echt die Gutmütigkeit in Person. Die Tante ist natürlich nach dem neuesten Schrei der Berliner Mode gekleidet und trägt ihre Röcke bereits kurz und knapp, gerade so, dass das Knie bedeckt ist, was sich allerdings in keinster Weise vorteilhaft auf ihr äußeres Erscheinungsbild auswirkt, denn ihre Waden sind fast so dick wie Mamas Oberschenkel. Die würde man besser mit einem langen Rock verdecken. Aber was soll's. Das Beste aber hab ich noch gar nicht erzählt, Onkel Bernhard hat nämlich beim Kirmesessen am Sonntag mit Papa über die nächstes Jahr bevorstehende Olympiade geredet. Da er unter dem berühmten Architekten Werner March seit letztem Jahr am Bau des Reichssportfeldes in Berlin arbeitet, konnte er uns unheimlich viel über die geplanten Spiele erzählen und natürlich über den Fortschritt des Baus.

Ich stellte ihm ein paar Fragen, auch wenn Mama mich ein paarmal ermahnte, ich solle doch leise sein, wenn sich die Männer unterhalten, so gab er jedoch immer freundlich Auskunft. Er schmunzelte dann und meinte: »Weißt du, Anna, ich finde, du und deine Familie, Ihr solltet uns nächstes Jahr im August besuchen und ich sorge dafür, dass ihr an der Eröffnungsfeier und den Spielen als Zuschauer teilnehmen könnt. Was hältst du davon?«

Was ich davon halte? Ich bin ihm um den Hals gefallen und bedankte mich bei Onkel Berni, wie ich ihn insgeheim nenne. Papa freute sich sichtlich und meinte, wir könnten dann vielleicht ein paar Tage bleiben und uns auch Berlin anschauen.

Am Sonntag gab es abends im Hotel Hillebrand den Kirmes-Ball, zu dem die Eltern mit unserem Besuch gingen. Dabei gab Tante Helen schon vorab zu bedenken, dass das ja hier sehr hinterwäldlerisch vonstatten ginge und solche Veranstaltungen mit denen in Berlin nicht vergleichbar wären. Können sie ja auch nicht, wir sind ja eine Kleinstadt und nicht Berlin. Man kann es ihr einfach nicht recht machen.

Nach zwei Tagen bei uns sind die Verwandten wieder gefahren. Tante hatte ihre Hutschachtel dabei, in der sie ihren riesigen rosa Florentinerhut aufbewahrt, und Berni wollte das Ding zum Automobil tragen, das vor unserem Haus parkte. Dabei ist ihm die Schachtel heruntergefallen. Das Geschrei von Tantchen war in der ganzen Straße zu hören. Mama seufzte erleichtert, als die schwarze Limousine sich entfernte. Immerhin hatte die Tante ihr einen Greta-Garbo-Hut mitgebracht, der Mama ausgezeichnet steht. Großzügig sind sie auf alle Fälle, aber Onkelchen verdient ja auch eine Menge Geld.

Übrigens sind die Eicherscheider ziemlich ärgerlich, da ihre Kirmes am selben Wochenende stattfand wie unsere, bei denen war ziemlich Flaute, hat uns Friedrich erzählt, der früher mit mir in eine Klasse gegangen ist. Nächstes Jahr müssen sich die Orte besser abstimmen.

Was dieses Jahr reichlich aufzufinden ist, das sind der Kornkäfer und die Kornmotte. Bei unseren Nachbarn, den Mehlhorns, ist der ganze Kornvorrat auf dem Speicher im Eimer. Sie werden nun alles zukaufen müssen. Da wir noch keine Käfer in unseren Vorräten haben, hat Mama ihnen etwas von unseren abgegeben. Die Frau Nachbarin ist eine komische Frau, sie jagt Elias ständig Angst ein, läuft in schwarzen Kleidern umher, als sei jemand gestorben. Unheilschwanger kommentiert sie alles, was sich in ihrer Nähe bewegt. Ihre kleine Tochter Lisbeth, die einige Jahre jünger als Elias ist, ist ein verschrecktes Kind, was kein Wunder ist. Sobald etwas passiert, ist das die Strafe Gottes über die böse Menschheit, wie Frau Mehlhorn behauptet. Man munkelt, sie habe das zweite Gesicht. Angeblich kann sie Gedanken lesen und die Zukunft voraussehen. Vom Kornkäfer, der ihr die Vorräte vernichtet, hat sie allerdings nichts geahnt. Sonst hätte sie ja etwas dagegen tun können. Und beim Erdbeben letztes Jahr ist sie ebenso verwirrt im Nachthemd auf der Straße erschienen und wusste nicht, wie ihr geschieht. Ich glaube diese Hokuspokusgeschichten über sie nicht. Doch unangenehm ist ihre Gegenwart auch mir.

Kapitel 9
Umbauarbeiten

Es war Anfang Februar 2015, als Frau Brecht ins Seniorenheim umzog. Wir hatten sie in der Zwischenzeit mehrmals besucht und ihr bei einigen Dingen geholfen, die ihren Umzug betrafen. Ihr Sohn kam aus Köln, um sich um die Möbel und ihre Gegenstände zu kümmern, die sie nicht mit ins Marienheim nehmen konnte. Vieles würde sie zurücklassen müssen. Walter Brecht, der auf mich einen sehr nervösen und zerstreuten Eindruck machte und nicht nur an den Schläfen ergraut war, sondern von seinem ganzen Erscheinungsbild an einen listigen grauen Kater erinnerte, brachte uns einen vorgefertigten Vertrag mit, der unseren Hauskauf besiegelte. Wir lasen ihn sorgfältig durch und unterschrieben dann beide. Am Tag darauf kümmerten wir uns ums Finanzielle und um den Notarvertrag.

Als der Kaufpreis Anfang März überwiesen war, übergab Walter Brecht uns die Hausschlüssel und wünschte uns viel Glück mit den Renovierungsarbeiten. Er sagte, dass er längst nicht alles hatte wegräumen können, was sich im Haus befand, wir aber über diese Dinge frei verfügen dürften, da sie nicht mehr benötigt würden. Auch die noch auf dem Speicher stehenden Möbel und Gegenstände würden wir behalten dürfen und gegebenenfalls selbst entsorgen.

Max hatte inzwischen eine Zeichnung angefertigt, wie der Verkaufsraum nach dem Umbau aussehen könnte. Den Kamin, der mitten im Raum stand und reichlich Platz wegnahm, würden wir abreißen lassen. Er hatte keinen Nutzen mehr, seit es eine Zentralheizung gab. Das Zimmer würde danach recht groß sein und sich gut als Verkaufsraum eignen. Ich plante eine Sitzecke im jetzigen Vorratsraum und viele Regale an allen Wänden. Was unsere Wohnung betraf, so würden wir nicht viel renovieren müssen. Die Wände anstreichen, unsere Möbel heraufschaffen. Das Bad müsste nicht verändert werden, das gefiel uns. Max und ich fuhren zu IKEA, diesem elenden Mausoleum, dessen labyrinthartige Gänge man zwangsläufig durchlaufen muss, ehe man zu den

Kassen gelangt. Ein Ort, an dem die meisten Beziehungskrisen und Familienstreits ausgelöst werden, wie ich zuletzt in einer Zeitschrift las.

Nichts schien uns wirklich zu gefallen. So entschieden wir uns dafür, mein Bett und die Schlafzimmermöbel sowie Max' Wohnzimmermöbel mitzunehmen. Die Holzküche suchten wir gemeinsam in einem kleinen Möbelgeschäft aus. In der ehemaligen Abstellkammer würden wir auch noch Platz für einen schmalen Frühstückstisch für Zwei haben. Die Geschäftsfrau versicherte uns, dass die Küche innerhalb von vier Wochen geliefert werden könnte. Alles lief wie am Schnürchen. Die Handwerker kamen, nachdem wir Frau Brechts Küche abgebaut hatten, um den Raum auszubessern und den Kamin abzureißen. Es war ein warmer Tag im April, der Frühling brachte uns bereits viele sonnige Tage. Wir waren in bester Stimmung, voller Tatendrang. Die Osterferien hatten gerade begonnen, so dass Max zwei Wochen Zeit hatte und nicht arbeiten musste. Das Timing passte.

Als die Arbeiter unten den Kamin abrissen, richtete ich im zweiten Stock unser Schlafzimmer ein. Es war frisch gestrichen, den schönen cognacfarbenen Holzboden hatte ich eigenhändig poliert und unsere Möbel standen bereits an Ort und Stelle.

Unten herrschte ein ohrenbetäubender Lärm, ich war froh, dass ich mich verkrümeln konnte. Unsere beiden Handwerker zankten herum. Auf einmal gab es einen lauten Knall, Steine schlugen auf dem Boden auf, der Lärm verstummte. »Wie komisch«, dachte ich und räumte weiter. Da hörte ich Max' Stimme, die sich sehr aufgeregt anhörte. Irgendwie künstlich. Ich vernahm die Stimmen der Arbeiter und seine, man schien die Arbeit unterbrochen zu haben.

Da scheint was schief zu laufen, dachte ich. Es kam jemand die Treppe herauf. Max, kreideweiß im Gesicht, erschien in der Tür. »Komm mal.«

»Was ist los ...?«, fragte ich.

Er lief ohne Erklärung vor mir die Treppe hinab. Eine Staubwolke schwebte im Flur. Max nahm mich an der Hand und schaute mir in die Augen. »Wir haben etwas gefunden. Erschrecke dich nicht. Wir müssen die Polizei informieren.« Er zog mich hinter sich her in die ehemalige Küche. Der Kamin war halb abgerissen. Es war sehr staubig überall, die Arbeiter standen stumm neben den Gesteinsbrocken. Ich dachte erst, es wäre etwas kaputt gegangen, ein Loch im Boden oder so etwas. Mein Blick fiel auf die Mauerreste und ich schaute wie die Arbeiter in den Kamin. Schwarzer Ruß. Staub. Ein heller Gegenstand. Ich trat näher und sah, dass sich Knochenteile auf dem Boden des Kamins befanden. Mich schauderte. Ein Schädel, Knochen. Mir wurde flau, ich trat einen Schritt zurück und lehnte mich an Max an.

Ein Skelett lag im Kaminsockel.

Kapitel 10
Anna

28. Juli 1935 am späten Abend

Heute war für mich ein fabelhafter Tag. Aber nicht für Elias. Papa hatte ja meinem Bruder versprochen, ihn auf das heutige Große Rennen von Deutschland mit auf den Nürburgring zu nehmen. Elias hatte sich riesig darauf gefreut, nur leider liegt er seit zwei Tagen mit den Masern flach. Der sieht aus! So kam es, dass Papa mich fragte, ob ich ihn begleiten möge. Mama mochte sich nicht ins Gedränge stürzen. Ich aber sagte sofort ja. Papa nahm die Photokamera mit und versprach Elias, dass er für ihn einige Photographien vom Rennen machen würde.

Erst vor kurzem hat Papa ein neues Automobil gekauft, einen DKW F2 in schickem Dunkelblau, der 18 PS hat. In dem machten wir uns heute am frühen Morgen auf den Weg nach Adenau. Aber mit geschlossenem Verdeck, denn es war kühl und sehr neblig, es sah nach Regen aus.

Gestern war hier in der Stadt schon die Hölle los. Durch die Werther Straße ging der ganze Verkehr und ich hörte durch das Geknatter der Motoren des öfteren Reisende laut schimpfen, da die Straße in solch schlechtem Zustand ist. Münstereifel war richtig verstopft.

Wir nahmen dann, am Nürburgring angekommen, ganz vorne auf der Tribüne an Start und Ziel Platz. 12 Nationen traten gegeneinander an. Das größte Rennen der Welt. Und ich war dabei.

Das Rennen sollte um 10.30 Uhr starten, wir hatten noch genügend Zeit, uns zu unterhalten, ich stellte Papa jede Menge Fragen. So erklärte er mir, dass er heute Manfred von Brauchitsch von den Silberpfeilen die Daumen drücken würde, der unter den deutschen Startern wäre, und ich wollte wissen, warum die von Mercedes sich Silberpfeile nennen. Er verriet es mir. Letztes Jahr war vor einem Rennen das Auto von ihnen ein Kilogramm zu schwer, um zum Start zugelassen zu werden. So musste über Nacht die weiße Farbe abgekratzt werden, so dass das Auto nicht mehr als 750 kg wog. Es startete dann also in der Farbe der Aluminiumkarosserie. Seitdem sind die Silberpfeile immer silbern lackiert.

Hans Stuck stand auch am Start und Caracciola, der aus Remagen stammt und einen italienischen Vater hat, aber für Deutschland fährt. Die Motoren heulten auf und Papa machte von unserem Platz aus eine Photographie vom Start. Stuck, der für Autounion fährt, kam sehr schlecht vom Fleck, Caracciola dagegen schnellte sofort mit seinem Silberpfeil W 25 von der dritten Stelle ganz nach vorne an die Spitze. Das Rennen war furchtbar spannend und wir fieberten die ganze Zeit mit den deutschen Rennfahrern mit. Der Italiener Nuvolari war erst recht gut, da er aber zwischendurch seinen Alfa Romeo auftanken musste, verlor er viel Zeit, da deren Tankanlage gestört war, und fiel auf den sechsten Platz zurück. Der Italiener holte aber sehr schnell seinen Rückstand auf, überholte auch Stuck und Caracciola, blieb aber weit hinter dem führenden von Brauchitsch. In der letzten Runde raste der Herr von Brauchitsch nämlich mit einem guten Vorsprung an unserer Tribüne vorbei und wir dachten, sein Sieg wäre besiegelt. Die Stimmung der vielen Zuschauer um uns herum war phantastisch. Wir freuten uns schon über den deutschen Sieg, als plötzlich die Meldung vom Karussell hereinplatzte, die uns Zuschauer in eine Art Lähmung versetzte. Nuvolari hat von Brauchitsch überholt, da dieser einen Reifenschaden hat, hieß es da. Uns allen stockte der Atem, als der rote Alfa Romeo mit dem Italiener Nuvolari kurz darauf über die Ziellinie schoss. Immerhin folgten danach Stuck und Carracciola, Bernd Rosemeyer und als Fünfter kam recht langsam der sehr mitgenommene von Brauchitsch mit dem Platten ins Ziel, der von allen trotzdem groß bejubelt wurde. Ich verfolgte das alles mit dem mitgebrachten Fernglas von Papa. Eines vergess' ich nie mehr: von Brauchitschs Gesicht, als er aus dem Wagen stieg und bitterlich weinte. Er tat mir wirklich leid.

Bei der Siegerehrung hatten die Veranstalter des Großen Preises von Deutschland sicher mit dem Sieg eines Deutschen gerechnet, so kam es, dass nicht einmal die italienische Nationalhymne parat war. Das war peinlich. Aber die italienische Flagge wurde gehisst. Noch voller neuer Eindrücke und in bester Laune machten wir uns auf den Heimweg.

Etwas besonders Schönes erwartete uns noch am Abend bei unserer Rückkehr in Münstereifel, denn die Burg war beleuchtet und das war so, als würde das Städtchen uns wieder willkommen heißen.

Kapitel 11
Polizeieinsatz

Mir wurde schlecht. Max hielt mich im Arm und beruhigte mich: »Ich rufe jetzt die Polizei an. Fahr du besser nach Hause.«

»Nein, das will ich nicht. Ich geh rauf und warte im Schlafzimmer. Das ist ja schrecklich, eine Leiche in unserem Haus!« Ich konnte es einfach nicht fassen.

Max rief bei der Polizei an, die eine Streife schickte. Kurze Zeit später klingelte es an der Haustüre, beim schrillen Klang der Schelle zuckten wir alle zusammen. Es waren zwei Kripobeamte. Die Handwerker hatten auf zwei leeren Wasserkästen Platz genommen und waren ausnahmsweise mal verstummt.

»Schneider«, stellte sich der dicke Beamte vor. Der Jüngere gab mir die Hand. »Nils Feller. Sie haben eine Leiche entdeckt?«

Max deutete auf den Kamin, und die Polizisten näherten sich dem Haufen Steine und schauten hinein. Der Dicke nahm sein Handy aus der Tasche und führte ein Telefonat. Dann sicherten die beiden den Tatort und schauten sich die Skelettteile näher an. Nils Feller wandte sich an Max: »Bis die KvD kommt, darf hier nichts verändert werden. Die Kommissare vom Dienst werden in etwa einer halben Stunde eintreffen. Ich gehe von einem Gewaltverbrechen aus, das lange zurückliegt. Die Ermittler von der Euskirchener Polizei werden nun den Fall übernehmen.«

Ich hatte genug gehört und musste erst mal an die frische Luft. »Max, ich muss mal raus. Komme gleich wieder.« Ich zog meinen Mantel über und lief ohne Ziel durch die Stadt. Die frische Luft tat mir gut.

Als ich zurückkam, trafen gerade zwei weitere Polizisten ein, es waren die Kommissare aus Euskirchen. Sie gaben Max und mir die Hand und besprachen sich mit den Kollegen. Unsere Handwerker waren nach Hause gegangen.

»Denen ist von der Polizei geraten worden, erst mal nicht über die gefundene Leiche zu sprechen ...«, berichtete Max. Ich fiel ihm ins Wort: »Aber so wie ich diese beiden Klatschbasen einschätze, werden sie es in der nächsten Wirtschaft und allerspätestens zu Hause ihren Frauen brühwarm berichten und dann ist es Stadtgespräch! Mein Geschäft, das erst noch eröffnet werden soll, wird schon vorher Schlagzeilen machen – mit einem Skelett! Was für eine Werbung für meinen Buchladen! Ach Max, die plaudern doch alles aus, wir müssen verhindern, dass jemand davon erfahren wird.« Max schaute mich schulterzuckend an.

Der junge Kommissar, Lepert hieß er, kam auf uns zu und stellte ein paar allgemeine Fragen. Es lag auf der Hand, dass weder ich noch Max als Täter in Frage kommen würden, da dieser Mensch, der dort lag, schon eine Ewigkeit tot sein musste. Ich war froh, dass das so war.

Knochen anzuschauen war sicher weniger schockierend als eine verwesende Leiche. Trotzdem überlief mich eine Gänsehaut. »Wird schon wieder«, meinte der recht junge Kommissar und tätschelte mir sachte den Arm. Ihm war klar, was dieser Fund für mich bedeutete. »Es liegt vermutlich Mord oder Totschlag vor. Dieses Delikt liegt mit Sicherheit viele Jahrzehnte zurück, ich verständige nun die Mordkommission in Köln. Sie dürfen jetzt hier nichts verändern, bis die Untersuchungen abgeschlossen sind.« Herr Lepert wandte sich ab, um zu telefonieren, sein Kollege machte unterdessen Fotos vom Fundort und den Knochen.

Ein Mord in meinem Laden. Unfassbar. Frau Brecht kam mir in den Sinn. Sie hatte hier all die Jahre mit einer Leiche zusammengelebt, ohne es zu wissen. Vermutlich.

Ich hatte so viele Fragen. Mir schwirrte der Kopf. »Wie lange, schätzen Sie, liegt der Tod dieses Menschen zurück?«, fragte ich Herrn Lepert.

»Das kann ich noch nicht beantworten, dazu muss die Mordkommission Untersuchungen durchführen. Wir müssen jetzt etwas Geduld haben.«

Und genau die hatte ich nicht!

Max kümmerte sich weiterhin darum, den Beamten Rede und Antwort zu stehen, wofür ich ihm dankbar war, und ich entschied mich, erst einmal nach Hause zu fahren, um ein wenig Abstand zu gewinnen.

Aber auch in meiner Wohnung fand ich keine Ruhe. Max erwartete ich erst in einigen Stunden zu Hause, ich rief Babs an, aber die ging nicht ans Telefon. »Ich muss hier raus«, sagte ich zu mir selbst, nahm Schlüssel und Smartphone mit und stieg in mein Auto. Ich fuhr einfach los, aus der Stadt und den Nöthener Berg hinauf. Als ich Gilsdorf rechts neben mir sah, wusste ich, wohin ich fahren würde. Über die L 206 lenkte ich den Wagen bis Pesch und bog in die Straße »Zum Heidentempel« ab, folgte ein Stück dem Weg entlang des Wespelbaches und hielt auf dem Parkplatz. Den Pfad durch den Buchenwald ging ich langsam entlang, überquerte einen kleinen Bach und folgte ihm, bis ich die Anhöhe »Addig« erreichte und vor dem Matronenheiligtum stand. Hier an den Mauerresten der uralten Kultstätte herrschte Stille, nur die Vögel zwitscherten und der Wind zupfte an den Baumwipfeln. Ich setzte mich auf einen Stein und tat nichts, als meine Gedanken schweifen zu lassen. Noch kürzlich muss jemand Blumen in die Körbe der 3 Matronen, die in Stein gemeißelt wurden, gelegt haben, denn die Blüten waren noch frisch. Auch Äpfel lagen vor den Matronen. In einem Baum hingen bunte Bänder. Ich schaute mir die Gesichter der drei Frauen genauer an, die für die Menschen früher Schutzpatroninnen für ihr Haus, ihr Land, Mensch und Vieh waren. Die Drei saßen dort reglos und aufrecht, fast erhaben, hielten in ihrem Schoß jeweils Schalen mit Obst in den Händen. Die in der Mitte sitzende Matrone schien jünger zu sein als die beiden anderen, die Hauben trugen. Die Jüngste ist mir die Liebste. Sie trägt ihr Haar offen, aber ihr Gesicht ist nicht mehr erkennbar, da der Stein dort sehr abgenutzt ist. Vielleicht haben viele Menschen dieses Gesicht mit der Hand berührt oder darüber gestrichen. Ich glaube, dass es sich bei den Göttinnen um Tochter, Mutter und Großmutter handelt.

Hier schien die Zeit still zu stehen. Ich fühlte mich wie der Zeit entrückt, so als gäbe es gar keine Zeit, die heutige nicht, die Vergangenheit nicht und auch die Zukunft nicht oder als wäre sie lediglich eine Einbildung der Menschen. Allmählich wurde ich ruhiger und bekam Abstand zu den Ereignissen. Mich dort aufzuhalten gab mir ein Gefühl der Verbundenheit mit den vielen Menschen, die vorher dort gewesen waren. Ich war ein Teil von ihnen und ein Glied in einer langen Kette von Generationen, die dort Trost gesucht hatten und die aus sehr unterschiedlichen Anliegen die drei Matronen aufsuchten. Vielleicht auch, weil sie spürten, dass ihnen dieser Ort etwas zurück gab, nämlich Ruhe und Zuversicht.

Auf einer Tafel las ich, dass es sich bei dem Ort ursprünglich um einen Baumkultort der keltischen Vacalli handelte, einer hier ansässigen eburonischen Sippe. Ein Baumkultort, für mich ein Kraftort, der mir Ruhe und auch neue Energie gab, wann immer ich mich dort aufhielt. Die Kelten müssen die Magie dieses Ortes und die Energie, die er entsendet, auch gespürt haben.

Nachdem ich mich einige Zeit dort aufgehalten hatte, verspürte ich den Drang, nach Hause zu fahren, um der Sache auf den Grund zu gehen und nicht davor wegzulaufen. Ich ging den Waldpfad hinab zum Auto und fuhr zurück zu meiner Wohnung in der Windhecke.

Als Max heimkam, der ziemlich fertig aussah, aber auch noch nichts Neues erfahren hatte, aßen wir zu Abend. Wir sprachen nicht viel, jeder hing seinen Gedanken nach. Er brachte die Sachlage nüchtern auf den Punkt. »In unserem Haus ist vor vielleicht hundert Jahren ein Verbrechen geschehen. Wir haben nichts damit zu tun. Die Beamten kümmern sich um die Aufklärung. Danach machen wir weiter mit unseren Renovierungsarbeiten und vergessen die Angelegenheit am besten schnell.«

»So einfach ist das nicht für mich!« Wütend schaute ich ihn an. »Was kann ich dafür, Inga. Du wolltest das Haus unbedingt kaufen. Nun passiert etwas, das du nicht geplant hast, und schon willst du alles hinwerfen!«

»Nichts will ich hinwerfen, ich habe nur Angst!« Ich war verstimmt und ruhelos, ging zu Bett und konnte lange nicht einschlafen. Max mit seinen coolen Sprüchen. Ich ärgerte mich über seine Art. Seine Unbekümmertheit ging mir auf die Nerven.

Am nächsten Tag war mein dringender Wunsch, Frau Brecht im Altenheim zu besuchen, um nebenbei weitere Einzelheiten über die Geschichte unseres Hauses herauszufinden. Ich nahm mir jedoch vor, ihr nichts von der Leiche zu sagen. Vorerst.

Im Marienheim erkundigte ich mich an der Rezeption nach Frau Brechts Zimmer. Sie bewohnte Zimmer 27, das ich schnell fand. Ich klopfte an die Tür und wurde mit einem »Ja, bitte!« hereingebeten.

»Hallo, Frau Brecht!«, begrüßte ich die alte Dame und gab ihr die Hand. Sie saß an ihrem Schreibtisch und teilte per Brief ihren Verwandten ihre neue Adresse mit, wie sie mir lebhaft erzählte. »Ich habe Ihnen eine Kleinigkeit mitgebracht.« Eine schöne Schachtel Lindtpralinen hatte ich für sie ausgesucht. Frau Brecht freute sich sichtlich. »Na, wie geht es Ihnen hier in Ihrem neuen Zuhause?«, wollte ich wissen. »Es geht mir gut, ehrlich, bin recht zufrieden mit meinem Zimmer und auch das Personal ist nett. Aber setzen Sie sich doch erst mal.« Frau Brecht bot mir einen Stuhl an und schaute mich an. »Was gibt es bei Ihnen Neues? Wie läuft es mit dem Umbau?« Ich hatte in den letzten Tagen ein paar Handyfotos gemacht und zeigte ihr unser neu eingerichtetes Schlafzimmer und den großen Verkaufsraum, aber mit noch intaktem Kamin. Sie schaute sich neugierig die Fotos an und nickte: »Da sind Sie ja schon recht weit gekommen, das ist sehr nett eingerichtet. Und für mich ist es ein schönes Gefühl, zu wissen, dass es dort weitergeht und mein Haus in so liebe Hände geraten ist.«

Ich fragte sie beiläufig: »Wie alt ist das Haus eigentlich? Und seit wann haben Sie darin gewohnt?« Frau Brecht überlegte kurz. »Das Haus mag aus dem 15. Jahrhundert stammen, aber so genau weiß ich es nicht. Eingezogen sind mein Mann und ich 1963. Wir bekamen es von meiner Schwiegermutter Emily Brecht übertragen. Als ihr Mann 1963 starb, wollte sie nicht länger dort im Haus alleine wohnen und zog in eine kleine Wohnung nach Euskirchen um. Sie überließ uns das Haus. Eigentlich hat die Familie meines Mannes schon immer darin gelebt. Mein Mann ist dort aufgewachsen.«

Wir redeten noch über Dies und Das und ich gab an, dass ich nun zum Einkaufen müsse. Ich verabschiedete mich von Frau

Brecht und versprach, bald wieder auf einen Besuch vorbeizukommen.

Nun schwirrte mir der Kopf. Während ich zum Auto ging, wurde mir bewusst, dass Frau Brechts Familie irgendetwas mit dem Mordfall zu tun haben musste. Sicher nicht Frau Brecht selbst und vermutlich auch nicht ihr Mann. Aber der Täter musste in der Familie zu finden sein, einer der Vorfahren von Frau Brechts Mann? Wie gut, dass die alte Dame nichts von alldem ahnte. Jedoch würde sie früher oder später erfahren, was in ihrem Hause verborgen gewesen war. Spätestens durch einen Zeitungsbericht. Ich nahm das Handy und rief Max an, der heute früh gleich wieder zum Haus gefahren war, um den Beamten, die den Fall übernommen hatten, zur Verfügung zu stehen. »Hallo Max, gibt's was Neues?«

»Ja, die Beamten sind hier, die Knochen sollen nachher in die Gerichtsmedizin transportiert und dann obduziert werden.«

»Wie gut, dass ich nicht dabei war! Ich hab Frau Brecht besucht und ihr natürlich nichts gesagt. Die Familie ihres Mannes hat immer in dem Haus gewohnt, seit Generationen.«

Max räusperte sich. »Mmh, das ist schlimm, dann müsste ja einer der Brechts ... ich melde mich gleich nochmal bei dir. Fährst du heim?«

»Ja«, gab ich zur Antwort, »ich muss mich mal hinlegen, habe ziemliche Kopfschmerzen. Tschüss und – Max? Halt' mich auf dem Laufenden.« Mir dröhnte der Kopf. Ich schloss mein Auto auf und fuhr nach Hause.

Mikesch wartete schon vor der Haustür und verlangte sein Futter, indem er mir um die Beine strich. Kaum hatte ich ihn zufriedengestellt, mir einen Ingwertee aufgebrüht und mich aufs Sofa gelegt, klingelte mein Handy wieder. »Hallo, hier ist Max.« Er hörte sich ganz kurzatmig an. »Was ist los?«, fragte ich.

»Beim Wegräumen des Schutts und dem Aufsammeln der Knochen fand man zwei Schädel. Einen großen und einen kleinen!«

Kapitel 12
Anna

14. September 1935

Seit einer Woche schließen wir und alle anderen Läden in Münstereifel schon um 19 Uhr abends, da neue Ladenschlusszeiten beschlossen wurden. Der Polizist läuft schon die ganzen Abende um die Häuser und stellt Strafzettel für diejenigen aus, die sich nicht an die neuen Zeiten halten.

Um 19 Uhr ist dann auf einen Schlag alles dunkel draußen. Die Straßenbeleuchtung ist kümmerlich, dass merkt man erst jetzt. In der Zeitung steht tatsächlich, dass man hofft, der neue Stromanbieter werde uns bald mit einer Straßenbeleuchtung ausstatten, die zeitgemäß ist. Sonst müsste die Stadtverwaltung nämlich uns Geschäftsleute bitten, nach Ladenschluss die Beleuchtung anzulassen – über den Feierabend hinaus. Unser Bürgermeister Arntz hat vielleicht Ideen!

Neuerdings arbeitet Ina Bresgen, die Apothekerstochter, wieder in der Schwanenapotheke. Sie ist fünf Jahre älter als ich und schon Apothekerin. Gestern war ich ein Medikament für Mama abholen und kam erst ins Gespräch mit ihrem Vater Laurenz, der mich sehr höflich über Mamas Gesundheit befragte. Dann kam Ina die Treppe herunter und erzählte mir von ihrem Studium in Bonn, das sie gerade abgeschlossen hat. Mir war klar, dass auch sie Apothekerin werden würde wie ihr Papa und Großvater. Schon früher hat sie mit dem Mörser gearbeitet und ihrem Vater bei einfacheren Tätigkeiten geholfen, interessierte sich von Kindesbeinen an für die Arbeit ihres Vaters. Vor einigen Jahren ist sie nach Bonn zum Gymnasium gefahren, um dort das Abitur zu erlangen. Sie war aber oft am Wochenende zu Hause in der Werther Straße und ist trotz ihrer hohen Bildung kein bisschen hochnäsig geworden. Früher passte sie manchmal auf mich auf und spielte mit mir. Sie hat mir oft einen Haarschmuck aus Gänseblümchen und Butterblumen geflochten und später, als ich etwas älter war, gezeigt, wie man das macht. Die ersten Blütenstile zusammenzuarbeiten war etwas schwierig, aber dann ging es ganz leicht. Während sie das Kränzchen geflochten hat, erzählte sie mir etwas über die Heilwirkung von Gänseblümchen, die man bei Prellungen oder bei Wunden als Blutstiller verwenden kann. Die Butterblume wird bei Hauterkrankungen genommen. Ina machte mir einmal einen Umschlag aus den Blumen, als ich einen Hautausschlag hatte. Wenn einer bei uns krank war in der Familie, haben wir uns immer bei Ina oder ihrem Vater Rat eingeholt. Ich liebte als Kind diese altertümliche Ausstattung der Apotheke, die schon mehr als hundert Jahre alt ist, und die schönen Gefäße aus Porzellan.

18. September 1935

Jetzt hat Hitler wieder was Neues erfunden, um uns Juden zu diskriminieren.

Vor drei Tagen kamen die Nürnberger Gesetze heraus. Juden dürfen keine Arier mehr heiraten. Dann dürften Mama und Papa also gar nicht verheiratet sein, denn Mama ist ja Katholikin. Mir ist der Glaube anderer Menschen ziemlich egal. Ich erkenne Mamas Glauben genauso an wie den meines Vaters. Ich finde, so lange jemand seinen Mitmenschen nichts Böses tut, kann er seinen Gott nennen, wie er will. Papa sagt, leider denken die meisten Menschen anders. Wir werden uns in acht nehmen müssen, meinte Papa. Aber ich sehe nicht ein, dass Hitler mir die Freude am Leben nimmt! Ich bin jung und will frei sein und erleben, was andere in meinem Alter auch erleben! Daran wird mich keiner hindern!

1. Oktober 1935

Letzte Woche gab's einen heftigen Sturm. Als die ersten Ziegel von den Dächern flogen, kam selbst Elias rein und meinte, in den Gärten wäre das ganze Obst abgefallen. Er hatte es jedoch nicht versäumt, sich noch schnell die Hosentaschen mit Birnen vollzustopfen, um sie mit Lucia zu verspeisen. Mein Bruder isst die Birnen mit allem Drum und Dran, es bleibt nichts mehr übrig, nicht einmal das Kerngehäuse. Lucia ließ die Kerne übrig, sammelte sie und meinte, dass sie nun einen eigenen Birnbaum pflanzen würden. Sie zogen mit Mamas kleiner Blumenschaufel los und buddelten ein kleines Loch, um die Kerne an einem geheimen Ort, wie sie uns feierlich mitteilten, einzugraben. Später, so erklärte Elias, würde er mit Lucia unter diesem Birnbaum eine Bank stellen und wenn sie alt wären, würden sie jeden Abend dort sitzen, Birnen essen und auf die Stadt blicken. Ich finde, Elias hat eine romantische Ader. Lucia findet seine Ideen schön und macht alles mit, was ihm in den Sinn kommt.

Die beiden kamen erst am Abend zurück, Elias platzte vor Stolz und verriet mir dann doch noch den Platz, an dem ihr Baum bald wachsen würde. Er erklärte mir den Weg hinauf Richtung Uhlenberg, dort oben müsse man links abbiegen und Richtung Eschweilerer Bach laufen, auf der linken Seite wäre ihre Wiese, wie er feierlich verriet. Dort hätte man einen wunderbaren Ausblick auf die Eschweiler Kirche und dort mitten ins Gras haben sie ein Loch gegraben und eine ganze Birne sowie die Kerne von Lucia allesamt eingegraben. Dann waren sie noch im Kalksteinbruch Fossilien suchen, ich soll es nicht Mama sagen, denn die hat ja sonst Sorge wegen der Unfallgefahr bei herabfallenden Steinen. Lucia hat eine versteinerte Seelilie gefunden und Elias eine Muschel. Sie fragten mich, wieso man hier in der Eifel denn Muscheln finden könnte. Ich erklärte ihnen, dass an der Stelle vor ungefähr 320 Millionen Jahren ein Meer gewesen sei. Das konnten sie kaum glauben. Sie dachten, ich würde ihnen einen Bären aufbinden wollen. Nun jedenfalls möchten sie jeden Tag zum gepflanzten Birnbaum herauflaufen und ihn gießen, damit er auch wächst.

Es gibt eine gute Nachricht: Ab heute fährt die Kraftwagenüberlandlinie bis hinauf nach Reckerscheid, Mahlberg und Schuld an der Ahr. Auch in die andere Richtung, nach Tondorf, kommt man jetzt mit dem Omnibus. Montags, mittwochs und freitags könnte ich meine Freundin Erica in Reckerscheid besuchen, sofern ich nicht arbeiten müsste. Papa las es heute auch in der Zeitung und meinte, er würde mir mal einen Montag frei geben, dann könnte ich sie besuchen. Sehe sie seit der

Schulzeit nur noch selten, da sie in einem Haushalt als Köchin begonnen hat und dort lebt.

6. Oktober 1935

Heute war Erntedankfest. Um 15 Uhr sammelten sich alle Bürger und auch die Vereine in Uniform am Orchheimer Tor und wir gingen in einem Festzug zum Adolf-Hitler-Platz. Der Lehrer Dr. Heinen vom St.-Michael-Gymnasium hatte ein Festspiel verfasst, das aufgeführt wurde. Danach kam der schönste Teil. Die Bauernschaften von Eicherscheid, Rodert und Münstereifel zogen mit ihren herrlich geschmückten Erntewagen durch die Stadt. Wir hatten unsere Straße festlich geschmückt. Plötzlich drehte Müllers Ochse durch, der ging durch und raste vor Angst getrieben in die entgegengesetzte Richtung. Kurz bevor das Tier in die geöffnete Kirchtüre flüchten konnte, hatte der Sepp es wieder eingefangen. Das Gelächter der Leute und die dummen Kommentare wie »heiliger Ochs« waren Müllers sicher. Böse Zungen lästerten, der Ochs sei wohl frömmer als der Herr selbst. Heute Abend ist noch Erntedank-Tanz in den Sälen, Christa und ich gehen zu Hillebrands. Ich werde das neue gelbe Kleid tragen, das Mama mir genäht hat.

Kapitel 13
Gerichtsmedizin

»Was?!«, schrie ich entsetzt in mein Smartphone.

»Als die Polizisten das Skelett einsammelten, fiel auf, dass die Knochen von zwei Menschen stammen. Es ist schrecklich.« Max war nun doch ziemlich schockiert. »Wir dürfen hier vorerst sowieso nicht weitermachen. Ich komme nach Hause.«

»Wie kann das sein?« Ich schluckte, mein Hals war ganz trocken.

»Es muss ein kleiner Mensch gewesen sein, vielleicht ein Kind, ich weiß es nicht. Bis gleich.« Max beendete das Gespräch.

Mikesch kam zu mir, er merkte meine Unruhe und legte sich zu mir aufs Sofa. In der Mulde meiner angezogenen Knie rollte er sich ein. Ich kraulte ihn, um mich selbst zu beruhigen. Ein Kind? Wer mauert ein Kind und einen Erwachsenen in einen Kamin ein? Ich wollte erst einmal gar nichts mehr von diesem Haus wissen. Keine Polizei, keine Renovierung, keine Leichen. Mein Leben war bis vor kurzem noch so ruhig und normal verlaufen. »Ich will nicht mehr zu diesem Haus zurück, Mikesch!«, murmelte ich und zog die gelbe Fleecedecke höher. Mir fröstelte trotzdem. Ich rief Babs an. »Hier ist Inga. Hast du Zeit? Es ist was passiert! Kannst du kommen?«

Babs merkte sofort, dass etwas nicht stimmte, fragte nicht weiter nach und versprach, sich sofort auf den Weg zu machen. Es begann dunkel zu werden. Mikesch schreckte auf, als die Klingel ging. Zuerst fiel ich meiner Freundin wortlos um den Hals. Ich weinte leise. Babs war irritiert und fragte: »Ist was mit Max?«

»Nein, mit Max ist alles in Ordnung. Es ist … unser Haus … wir haben zwei Skelette gefunden. Im Kamin. Die Polizei ist schon mit dem Fall beschäftigt.« Die ganze Anspannung der letzten Stunden löste sich in meinen Tränen auf. Babs ließ mich erzählen. Sie gab mir ein Tempotaschentuch und hörte ruhig zu. »Ja, aber das ist ja unglaublich! Wie lange ist … ich meine, wie lange liegt der Tod der beiden Menschen denn zurück?«

Ich antwortete stockend und Nase putzend: »Das wird noch untersucht, aber mal zumindest einige Jahrzehnte, nehme ich an.« Als Max kam, hatten wir beide fast eine halbe Flasche Eifelfeuer getrunken. Der kräftige Kräutergeschmack beruhigte die Nerven und der Alkohol tat sein Übriges. »Hallo«, begrüßte uns Max ziemlich matt. Ich schenkte ihm auch gleich ein Gläschen ein. Er trank es in einem Zug aus, seufzte und begann, seine Turnschuhe auszuziehen und sie unter den Wohnzimmertisch fallen zu lassen. Eine Angewohnheit, die mich sonst immer nervte, heute aber war ich froh, dass er einfach da war. »Was ist noch passiert?«, fragte ich und schenkte ihm nach.

»Die Knochen stammen von einem Kleinkind und einem Erwachsenen. Mehr weiß man noch nicht«, sagte Max tonlos. Wir schwiegen betroffen. »Wie geht es jetzt weiter?«, wollte Babs wissen, deren Aussprache nicht mehr ganz deutlich war. Max pustete sich die dunklen Locken aus den Augen. »Wir dürfen im Haus nichts anrühren. Die Ermittlungen der Polizei und die Untersuchungen der Gerichtsmedizin laufen. Man wird uns Bescheid geben, wann wir weitermachen dürfen. Ich weiß nicht einmal, ob wir überhaupt über die Ermittlungsergebnisse informiert werden. Bin ganz schön am Ende.« Max am Ende. So was hatte ich noch selten erlebt.

»Ich weiß gar nicht, ob ich da weitermachen möchte!«, gestand ich. »Wenn erst herauskommt, was wir gefunden haben, wird doch keiner mehr in den Laden kommen. Ein Mörderhaus!«

Babs nickte: »Man muss abwarten, ob die Sache durch die Presse gehen wird oder ob sie geheim behandelt wird. Und ob es sich überhaupt um Mord handelt.«

Max gab zu bedenken: »Das kommt früher oder später doch an die Presse, die Polizei darf das gar nicht geheim halten.« Als meine Freundin nach Hause gegangen war, legte Max eine CD in unsere Stereoanlage ein. David Bowie. »You feel so lonely you could die«. Er legte sich neben mich aufs Sofa. Max schaute an die Decke und sagte einige Minuten gar nichts. Ich fuhr unter sein Sweatshirt und streichelte seinen Bauch. Mir war auch nicht nach Reden zumute. Der Schreck saß uns so tief in den Knochen, dass wir vergessen wollten. Wieder lag eine unruhige, fast schlaflose Nacht vor uns.

Um 6 Uhr wurde ich von Mikesch geweckt, der schnurrend hinter meinem Kopf stand und an meinen Haaren herum schnupperte. Mein Geschmack im Mund war fürchterlich. Bitter und pelzig. Ohne Zähneputzen eingeschlafen, klar. Max lag schlafend neben mir im Halbdunkel. Leise stand ich auf und stieß mir dabei das Knie am Couchtisch. Im Bad zog ich mir den Bademantel über und schlappte müde in die Küche und schaltete das Radio ein. Auf Radio Euskirchen lief mein Lieblingssong »Fix you« von Coldplay.

When you try your best but you don't succeed
When you get what you want but not what you need
When you feel so tired but you can't sleep
Stuck in reverse

Das Lied drückte haargenau meine augenblickliche Stimmung aus. Mikesch folgte mir. Ich gab ihm Futter und setzte mich an den Küchentisch. An Schlafen war nicht mehr zu denken, da mir wieder all die Ereignisse vom Vortag durch den Kopf gingen. »Wie geht es nur weiter?«, fragte ich mich. Ich kochte Kaffee und hing noch meinen Gedanken nach. Auch Max erschien in zerknittertem T-Shirt und karierten Boxershorts in der Tür, streckte sich und gab mir einen Kuss. »Moin, du siehst ja schrecklich aus, Emma!« Lächelnd drückte er mich und nahm sich Kaffee. »Wir werden eine Lösung finden. Ich versprech's Dir.«

Er setzte sich neben mich und schlürfte. Mikesch schmatzte. Das beruhigte mich. Wenigstens ein kleines Bisschen Normalität im Leben, dachte ich. Wir hatten mit den Vorkommnissen im Haus nichts zu tun. Wir würden das Beste daraus machen. »Wir könnten ein Krimi-Haus eröffnen?«, flachste ich. Galgenhumor. Max lachte leise. »Jaaaa. Krimi-Dinner sind doch total in. Was machen wir heute?«

»Erst mal raus hier und auf andere Gedanken kommen«, war mein Wunsch. »Wir könnten eine Runde Schlittschuh laufen.« In Zülpich gab es am sogenannten Lago Beach eine Eisbahn. Max fand die Idee gut und ging auf die Suche nach unseren Schlittschuhen. Ich holte die Zeitung herein und goss mir einen weiteren Kaffee ein.

»Leichenfunde in Bad Münstereifel – Identität der Skelette noch ungeklärt.« Die Überschrift im regionalen Teil sprang mir sofort ins Auge. »Maaax!«, rief ich und überflog ziemlich fassungslos den Artikel. Max kam die Kellertreppe heraufgerannt und schaute in die Zeitung. »Was? Jetzt schon in der Zeitung? Na, das ist ein gefundenes Fressen für die Presse.« Er las den Artikel laut vor, der relativ nüchtern gehalten war und unter dem ein Foto unseres halb abgerissenen Kamins abgebildet war! Ich musste mich setzen. »Jetzt ist es raus!«

»Na, damit war zu rechnen, sowas darf die Polizei nicht vertuschen. Über solche Vorkommnisse muss öffentlich berichtet werden. Und ein Reporter war auch schon da und hat mir Fragen stellen wollen. Ich habe aber keine Antworten gegeben. Er hat sich jedoch nicht abschrecken lassen und ein paar Fotos gemacht. Sicherlich hat er ein Teleobjektiv und einen Polfilter verwendet, damit die Spiegelungen auf der Fensterscheibe nicht zu sehen sind, ich vermute, er hat unbemerkt durchs Fenster geknipst. Aber was soll's, man wird noch ein paar Wochen darüber reden und irgendwann wird Gras über die Sache gewachsen sein. Außerdem ist zum Glück nicht die Außenfassade auf dem Foto zu sehen.« Max versuchte mich zu beruhigen, aber mir war der Appetit auf die Brötchen vergangen, die meine Freundin kurz darauf mitbrachte.

Babs war für ihre Verhältnisse sehr früh auf und begrüßte mich, indem sie mir die Tüte und einen Kölner Stadtanzeiger vor die Nase hielt und sagte: »Es steht drin!«

»Ja, wir wissen es. Setz dich! Kaffee, Babs?« Ungefragt holte ich ihre grün-gelbe Lieblingstasse mit dem Froschkönig aus dem Schrank und füllte sie.

»Ich hab die halbe Nacht lang nicht geschlafen«, erzählte Babs und schlürfte am Getränk. Max deckte den Tisch, füllte die noch warmen Brötchen in den Korb und setzte sich zu uns. »Das ist ja nicht gerade werbewirksam für dein Geschäft, Mensch!«

Ich nickte: »Was wird vor allem Frau Brecht denken, die fällt doch aus allen Wolken! Ob ich sie vorwarnen sollte, bevor sie's aus der Zeitung erfährt? Sie hat schließlich zu verdauen, dass sie ihr halbes Leben mit den Leichen in diesem Haus verbracht hat …«

Ich knabberte nachdenklich an einem trockenen Brötchen herum. Wir aßen schweigend. Ich nahm das Telefon und wählte Tobis Nummer. Mein Bruder sollte es schließlich auch erfahren, aber es sprang nur sein Anrufbeantworter an. Ich hinterließ ihm eine Nachricht, er möge mich mal zurückrufen. Vermutlich schlief er noch.

»Was habt ihr denn heute vor?«, unterbrach Babs die Stille.

»Wir wollen zum Schlittschuhlaufen. Kommst du mit nach Zülpich?«, lud Max sie ein. Babs war sofort zu begeistern und meinte nur: »Ich komme mit, muss mir nur ein Paar dieser Dinger da ausleihen«, und deutete auf unsere Schlittschuhe, die Max in den Flur gelegt hatte.

Wir verbrachten einen schönen sonnigen Tag auf dem Eis, an dem wir sicher ein Dutzend Mal Babs vom Eis heben und ihr wieder auf die Füße helfen mussten. Es gab dort so lustige Pinguine und Schneemänner, an denen sich Kinder beim Eislaufen lernen festhalten konnten. So ein Ding stellten wir Babs dann vor die Füße und Max sagte: »Halt dich daran fest und lauf!« Babs hielt sich krampfhaft an der viel zu niedrigen Figur fest und stolperte weiter übers Eis. Aber wir hatten sehr viel Spaß und vergaßen zeitweise tatsächlich unsere Probleme. Max und ich liefen Hand in Hand und atmeten die kalte Luft ein. Später kehrten wir noch in dem Bistro ein, nahmen uns einen Tisch am Fenster und blickten hinab auf die Schlittschuhläufer, die im Flutlicht ihre Runden drehten, während die Sonne gerade orange-rosa unterging.

Nach einigen Tagen erhielten wir Post von der Polizei Köln. Darin stand, dass wir ab sofort wieder in unserem Haus bauen und umbauen durften. Die Untersuchungen in der Forensik hätten ergeben, dass der Mord an einer jungen Frau und einem etwa halbjährigen Kind schätzungsweise achtzig Jahre zurückliegen würde. Man vermutete daher, dass der Täter oder die Täter sich nicht mehr unter den Lebenden befinden würden. Weitere Untersuchungen würden jedoch stattfinden.

Wer waren die Frau und dieses Kind? Warum mussten sie sterben? Wer hatte sie auf dem Gewissen?

Kapitel 14
Anna

12. Oktober 1935

Die Segelflieger sind zurück! Und Luka! Er wird zehn Tage an einer Schulung in Nöthen teilnehmen. Christa, Johannes und ich werden uns das auf alle Fälle ansehen. Und am 20. Oktober ist der große Segelflugtag mit Kunstflugdarbietungen und der Eröffnung der neuen Halle. Ich werde also Luka wiedersehen!

13. Oktober 1935

Nun ist auch die Kläranlage an der Steinsmühle im Bau. Papa sagte, sein Freund Georg, der dort arbeitet, hätte geflucht, auf welch hartes Gestein sie beim Ausschachten gestoßen seien. Mit Dynamit musste gesprengt werden, um den Bau vorzubereiten. Die Orchheimer Straße ist jetzt auch an den Kanal angeschlossen worden und endlich wieder passierbar.

19. Oktober 1935

Luka hab ich nun wiedergesehen. Christa und ich sind mit Johannes auf den Rädern nach Nöthen gefahren. Schon bald sah ich Luka. Er stand vor der neu gebauten Flugzeughalle, rauchte und winkte uns zu. Luka schüttelte uns die Hand und führte uns etwas auf dem Gelände herum. Er hat vor ein paar Tagen den Segelflugschein erworben. Ich könne ja mal mit ihm fliegen, meinte er zwinkernd. Sein Segelfluglehrer Müller wird morgen spektakuläre Kunststücke am Himmel vorführen, erzählte er. Luka zitierte leider auch Hermann Göring: »Das Deutsche Volk muss ein Volk von Fliegern werden!«

Scheint mir ein Verehrer Hitlers zu sein, dieser Knilch!

20. Oktober 1935

Der Tag ist zu Ende und ich bin nun ernüchtert und von meiner Liebelei endgültig kuriert.

Um 14.30 Uhr begannen die Flugveranstaltungen auf der Nöthener Heide. Vorher gab's auf dem Adolf-Hitler-Platz noch die Segelflugtaufe und dann Abmarsch zur Nöthener Heide. Ich plapperte den ganzen Weg dorthin Christa die Ohren voll, wie schön und intelligent ich Luka finde. Sie verdrehte schon die Augen. Luka war auch gleich bei uns und machte mir schöne Augen. Während der Flugvorstellung saß er neben mir und hielt meine Hand, so dass mein Herz raste. Ich bekam gar nicht mit, was am Himmel dargeboten wurde. Nach dem Kunstfliegen nahm er mich mit zu seinem Lehrflugzeug. »Willst du eine Runde mit mir drehen?«, fragte er lässig. Seine Augen wirkten wie hypnotisierend auf mich. Erst hatte ich Angst, doch dann sagte ich zu.

Wir stiegen in den Segler ein. Leider herrschte nur wenig Aufwind, so dass der Flug, nachdem wir hochgezogen wurden, was sehr im Magen kribbelte, nur ein paar Minuten dauerte. Ich hatte aber das Gefühl, ein Vogel zu sein. Luka landete den Gleiter sanft und bedauerte das schlechte Flugwetter. Kurz darauf begann es zu regnen, was zur Folge hatte, dass die Flugveranstaltungen frühzeitig beendet werden mussten.

Wir gingen nach Hause und waren pitschnass. Aber noch war ich voller Hoffnung, bis wir uns zum Fliegerball im Hotel Hillebrand einfanden. Papa und Mama waren auch dabei.

Luka tanzte ausgelassen mit mir, er hatte schon reichlich Alkohol getrunken, wie mir schien. Nach einem Tanz, es war »Alles, alles tu ich aus Liebe« von Willy Fritsch, sagte er, ich solle ihn nach draußen begleiten. Er legte seine Fliegerjacke schützend über meine Schultern und seinen Arm um mich. Wir schlenderten im Halbdunkel die Stadt herauf. An einer dunklen Stelle in der Fibergasse begann er, mich zu küssen. Erst sanft, doch dann drängender, sein Atem roch nach Alkohol. Das ging mir alles viel zu schnell. Als er zudringlich wurde, lief ich ins Licht. »Lass das bitte!«, stieß ich hervor.

»Hab dich nicht so!« sagte er. Ich ließ seine Jacke fallen und lief eiligen Schrittes zurück zum Saal und kämpfte mit den Tränen. Christa sah mir sofort an, dass etwas nicht stimmte und nahm mich zur Seite. In dem Moment tauchte er wieder auf, er würdigte mich keines Blickes mehr. An der Theke bei seinen

Fliegerfreunden begann er, ein Bier nach dem anderen zu trinken. Als Papa mich zum Tanzen aufforderte, betrachtete Luka mich aus zusammengekniffenen Augen. Er drückte seine Kippe aus und kam nach dem Tanzlied auf mich zu. Papa behandelte er wie Luft, als er wutentbrannt vor uns stand. Mir schaute er spöttisch ins Gesicht und stieß hervor: »Mit euch Judenpack will ich nichts zu tun haben! Und du wirst dein Verhalten bereuen, du wirst dir eines Tages wünschen, gar nicht erst geboren worden zu sein.« Er spuckte mir vor die Füße und wankte zurück zu seinem Club.

Papa nahm mich an die Hand, nickte Mama zu, die kreidebleich neben ihrer Freundin stand, und wir gingen nach Hause. Auf dem Heimweg regte Papa sich furchtbar auf. Ich dagegen bin enttäuscht, wütend, ärgere mich über mich selbst. Warum habe ich mich überhaupt mit ihm getroffen? Diese bösen, kalten Augen. Seinen Blick werde ich so schnell nicht mehr vergessen.

Kapitel 15
Renovierungsarbeiten

Als ich nach den Ereignissen wieder das erste Mal unser Haus betrat, war mir mulmig zumute. Die Handwerker hatten aber bereits den Kamin abgerissen und den Schutt weggeschafft. Max war dabei, mit neu gekauften Holzdielen, die den alten sehr ähnlich sahen, die Lücke im Boden auszulegen. Bald würde nichts mehr an den Kamin erinnern. Ich ging hinauf ins Wohnzimmer und strich dort die Wände. Heute sollte auch die Wand zum Vorratsraum abgerissen werden. Bei einem befreundeten Architekten hatten wir uns Rat eingeholt und ihn gebeten, zu kontrollieren, ob wir die Wand zum Teil einreißen durften und wie sich das auf die Statik des Hauses auswirken würde. Wir würden den Durchgang vergrößern können. Außerdem sprach auch nichts dagegen, ein breites Schaufenster vorne einzusetzen. Wir hatten grünes Licht für unsere Pläne.

Mit den Handwerkern redete ich noch einmal unter vier Augen. »Ich möchte Sie bitten, den Vorfall beim Abriss des Kamins nicht an die große Glocke zu hängen. Ein Bericht stand zwar schon in der Zeitung, aber vielleicht wird nicht jeder den Mord mit unserem Haus in Verbindung bringen. Da ich ja einen Laden eröffnen möchte, wäre es der Sache nicht zuträglich. Sie verstehen das sicher?«, begann ich zögernd. Die beiden nickten und Herr Schöffer sagte auf Münstereifler Platt: »Dat können mir jood verstohn, von ohs erfihrt keene e Sterbenswöörtche. Mir möchten Inne keen Steehn in de Weach läje. Sie han ohs Wort.« Er stupste seinen jüngeren Kollegen an und fordert ihn zum Nicken auf. »Klar, mir soen neuss!«, versprach auch der.

Zwischenzeitlich klingelte mein Handy. Kommissar Lepert war dran. Er hatte noch einige Fragen an mich, rückte aber selbst kaum mit Ergebnissen heraus, was mich ärgerte.

»Lieber Herr Lepert! Können Sie mir nicht auch ein paar Dinge erzählen, ich wäre wirklich daran interessiert, etwas über die Morde zu erfahren!«, tastete ich mich langsam heran. Max, der aufstand und sich die schmerzenden Knie rieb, kam zu mir und hörte mit halbem Ohr mit. Herr Lepert schien einen guten Tag zu haben und erwiderte mit charmanter Stimme: »Liebe Frau Meyer ... ich darf Ihnen eigentlich gar nichts weiter verraten, aber wenn Sie möchten, besuchen Sie mich in Euskirchen auf dem Revier und wir unterhalten uns einmal unter vier Augen.« Max rollte mit den Augen. »Wann wäre es Ihnen denn recht?«, fragte ich und ignorierte meinen Freund, indem ich ein paar Schritte zum Fenster ging und ihm den Rücken zuwandte. »Ich müsste gleich noch in Ihre Nähe, dann käme ich in einem bei Ihnen auf der Wache vorbei? Gegen Mittag?«

Herr Lepert war einverstanden. Kaum hatte ich das Telefonat beendet, frotzelte Max: »Na, der Polizist schmeißt sich ja ganz schön an dich ran.«

»So ein Quatsch!« Schnell nahm ich mit einem Zollstock von unserem Vorratsraum grob Maß, sagte Max Tschüss und fuhr zu einem Antikmöbelgeschäft in Kall. Ich war auf der Suche nach einer schönen bunten Couchgarnitur und einem Verkaufstisch aus Holz. Im Geschäft fand ich ein nostalgisch aussehendes Biedermeiersofa, das perfekt zu meinem geplanten Ambiente passen würde. Schnörkelige Arm- und Kopflehnen aus dunklem geöltem Holz rahmten den in dezentem Rot-Gelb gehaltenen Stoff ein. Sehr stilvoll und gut erhalten. Die Verkäuferin kam und erklärte mir, dass dieses Möbelstück aus dem Jahr 1860 stammte und ein Schnäppchen sei. Ein Preisschild hing dran. 850 Euro. Genau das musste es sein! »Ich brauche dazu passend noch einen Tisch, der als Verkaufstisch dienen kann. Hätten Sie so einen vorrätig?«, fragte ich die Frau. Im Lager fanden wir einen Tisch, der zum Holz der Couch passte und meinen Vorstellungen entsprach. Ich ließ die Möbel reservieren. Erst wenn mein Buchladen fertig renoviert sein würde, sollten sie geliefert werden. Die Frau gab mir ihre Visitenkarte und sagte, ich möge mich nach Fertigstellung der Räume bei ihr melden.

Ganz erfreut über meinen Kauf fuhr ich über die B 266 über Kommern ins Euskirchener Präsidium. Kommissar Lepert saß in seiner Dienstuniform am Schreibtisch und stand lächelnd auf, um mich zu begrüßen. »Hallo, Frau Meyer! Gerade beginnt meine Mittagspause, wollen Sie mich ins Café begleiten?«

»Ja, gute Idee.« Wir nahmen im Café in der Nähe des Reviers Platz und Herr Lepert berichtete, nachdem wir unsere Bestellung aufgegeben hatten: »Wir haben einen Bericht von der Gerichtsmedizin erhalten. Es wurde festgestellt, dass die beiden Personen nicht durch physische Einwirkung ermordet wurden. Es sind keine Verletzungen erkennbar, aber es ist anzunehmen, dass sie bereits tot waren, als man sie in den Kamin gelegt hat. Anhand der DNS konnte man eine Verwandtschaft feststellen. Eine Frau, die etwa 25 Jahre alt war, und ein Mädchen, das vermutlich eine Tochter oder nahe Verwandte war. Das Mädchen war erst wenige Monate alt. Die Identität der beiden konnte noch nicht festgestellt werden. Wir durchsuchen gerade alte Unterlagen, Urkunden, Zeitungen aus der Zeit um den Zweiten Weltkrieg, die uns Hinweise auf vermisste Personen geben könnten. Es sind nur wenige Quellen überhaupt noch vorhanden. Man kann das Todesdatum nicht so genau feststellen, aber man geht von einem Todeszeitraum zwischen 1935 und 1945 aus.« Herr Lepert plauderte erstaunlich viel aus, fand ich. Er war in etwa vierzig Jahre alt, vielleicht etwas jünger, hatte Lachfalten um die Augen und schöne gerade Zähne. Seine dunklen Haare waren verhältnismäßig lang für einen Polizeibeamten, und sein smartes Lächeln gefiel mir. Während er sprach, schaute er mir mit offenem Blick in die Augen. Seine waren blau.

Ich war verunsichert. »Warum wurden diese beiden Personen nicht vermisst? Es müsste doch damals eine Suche nach ihnen gestartet worden sein? Man verschwindet doch nicht einfach so und niemand schert's in so einem Städtchen?« Ich hielt mich an meiner Kaffeetasse fest.

»Das wundert uns auch«, fuhr Herr Lepert fort. »Aber bisher sind wir auf keine Vermisstenanzeige gestoßen, die zu diesem Fall passt, oder haben irgendeinen Anhaltspunkt finden können. Zu Kriegszeiten war es jedoch leider öfter der Fall, dass Menschen verschwanden.«

»Ich sage Ihnen ganz offen: Mir graut es davor, an einem solchen Ort arbeiten und wohnen zu müssen, an dem solche Dinge passiert sind«, gestand ich. »Wenn ich mir das alles ausmale, stellen sich mir jetzt noch die Härchen hoch.« Eine Gänsehaut überzog meine Haut. Herr Lepert nickte mitfühlend und versprach, mich weiterhin über die Untersuchungsergebnisse zu unterrichten. »Ich gebe Ihnen meine Handynummer, Frau Meyer. Sie dürfen mich gerne jederzeit anrufen. Auch nachts.« Charmantes Lächeln, das ein Grübchen zeigte.

»Naja, das wird nicht nötig sein ... aber danke, dass Sie mir das alles erzählt haben«, brachte ich heraus und nahm die Serviette, auf der er mir seine Nummer notiert hatte. »Ich muss jetzt zurück auf die Wache«, sagte Herr Lepert. »Ach, und im Übrigen fände ich es netter, wenn Sie mich einfach Christopher nennen würden.« Ich lächelte ihn an. »Inga«, sagte ich und winkte ihm zum Abschied zu.

Kapitel 16
Anna

10. November 1935

Es war mal wieder schön am Martinstag. Mama, Elias und ich hatten einige Einmachgläser mit Teelichtern vors Haus gestellt und ein paar Lampions in unser Schaufenster gehängt. Zum Martinszug um 17.30 Uhr versammelten sich alle auf dem Klosterplatz. Dieses Jahr waren die Rüben nur sehr klein und mickrig ausgefallen, so dass die ausgehöhlten Laternen nicht so prächtig aussahen wie im letzten Jahr. Die Kleinsten hatten schöne Lampions, die in vielen Farben leuchteten, und wieder verbrannten leider einige durch umgekippte Kerzenstummel.

Nach dem Zug gab es für jeden einen Weckmann auf dem Gymnasialschulhof und die alljährliche Verlosung der Martinsgänse. Dieses Mal hatte Christa Glück und gewann mit ihrem Los eine. Das Federvieh brachten wir nach Hause zu ihrer Mutter, die die Gans in Augenschein nahm und dann sagte, sie brächte es nicht übers Herz, das arme Tier zu töten. So darf sie jetzt in einem kleinen Stall im Garten von Christas Eltern picken und wird den Winter sicher überleben.

14. Dezember 1935

Bald ist Weihnachten, aber mir ist gar nicht weihnachtlich zumute. Man macht uns Schwierigkeiten. Im Westdeutschen Beobachter stand, mein Papa würde angeblich mit falschen Juwelen handeln! Es ist unfassbar, was die Nazis uns unterstellen! Er hat sofort seinen Freund, den Rechtsanwalt, eingeschaltet, der unsere Unschuld beweisen soll. Dummerweise darf der Anwalt keine Juden mehr vertreten, so hat er Papa unter vier Augen gesprochen und ihm ein paar Tipps gegeben, wie er verfahren und reagieren soll. Aber er meinte auch, dass man zur Zeit vielen Juden das Leben schwer machen würde und Papa sich darauf einstellen müsse, Kunden zu verlieren.

Seit ein paar Wochen hängt vor dem Rathaus ein großes Plakat: Kauft nicht beim Juden ein!

Die Leute scheinen sich wirklich daran zu halten, dabei hat es doch bisher niemanden gestört, dass Papa Jude ist. Was ist nur los bei uns?

Einige Geschäftspartner, die Papa immer gut gewogen waren, haben sich abgewendet und kaufen nun woanders ein. So langsam machen wir uns Sorgen. Ein Freund von Papa hat uns erzählt, dass Luka seine Finger im Spiel hat und gegen uns hetzt. Er habe wortwörtlich gesagt, dass er schon durch seinen Einfluss dafür sorgen werde, dass wir keine Mark mehr verdienen würden. Was ist das nur für ein Mensch! Und in ihn war ich noch vor einigen Wochen verliebt! Wie kann man sich nur so sehr in einem Menschen täuschen?

Elias stellt nur Unsinn an. Letzte Woche brachte er einen kleinen Welpen mit nach Hause. Er sei ihm zugelaufen, behauptete mein Bruder, und er müsse sich nun um den Kleinen kümmern. Mama war gar nicht begeistert, denn natürlich haben wir weder Zeit noch eine Hundehütte für den kleinen Streuner. Elias wollte das aber nicht einsehen und versteckt ihn jetzt heimlich im Schuppen. Er hat ihn auf den Namen Sniffer getauft und Lucia und er kümmern sich rührend um ihn.

24. Dezember 1935

Heiliger Abend und Chanukka.

Sniffer ist nun doch offiziell als Familienmitglied anerkannt worden und durfte heute beim Abendessen unter dem Tisch liegen. Natürlich bekommt er von Elias all die Happen, die er nicht mag, zugefüttert.

Dieses Jahr haben wir zum ersten Mal einen kleinen Weihnachtsbaum im Wald geholt. Ich habe den Vorschlag gemacht, da Christas Familie immer so einen schönen großen Tannenbaum im Wohnzimmer aufstellt und ihn festlich schmückt. Unserer hat zwar keine Kugeln, aber etwas Lametta und ein paar Kerzen.

Wir sind schon eine komische Familie. Während Papa Chanukka feiert, das acht Tage lang dauert, spricht Mama von Weihnachten und freut sich über unser Bäumchen. Sie hat ganz glänzende Augen. Papa sagt: »Wieso soll man nicht das Lichterfest und Weihnachten zusammen feiern? Es sind beides Feste des Lichtes.« Papa lächelt und meint, er sei der einzige Jude in Münstereifel, der vor einem Weihnachtsbaum sitzt.

Er zündet an unserem Chanukka-Leuchter mit dem Diener die vierte Kerze an – jeden Tag wird eine weitere angezündet, bis alle brennen. Dem Hund ist egal, was gefeiert wird – Hauptsache, er darf bei der Familie sein und sich am Feuer wärmen.

Da die meisten anderen Familien ihren Kindern etwas schenken, gibt auch Mama uns immer an Weihnachten eine Kleinigkeit. Ich bekam einen schönen seidenen Schal in Altrosa, Elias ein Dominospiel, mit dem wir eine Runde nach der anderen spielten.

Die Eltern machen sich Sorgen wegen der politischen Entwicklungen, die nicht mehr aufzuhalten sind, seit die Nationalsozialisten an der Macht sind. Und unser Geschäft hat immer weniger Kunden. Papa hat die Vermutung, dass wir etwas tun müssen, um überleben zu können.

Kapitel 17
Nachforschungen

Christopher hatte meine Neugier geweckt. Ein Mord, der nie entdeckt wurde? Keine Vermissten? Gab's so was?

Hätten wir den Kamin nicht abreißen lassen, wäre nichts über diesen Fall herausgekommen, vermutete ich. Es war der Frau und dem Baby ein Unrecht widerfahren. Mir war daran gelegen, dass jemand den Grund für ihren gewaltsam herbeigeführten Tod herausfand. Und ich würde auch gerne selbst dabei helfen.

Ganz in Gedanken fuhr ich zu unserem Haus. Ich ging hinauf und schaute mich um. Mein Blick fiel auf die Speicherluke, die ich mit Hilfe des Stabes mit Haken, der in der Ecke stand, öffnete. Max hatte sich bei unserer Hausbesichtigung bereits den Speicher auch wegen der Dachbeschaffenheit genauer mit einer Taschenlampe angeschaut, während ich mit Frau Brecht unten blieb. Über eine enge Holztreppe, die ich ausklappte, stieg ich hinauf auf den Dachboden, auf dem es stockdunkel war und muffig roch. Ich fand den Lichtschalter, aber es blieb dunkel. Die Birne schien defekt zu sein. Da ein wenig Licht durch die Speicherluke fiel, konnte ich mich langsam vortasten. Am anderen Ende des Speichers ließ ein kleines rundes Fenster etwas Licht einfallen. Die feuchte Kühle des lange nicht gelüfteten Raumes ließen mich erschauern, ich empfand Beklemmung, doch die Neugier trieb mich weiter. Kisten und Gerümpel standen im Weg, welche ich erst einmal mit spitzen Fingern zur Seite schieben musste, eh ich mir einen Weg bahnen konnte. Natürlich musste ich dauernd an die Skelette denken, nicht, dass hier noch ... Ich schob den Gedanken schnell beiseite. Es roch dumpf nach Lavendel, den wohl jemand vor langer Zeit einmal an der Decke aufgehängt hatte. Ich fühlte mich beobachtet und meinte die Anwesenheit eines anderen Wesens zu spüren. Ein Atmen, oder war es der Wind, der ums Dach strich? Plötzlich streifte mich etwas am Arm, dann am Kopf, ein Luftzug, ein Geräusch, das sich wie ein Seufzen anhörte. War es meine eigene Stimme gewesen? Mir stellten sich die Nackenhaare hoch. Mein Mund wurde trocken und das Herz raste. So schnell es eben in der Dunkelheit ging, tastete ich mich rückwärts an den abgedeckten Möbeln vorbei, wich einer Kommode und Kisten aus und stieß mir heftig den Kopf an einem Deckenbalken, der Schmerz pochte bis in die Schläfen hinein. Mein Haar fühlte sich an der Stelle gleich warm an, ich stand immer noch wie erstarrt dort. Ein Damenhut, der in der Nähe der Speicherluke an einem Holzbalken hing, bewegte sich, das gepunktete Band flatterte, er fiel wie von Geisterhand zu Boden. Ein Windzug? Ich hatte furchtbare Angst. Noch drei Schritte bis zur Speicherluke, noch zwei, ich schwankte leicht und hielt meinen blutenden Kopf, gelangte an die Treppe und stieg zitternd rückwärts hinab in die Helligkeit.

Zunächst ging ich ins Bad und wusch mir das Blut aus den Haaren, legte ein mit kaltem Wasser getränktes Handtuch auf die verletzte Stelle und setzte mich aufs Klo. Der erste Schreck ließ langsam nach, dafür verstärkte sich der Schmerz. »Ich werde doch wohl nicht noch umkippen«, dachte ich und trank ein paar Schluck kaltes Wasser direkt mit dem Mund aus dem Wasserhahn. Ich redete mit mir selbst, um die Stille zu übertönen.

Nach ein paar Minuten ging es mir etwas besser. Ich nahm das Handy und rief Max an. »Hallo Max, ich habe mir gerade den Kopf gestoßen und mich verletzt, komm mal zum Haus, ja?«

Max fragte, ob es schlimm sei. Ich erwiderte, es blute zwar, jedoch schien die Blutung abzuklingen. »Ich komme.« Max war einige Minuten später da, schaute sich meine Wunde an und nickte: »Das sieht schlimmer aus, als es ist. Nur eine kleine Wunde. Kühl die Stelle weiter. Ist dir schlecht?«

»Nein, es tut auch kaum mehr weh!«, log ich. Tatsächlich war mir immer noch flau, ich konnte aber ein wenig später das kühlende Handtuch abnehmen und wieder einigermaßen klar denken. Während ich mir die Haare vorsichtig etwas auswusch, erzählte ich Max, wie es zu der Verletzung gekommen war, verschwieg aber den Hut und auch meine seltsame Beklemmung.

In dem Moment klingelte es an der Tür, Max lief hinab und öffnete. Babs Stimme schallte durchs Haus. »Halloooo, Kuchen ist daaaa!« Sie ging fast in lautem Bellen unter. Meine Freundin hatte ihren kleinen Hund Chappi dabei. Als sie ihn vor einem Jahr bekommen hatte, war ihr kein Name für ihn eingefallen. So nannte sie ihn nach seinem Lieblingsfutter. Sie schaute mich erst einmal sehr erschrocken an, da meine Haare noch nass waren und zu Berge standen und ich wohl etwas zerzaust aussah. Chappi sprang wie verrückt an mir hoch und kläffte vor Freude. »Was ist mit dir passiert?!«, fragte Babs. »Du hast Blut am Ohrläppchen!« »Sie hat sich beim Rasieren geschnitten.« Max lachte.

»Habe mir nur im Dunkeln auf dem Dachboden den Kopf gestoßen. Max, kannst du bitte mal Kaffee kochen und auch nach einer Ersatzbirne für den Speicher schauen, anstatt dich über mich lustig zu machen?«, schnauzte ich mit Nachdruck. Max ging geschäftig pfeifend in die Küche.

Babs hatte uns ein paar Stücke Kuchen aus der Bäckerei mitgebracht, den ich ihr abnahm. »Ich gehe nochmal kurz ins Bad.« Nachdem ich die Haare getrocknet und das Ohr gewaschen hatte, war der Tisch gedeckt und der Kaffee fertig. Max reichte mir ein Schnapsgläschen. »Trink den mal, damit du wieder etwas Farbe bekommst.«

Später am Abend, mir ließ der Speicher keine Ruhe, stieg ich erneute die Stiege hinauf. Max hatte die Birne ausgetauscht. Nun nach Einschalten des Lichtschalters erschien der Raum gar nicht mehr unheimlich. Vorsichtig, um nicht wieder an die Balken der schrägen Decke zu stoßen, schaute ich mich um. An der Stelle, an der ich »berührt« worden war, hingen große Spinnweben in Fetzen herab. Erleichtert atmete ich auf. Alles war erklärbar. Und an der Luke war vermutlich ein Luftzug entstanden, der den Hut weggetragen hatte. Ich wurde etwas ruhiger.

In der Hoffnung, schöne oder interessante Dinge aus der Vergangenheit zu finden, stöberte ich eine Zeit lang in den Kisten, Koffern und Regalen herum. Einen alten Kronleuchter fand ich, der, nachdem ich ihn grob abgestaubt hatte, wirklich schön aussah und sicherlich gut ins Geschäft passen würde. Ein edles Teil. Der Lüster bestand aus Bronze, hatte acht geschwungene Arme, die jeweils mit dezentem Kristallglas in Tropfenform behangen waren, und am Ende eines jeden Fassungen für Leuchtmittel, die es vermutlich heute nicht mehr zu kaufen gab. Unter der Aufhängung befand sich ein Mittelbaluster, auf dem vier bronzene männliche Engel zu tanzen schienen, welche ihre Hände ausgelassen gen Himmel streckten. Ein wunderbares antikes Teil, das nicht kitschig wirkte.

In einem alten Lederkoffer fand ich einige Bücher, Krawatten und ein Bündel alter Fotografien. Der Lavendelduft schlug mir wieder entgegen, eine Seife in schönem Papier eingewickelt, war die Ursache, außerdem fielen mir Stofftaschentücher mit Monogrammen und eine Tischdecke mit Stickerei in die Hände. Verteufelt kalt war es mir geworden. So nahm ich den Koffer mit den Fotos mit hinunter ins Schlafzimmer, löschte das Licht und schloss die Speichertür.

Neugierig blätterte ich in den zahlreichen Schwarz-Weiß-Fotos. Die erste Fotografie zeigte einen attraktiven Mann in schwarzer Samtherrenweste, weißem Hemd und einer vermutlich grau gestreiften Hose mit durchdringendem Blick, dunklen kräftigen Augenbrauen und einem leicht melancholischen Ausdruck, der auffallend gut gekleidet war und eine gewisse Ausstrahlung besaß, sowie eine etwas dickliche, eher unscheinbare Frau, die anscheinend seine Ehefrau war. Vier kleine Kinder saßen oder standen um die Eltern herum und starrten stumm und unbeweglich in die Kamera. Außerdem gab es eine Reihe Fotos, die ein Rennen zeigten, Oldtimer und Menschen mit Fähnchen. Ein Kind mit einer Schultüte, eine Familie stehend vor einem Weiher... Den ganzen Stapel wollte ich mir später ansehen. Nun musste ich mich losreißen und mal zu Mikesch fahren, der sicher unter Hungerattacken litt.

Beim Abendessen erzählte ich Max von meinem Besuch bei der Polizei und den Ergebnissen der Gerichtsmedizin. Den Namen Lepert vermied ich bewusst. Mein Freund war mit seinen Gedanken jedoch woanders und zeigte nicht viel Interesse.

»Ich muss Klausuren korrigieren und außerdem mit den Handwerkern telefonieren.«

Ich beschloss, Frau Brecht im Marienheim zu besuchen und ihr die Fotos zu zeigen. Sicher würde sie die abgelichteten Personen kennen und mir zu dem ein oder anderen noch etwas erzählen können.

Auf dem Weg am Rathaus vorbei kam ich an einer Reisegruppe vorbei, die überwiegend aus Senioren bestand, die vor dem Pumaladen standen und sich suchend und leicht irritiert umschauten. Eine ältere Dame mit rotem Hut winkte und kam auf mich zu. »Entschuldigung, sind Sie ortskundig? Wir suchen Heinos Café, das war doch immer hier? Oder habe ich das falsch in Erinnerung?« Ihr sächsischer Akzent war nicht zu überhören. »Nein, Sie haben recht, aber Heino ist ins Kurhaus umgezogen. Das liegt auf dem Berg Richtung Nöthen. Wenn Sie gut zu Fuß sind, können Sie jedoch auch die Treppen hier hinauf nehmen und treffen oben auf das Kurhaus.« Die Damengruppe bedankte sich und trat den Weg zum Kurhaus an, während ich nach rechts abbog.

Im Marienheim winkte mich die Dame an der Rezeption schon lächelnd durch. Tilla Brecht lag im Bett und hatte sich eine Erkältung zugezogen.

»Das ist aber schön, dass Sie mich besuchen!«, begrüßte sie mich mit heiserer Stimme.

»Achje, da komme ich ja gerade recht. Haben Sie Fieber, Frau Brecht?«

»Ein wenig, so schlimm ist es nicht, aber der Hals kratzt und die Nase läuft, ich fühle mich etwas schwach. Der Arzt war schon da, ich bin gut mit Medizin versorgt worden.«

Ich nahm die Fotografien aus meiner Tasche und zeigte sie ihr. »Hier hab ich ihnen etwas mitgebracht, die habe ich auf ihrem Speicher gefunden. Übrigens ist dort oben auch ein alter Kronleuchter. Hätten Sie etwas dagegen, wenn ich ihn saubermache und im Geschäft aufhänge?«

»Ach, natürlich können sie den verwenden, der wurde schon vor langer Zeit ausrangiert«, sagte Frau Brecht lächelnd und nahm die Fotografien in die Hand. »Ach, Gottchen, das sind ja ganz alte Bilder, wo haben sie denn die gefunden?«, fragte sie, nahm ihre Lesebrille und setzte sie etwas umständlich auf. »Das hier ist der Vater meines verstorbenen Mannes und seine Frau Emily. Er war Fabrikant und kam aus Düsseldorf hierher, um ein Geschäft zu übernehmen, das einer jüdischen Familie gehört hatte. Das war eine schlimme Geschichte. Die Juden hatten ein gut gehendes Juweliergeschäft, und nachdem die Nationalsozialisten an die Macht gekommen waren, begannen sie, die Juden zum Verkauf zu nötigen. Mein Schwiegervater profitierte natürlich davon, denn er bekam das Geschäft zu einem sehr günstigen Preis. Das weiß ich natürlich nur aus Erzählungen.« Frau Brecht begann heftig zu husten und trank ein paar Schlucke Wasser, eh sie fortfuhr. »Das hier sind ihre vier Kinder, der Älteste ist mein Mann.« Sie zeigte auf einen Jungen mit einem hübschen wachen Gesicht und dunklen Haaren. Dann schaute sie das nächste Foto an, auch eine Familienaufnahme. Sie plauderte ein wenig über ihre Schwiegereltern. »Das Geschäft befand sich im Erdgeschoss unseres Hauses, bis mein Schwiegervater starb und seine Frau das Geschäft auflöste. Danach sind mein Mann und ich dort eingezogen und haben unsere Küche in dem Raum eingerichtet, wo früher der Juwelierladen war. Und nun ziehen Sie bald mit Ihren Büchern dort ein, was mich sehr freut.« Sie nahm das nächste Foto.

»Das hier ist mein Mann mit seiner Schwester. Sie starb im Jugendalter an einer Lungenentzündung.« Als sie das nächste Foto anschaute, stutzte sie: »Hier weiß ich jetzt aber nicht, ... das ist mein Schwiegervater Hans, aber das ist nicht seine Frau Emily. Diese Dame hier ist viel kleiner und schlanker.« Tilla Brecht drehte das Fotopapier um, auf der Rückseite stand in altdeutscher Handschrift »Laacher See, Sommer '38. In Liebe für meine Anna.« Tilla schaute sich noch einmal das Foto an. »Das ist ja sonderbar. Ich bin mir sicher, dass diese Aufnahme meinen Schwiegervater zeigt. Er hatte keine Brüder, nur Schwestern, eine Verwechslung ist unmöglich.«

»Vielleicht eine Verwandte oder Cousine ihres Schwiegervaters?«, fragte ich.

»Nein, nicht dass ich wüsste, dass es sich um eine Verwandte handelt, und der Name Anna ist mir gar kein Begriff, das ist ja sonderbar.« Frau Brecht schien verwirrt zu sein. Das nächste Foto zeigte die junge bildhübsche Frau mit den schwarzen lockigen Haaren und einer Haarspange noch einmal alleine sitzend auf einem umgefallenen Baumstamm in einem See. Ihr helles langes Kleid hing etwas im Wasser, sie strahlte übers ganze Gesicht. Eine Frau mit Grübchen und hübschen Augen. Auch auf diesem Foto stand ein Vermerk: »Anna. 4.6.38«. Sonst nichts.

Danach gab es noch einige weitere Schwarzweißbilder von Hochzeiten und anderen Familienfeiern. Wir schauten uns alle Aufnahmen an, Frau Brecht schien diese Bilder nicht zu kennen.

»Na ja, das war ja lange vor meiner Hochzeit mit Frank, wir haben 1955 geheiratet. Ich habe die Fotos nie gesehen«, erklärte Tilla. Dann nahm sie ein weiteres Foto in die Hand, das eine junge Frau mit langen, dunklen Haaren zeigte, die einen weißen Kittel trug, und einen etwa gleichaltrigen jungen Mann.

»Hier, schauen Sie, das ist Ina Bresgen, die erkenne ich sofort. Sie war Apothekerin. Ihr Vater führte die Schwanenapotheke. Sie selbst war auch von Kindesbeinen an an allem interessiert, was ihr Vater tat und betätigte sich sehr früh schon in der Apotheke in der Werther Straße. Es war klar, dass sie in die Fußstapfen ihres Papas treten würde. Sie war befreundet mit Reinhold Sommer, das ist der junge Mann neben ihr. Er war der Bruder meiner Schwiegermutter Emily und genauso alt wie Ina. Sie saßen bereits in der Schule zusammen und interessierten sich beide für Pflanzen und Tiere. Auch er wurde Apotheker. Das hat mir mein Mann einmal erzählt.« Nachdenklich schaute sie in die hübschen Gesichter der beiden jungen Leute. »Mein Mann erwähnte einmal, dass sein Onkel Reinhold und Ina Bresgen Anfang der Dreißiger zusammen in Bonn Pharmazie studiert haben.«

»Das ist sehr erstaunlich für eine Frau aus der ländlichen Gegend!«, warf ich ein. »Heute ist die Apotheke ein Museum mit einem Kräutergarten, die alte Einrichtung ist noch immer erhalten. Ich habe zuletzt beim Tag der Offenen Tür im Apothekenmuseum an einer Führung des Apothekerehepaares teilgenommen, das zuletzt zwanzig Jahre lang die Apotheke führte.«

»Ja, die Nichte und ihr Mann übernahmen die Apotheke in den Siebzigern von »Tante Ina«. Schauen Sie, auf diesem Foto hier sehen Sie Reinhold mit Ina und ihrem Dichterfreund Jakob Kneip. Er zog Anfang der Vierziger von Köln nach Pesch, als es wegen seiner Ansichten Spannungen mit dem Nazi-Regime gab. Er floh von der Großstadt in die Abgeschiedenheit der Eifel und traf auf Ina Bresgen. Sie wurde seine Lektorin, Ratgeberin und eine gute Freundin.«

»Jakob Kneip? Ihm wurde doch das Bundesverdienstkreuz verliehen, wenn ich das richtig in Erinnerung habe?«

»Ja, genau. Er starb auf tragische Art und Weise 1958 in Mechernich durch einen Eisenbahnunfall. Ina war sehr bemüht um ihn und besuchte ihn im Krankenhaus, nahm sich seiner Pflege an, jedoch erlag er seinen Verletzungen wenige Tage später.« Frau Brecht trank einen großen Schluck Wasser.

»Ina rettete auch die Erft und unser Städtchen vor dem unsinngen Plan einiger Politiker, eine breite Hauptverkehrsstraße anstelle unserer heutigen Fußgängerzone zu bauen. Man wollte die Erft in eine Betonröhre legen, um die Straße zu verbreitern. Ina sprach sich dagegen aus, sie argumentierte, dies würde das mittelalterliche Stadtbild zerstören. Stattdessen sollte eine Umgehungsstraße gebaut werden außerhalb der Stadtmauern. So kam es dann auch 1965. Dank ihr haben wir nun noch unsere schöne Erft und die Fußgängerzone und keine Schnellstraße inmitten der Fachwerkhäuser!« Frau Brecht nahm das nächste Foto.

»Auf diesem Foto wird sie geehrt. Das muss für ihre Verdienste am Ende des Krieges geschehen sein. Als 1944 oder 45 eine US-Truppe unsere Stadt unter Artilleriebeschuss nehmen wollte, reagierte sie sofort und lief zusammen mit dem Bürgermeister auf die Burg. Sie schwenkte eine weiße Fahne und signalisierte, dass keine Wehrmachtstruppen mehr in der Stadt waren. Pfarrer Rotkranz wurde gerufen, der Englisch sprach, um mit den Amerikanern zu verhandeln. Die verschonten Münstereifel und zogen zu Hitlers Felsennest in Rodert weiter, das sie in die Luft sprengten. Dann marschierten sie weiter zum Rhein und passierten die Ludendorff-Brücke von Remagen. Kurze Zeit später war der Krieg vorbei, daran kann ich mich noch erinnern, ich war damals zehn Jahre alt.«

Es war wirklich interessant, der alten Frau zuzuhören. Viel besser als Geschichte aus dem Geschichtsbuch.

»Ich werde nun gehen müssen, Frau Brecht, das war ein sehr interessanter Nachmittag, ich wünsche Ihnen gute Besserung und komme die Tage noch einmal zu Ihnen«, verabschiedete ich mich und nahm mit ihrer Erlaubnis die Fotos mit.

Was mich am meisten beschäftigte, waren die Fotos von dieser jungen Frau mit Namen Anna. Eine seltsame Geschichte. Als ich nach Hause kam, war Max schon da. Ich zeigte ihm beim Abendessen die Aufnahmen.

»Was denkst du, wer diese Frau, die Anna, dort auf dem Foto sein könnte?«, fragte ich ihn, während er das Foto betrachtete.

»Schon komisch, dass Frau Brecht sie nicht kannte.« Max wusste auch keine Antwort. »Und dann die Widmung auf der Rückseite – hört sich an, als wäre das eine Geliebte von dem alten Brecht gewesen?« Wir fuhren dann zum Haus und kümmerten uns um die weiteren Aufräumarbeiten.

Am nächsten Morgen las ich die Kölnische Rundschau und entdeckte beim Überfliegen der Überschriften einen Artikel, der mich interessierte. Er handelte von einem lange zurückliegenden Mordfall, den ein gewisser Peter Schmitz in jahrelanger Recherche aufzuklären versuchte. Er war Mitarbeiter der Stadt und arbeitete im Archiv der Stadtverwaltung. Vielleicht würde er mir helfen können und die Frage aufklären, wer die Frau auf dem Foto war.

Ich rief in der Stadtverwaltung an und man verband mich mit Herrn Schmitz. Während eines kurzen Telefonats erklärte ich ihm, was mein Anliegen war, und er bat mich, ihn im Archiv zu besuchen, um gemeinsam die Bücher durchzusehen, um darin Anna ausfindig zu machen.

»Wie wäre es denn am Dienstag um 10 Uhr?«, schlug Herr Schmitz vor. »Da das Stadtarchiv etwas abgelegen und somit schwer zu finden ist, schlage ich vor, dass Sie sich an der Info-Stelle im Rathaus melden. Die Kollegin ruft mich dann an und ich hole Sie ab.«

Ich bedankte mich.

Am Dienstag steckte ich meine beiden Fotografien ein und fuhr im strömenden Regen zur Stadtverwaltung. Natürlich hatte ich wieder zu wenig Kleingeld im Portemonnaie und zog ein

Parkticket für eine Dreiviertelstunde, in der Hoffnung, dass die Parkzeit für meinen Besuch ausreichen würde. Ich lief zum Rathaus und traf in der Infostelle auf eine Frau, die sofort freundlich anbot, mir den Weg ins Archiv persönlich zu zeigen. Wir gingen hinaus und liefen durch einen Torbogen in die Fibergasse. Als wir vor der grünen Metalltüre des Archivs standen, rief sie: »Peeeter! Ich habe die Besucherin schon um die Ecke gebracht!«

Entsetzt schaute ich sie an, worauf Herr Schmitz aus dem Keller antwortete: »Na, super, und ich habe dann wieder eine neue Leiche im Keller.«

Einen komischen Humor scheinen die hier zu haben, dachte ich und grinste. Herr Schmitz erschien und begrüßte mich gut gelaunt, seine Kollegin lief zurück zu ihrem Arbeitsplatz. »Hallo, Frau Meyer! Meine Kollegin und ich haben einen sehr schrägen Humor und wir sind ein eingespieltes Team. Daher bitte nicht erschrecken, sondern nur wundern!« Er bat mich ins Gewölbe hinein und wusste gleich einiges über das Archiv zu berichten.

»Was haben Sie mir denn da mitgebracht? Und wie kann ich Ihnen helfen?«, fragte er mich, während er mir meinen Mantel abnahm. Ich zeigte ihm die Aufnahmen.

»Ich suche diese Frau hier. Ihr Name ist vermutlich Anna. Das Foto wurde 1938 aufgenommen. Können Sie herausfinden, ob sie Bürgerin der Stadt Bad Münstereifel war?«, fragte ich hoffnungsvoll.

Peter Schmitz überlegte kurz und sagte: »Der Name Anna besagt natürlich nicht viel, diese Frau könnte schätzungsweise um die 20 bis 25 Jahre alt sein, müsste also … sagen wir … so zwischen 1913 und 1918 geboren worden sein. Mmh, da zeige ich Ihnen einmal die Geburtenregister. In diesen Büchern hier können Sie nachschauen, wer nach Jahreszahl und Monat geordnet geboren wurde. Hier sind die Bücher aus dem Jahr 1918, bei dem Sie beginnen können. Bitte nehmen Sie am Schreibtisch Platz, die Suche wird sicher einige Zeit in Anspruch nehmen. Sie werden wohl mehrere Annas finden, vielleicht zwei oder drei pro Jahr.«

Ich verbrachte fast zwei Stunden im Archiv, in dessen riesigem grauen Schrank uralte Bücher aufbewahrt wurden. Ein Ausflug in eine vergangene Zeit. Herr Schmitz half mir, indem er sich ein Buch aus den betreffenden Jahrgängen herauszog und selbst begann, nach Anna zu suchen. Ab und zu klingelte das Telefon und riss uns aus der Vergangenheit. Nach einiger Zeit – die Parkzeit war natürlich längst abgelaufen – fanden wir elf Geburtseinträge mit dem Namen Anna.

Herr Schmitz fragte, ob ich noch weitere Anhaltspunkte zur Person hätte.

»Nicht viele«, musste ich zugeben. »Frau Brecht erzählte mir nur, dass in meinem Haus früher ein Juweliergeschäft war, vielleicht ...«

Der Historiker unterbrach mich. »Ein guter Hinweis, ich kann mal nachschauen, wem das Geschäft in diesem Zeitraum gehörte. Da gibt es ein altes Adressbuch, ...warten Sie.«

Er nahm ein dünnes Buch hervor, in dem die Telefonanschlüsse von 1936 mit Adressen verzeichnet waren. Damals gab es noch eine übersichtliche Zahl an Privatpersonen, die ein eigenes Telefon besaßen, jedoch hatten viele Geschäfte einen Anschluss. Unter dem Eintrag »Juwelier« stießen wir nur auf einen Namen. Johann Katz.

»Das ist interessant«, meinte Herr Schmitz. »Suchen wir einmal nach einer Anna Katz.«

Nachdem wir die Nachnamen der Annas prüften, stießen wir tatsächlich auf den Namen.

»Hier habe ich sie. Geboren am 14. November 1914 in Bad Münstereifel, die Eltern heißen Johann Katz und Elisabeth Katz, das war eine jüdische Familie.«

Ich hatte nicht damit gerechnet, nur mit einem Vornamen so schnell fündig zu werden, und fragte: »Gibt es ein Sterbedatum? Oder eine Heirat?«

Peter Schmitz schüttelte den Kopf: »Hier ist nichts dergleichen vermerkt. Ich schaue mal im Computer nach, ob ich etwas über sie finden kann. Dort kann ich auf eine Auflistung aller Juden in unserer Stadt zurückgreifen, die ich einmal erstellt habe.«

Außergewöhnlich, dachte ich, und hoffte auf weitere Details. Im Computer gab es einen Vermerk, dass Anna Katz im November 1938 die Stadt verlassen hatte und nach Köln-Lindenthal gezogen war.

Nebenbei erzählte Herr Schmitz mir wie ein wandelndes Geschichtsbuch einige Details aus der Stadtgeschichte. So erfuhr ich nebenbei etwas über die Inflation von 1923 und den gewagten Plan, 1925 eine Rennstrecke zu erbauen, deren Verlauf vom Schleidtal über Houverath, Wald, Scheuerheck und den Decke Tönnes und wieder zurück nach Münstereifel führen sollte. Dieses Vorhaben scheiterte jedoch an der Baugenehmigung. Außerdem gab es noch eine ärmere Region in der Eifel, die den Zuschlag bekam – die Stadt Adenau durfte dann letztendlich 1925 den Nürburgring bauen, der 1927 fertiggestellt und eingeweiht wurde.

Herr Schmitz war kaum in seinem Erzählfluss zu bremsen: »Des Weiteren waren die Stadtväter daran interessiert, eine Freilichtbühne zu errichten, die aber nach nur einer Spielzeit wieder eingestellt wurde. Dann aber jedoch wurde 1926/27 Münstereifel zur Kurstadt, die viele Gäste anzog.« Es war ein sehr aufschlussreiches Gespräch, in dem ich auch etwas über die Hintergründe meiner Frage erzählte und über das Haus, das wir gekauft hatten.

Er hörte mir aufmerksam zu und konnte mir auch darüber noch etwas Neues berichten: »Über das Haus, das sie gekauft haben, kann ich ihnen jedoch mit ziemlicher Sicherheit sagen, dass es aus dem 15. Jahrhundert stammt. Es gehörte einstmals einer sehr einflussreichen Familie in Münstereifel und war früher deren Gesindehaus«, schloss er seine Erzählung.

Ich bedankte mich.

Mir war klar, dass mir viele Puzzleteile fehlten. Ich ging zu meinem Auto und hoffte, dass mich die Politessen nicht erwischt hatten, aber kaum bog ich um die Ecke, sah ich den rosaroten Zettel ziemlich aufgeweicht an der Windschutzscheibe flattern.

»Miiiiist!«, fluchte ich. Natürlich wieder ein Protokoll. Mit der Summe der Bußgelder, die ich in letzter Zeit zahlen musste, würde Münstereifel bald aus dem Nothaushalt heraus sein. Aber die Informationen, die ich erhalten hatte, sollten mir das Knöllchen wert sein!

Kapitel 18
Anna

23. Januar 1936

Bald werden wir an das neue Elektrizitätsnetz angeschlossen, dann wird es wieder heller in der Straße.

Ein ganz besonderes Erlebnis steht uns bevor. Es wird auf Plakaten in der Stadt angekündigt und steht überall in der Zeitung: Der echte Bellachini junior kommt nach Münstereifel! Das ist ein echter Zauber- und Hexenmeister, der Leute verhext und lebende Tiere verschwinden lässt. Christa und ich haben uns Karten gekauft für den 1. Februar.

Im Geschäft ist immer weniger zu tun, es kommen kaum Käufer. Meistens Fremde, die uns nicht kennen. Papa spricht nicht viel darüber, aber an seiner traurigen Miene kann ich erkennen, dass ihm das Ganze auf die Leber schlägt. Wie soll es nur weiter gehen mit uns?

Mama nimmt Näharbeiten an, sie strickt Socken, Schals und Pullover, auch Babykleidung. Durch den Verkauf kann sie etwas Geld verdienen. Doch zuletzt war sie in einem Münstereifler Geschäft Wolle kaufen, und man hat ihr nichts verkaufen wollen. Sie sagten, es gäbe gerade keine Wolle mehr, dabei waren die Regale voll. Meine Mutter wies darauf hin. »Diese Wolle hier ist bereits vorbestellt und reserviert«, gab die Geschäftsfrau zur Antwort, drehte sich um und verließ den Verkaufsraum.

Zum Glück hat Mama eine gute Freundin, die selbst Wolle herstellt. Von ihr bezieht sie jetzt all ihr Material.

2. Februar 1936

Gestern waren mal für zwei Stunden alle meine Probleme vergessen. Die Vorstellung war ein großer Erfolg. Im Hotel zur Post war der Teufel los, als der große Bellachini zwölf Personen auf einmal verschwinden ließ! Außerdem ließ er eine Dame durch die Luft schweben. Der Saal glich einem Märchengarten. Wir kamen aus dem Staunen nicht mehr heraus, tosender Applaus war die Antwort der Zuschauer. Wir gingen sinnverwirrt nach Hause. Auf dem Heimweg trafen wir noch einige Gruppen von Zuschauern, die die Geheimnisse lösen wollten, es aber nicht vermochten. Christa und ich rätselten herum, wie diese junge Frau nur schweben konnte, es gab keine Seile, keine Stützen, nichts. Wir saßen ziemlich weit vorne und hätten die Sache durchschauen können.

Als ich nach Hause kam, saß Mama weinend am Tisch. Sie wischte sich die Augen schnell ab. »Was ist los, Mama?«, fragte ich bestürzt. »Es ist nichts, Liebes, aber das Leben ist manchmal schwerer als man es ertragen kann.«

»Mama, mache dir keine Sorgen, wenn wir hier nichts mehr zu tun haben und Papa mich entbehren kann, werde ich woanders Geld verdienen.«

Am Montag werde ich mich um eine Nebentätigkeit bemühen. Vielleicht frage ich mal bei Christas Mutter nach, die hat viele Verbindungen.

17. Juli 1936

Ich habe etwas mit Christa ausgeheckt. Gestern stand in der Münstereifeler Zeitung, dass am 1.8. das Luftschiff Hindenburg von Frankfurt nach Berlin fliegt anlässlich der Eröffnung der Olympischen Spiele. Es wird gegen 14 Uhr in Berlin eintreffen und dann über dem Flughafen Tempelhof seine Post abwerfen, die mit einem Fallschirm zu Boden segeln wird. Man kann eine Postkarte oder einen Brief an jemanden adressieren und die Post dann mit einem besonderen Vermerk versehen und zum Bahnpostamt Frankfurt schicken. Die Postkarten erhalten dann einen extra Poststempel mit der Aufschrift Hindenburg-Olympiafahrt 1936.

Da mein Berliner Onkelchen ja so ein passionierter Briefmarkensammler ist, werde ich ihm eine Karte senden und ihm schon mal im Vorhinein für die Einladung zu den Olympischen Spielen danken. Christa und ich haben heute bei der Buchhandlung Schulte eine schöne Ansichtskarte von Münstereifel ausgesucht und sie zur Post gebracht.

Papa hat es im Rücken. Er ist gestern Morgen wohl einfach zu schnell aufgestanden und konnte sich danach kaum mehr rühren. Mama wusste sich keinen besseren Rat, als ihn ins Kurhaus zu Frau Dr. Greve zu schicken. Die hat ihn behandelt und ihm geholfen, wieder einigermaßen aufrecht gehen zu können. Schmerzen hat er immer noch. Frau Dr. Greve ist überhaupt eine sehr nette Frau, wie Papa meinte. Sie hat ihm etwas über die Kneipp-Kur erzählt. Sie hat den Jakob Kneipp sogar noch persönlich gekannt, allerdings war sie noch sehr klein und kann sich durch die Erzählungen ihrer Eltern an ihn erinnern. Ihre Großeltern waren mit Jakob Kneipp eng befreundet.

Auch sie und ihr Mann haben im Kurhaus Becken zum Wassertreten anlegen lassen, die Kurgäste müssen morgens schon raus und im Morgentau barfuß über die Wiese laufen und dann durchs Wasserbecken waten. Ich finde das amüsant. Die Damen sind oft sehr fein gekleidet und laufen dann barfuß. Jedenfalls hat Papa die Behandlung bei Frau Doktor gut getan, schon heute war er wieder wohlauf.

19. Juli 1936

Es gibt was Neues! David Kaufmann ist aus Amerika zurück. Er lebte bis vor etwa 30 Jahren im Städtchen, ging hier zum St.-Michael-Gymnasium und ist dann ausgewandert, hat in Amerika Karriere gemacht. Seine Familie wohnt ja noch am Entenmarkt. Sein Bruder Andreas ist Viehhändler und gut mit meinen Eltern befreundet. Da sie auch jüdisch sind, kauft Mama bei ihnen das Fleisch ein. Letztens kündigte Andreas Kaufmann an, dass David zu Besuch erwartet wird, denn ihm ist zu Ohren gekommen, dass es seine Verwandten in Deutschland nicht leicht haben. Er möchte versuchen, sie zu überreden, mit ihm nach Amerika zu reisen und will für sie bürgen. Andreas Kaufmann hat meine Eltern eingeladen, sie am morgigen Montagabend in ihrem Haus am Entenmarkt zu besuchen und mit ihnen Rosch Chodesch Aw zu feiern, den Beginn des Monats Juli/August. Wir feiern die jüdischen Feiertage genauso wie die christlichen.

21. Juli 1936

David Kaufmann ist ein erstaunlicher Mann, zwar ergraut mit seinen rund 60 Jahren, aber vom Geiste her jung geblieben und weltgewandt und spricht fließend Deutsch und Englisch. Er hat viel Erfolg und Einfluss in Grand Island, sogar Anteile an einem Kino, und er besitzt ein Kaufhaus, das zu niedrigen Preisen Waren fürs tägliche Leben anbietet. Außerdem ist er inzwischen US-Staatsbürger und Präsident der National Bank in Grand Island. In der Stadt Grand Island, die in Nebraska liegt und von Deutschen gegründet wurde, leben rund 40000 Menschen. Beim Essen, das heute anlässlich des Beginns des Monats Aw etwas üppiger ausfiel als sonst, erzählte er uns einiges über Amerika und seine Arbeit bei der Bank, aber er hörte auch aufmerksam zu, als es um die Probleme der jüdischen Familien in Münstereifel ging. Papa war bester Laune, in so netter Gesellschaft und mit einem alten Freund den Abend zu verbringen. Er ist mit David Kaufmann aufgewachsen. Auch wenn dieser 1875 geboren und gut sechs Jahre älter ist als Papa, so kannten sie sich gut, bis David 1903 den Mut fasste und mit nur 200 Dollar zunächst nach Antwerpen reiste und dort ein 2. Klasse-Ticket fürs Schiff kaufte, das ihn nach Amerika brachte. David sprach damals kein Wort Englisch. So schloss er sich auf der langen Reise einer New Yorker Familie an, um die Sprache zu erlernen und mehr über das Land zu erfahren. Einige Monate später wurde er bei Abraham & Straus angestellt, einem Kaufhaus in Brooklyn. Doch er verdiente nicht viel.

Sein Chef Abraham kannte sogar Lyman Bloomingdale, der mit seinem Bruder das Kaufhaus Bloomingdale's gegründet hat, das sehr erfolgreich ist.

Dann kam Davids Chance, wie er uns lächelnd erzählte. Er hatte eine Kundengruppe bedient und räumte die hervorgeholten Kleidungsstücke wieder zurück ins Schaufenster. Justament sah ihm Samuel Wolbach dabei zu und sprach ihn an. Dieser betonte, dass Davids Schaufenster aufs Vortrefflichste dekoriert sei. Der Geschäftsmann Wolbach wollte ihn abwerben, doch stellte David richtig, dass er dieses Schaufenster gar nicht dekoriert hätte, sondern ein anderes. Das Angebot des Herrn Wolbach blieb trotzdem bestehen, da er von Davids Verkaufstalent wirklich beeindruckt war, und er forderte ihn auf, ihn in Nebraska, in Grand Island, in seinem Geschäft zu besuchen. David sah das als ein Wink des Schicksals und eine Chance, in Amerika Fuß zu fassen. 1904 fing er dann bei Wolbach & Sons als Schaufensterdekorateur und Abteilungsleiter an. Dann jedoch stellte er sich einmal etwas ungeschickt an und fiel mitsamt seiner Trittleiter durchs Schaufenster auf die Straße. Wir lachten schallend über seine Schilderungen. Daraufhin dachte er sich, dass es nun reichte mit dem Dekorieren von Schaufenstern, und er beschloss, einen 10-Cent-Laden zu eröffnen, so ähnlich wie Woolworth, die großen Erfolg damit hatten. Und von da an hatte er viel Erfolg, von dem er aber nicht mehr groß sprach.

Es gab Forelle und dazu Kartoffeln mit Gurkensalat, mit saurer Sahne angemacht, und zum Nachtisch Kissel, ein Wackelpudding aus Fruchtsaft mit Vanillesoße, der einfach köstlich und zugleich erfrischend schmeckte. Zum Essen reichte Frieda Kaufmann uns einen guten Moselwein. Ihre Tochter Helene, die vier Jahre jünger ist als ich, und ich bekamen auch ein halbes Glas, mir glühten gleich die Wangen. Helenes ältere Brüder Ernst und Alexander waren an dem Abend auch anwesend, eine sehr lustige Runde. Frieda Kaufmann ist eine sehr passionierte Köchin. Ihr Mann Andreas, Viehhändler und zugleich Metzger, ist ein unterhaltsamer Mensch. David Kaufmann will heute zu seinen Verwandten nach Aach in der Nähe von Trier fahren, um Feo und Isi Kahn die Auswanderung zu ermöglichen und mit ihnen die Formalitäten zu besprechen. Ich kenne sie, die beiden wollen heiraten, sie haben jedoch sehr unter einigen in Aach wohnenden Menschen zu leiden, die ihnen Steine in den Weg legen. David hat seinen Bruder Ludwig schon vor zwei Jahren nach Grand Island geholt. Er muss für die Einreisenden bürgen, dass sie rechtschaffene Menschen sind, die die Gesetze stets einhalten, dass sie willig sind, Geld zu investieren, um ihren Kindern eine gute Schulbildung zu ermöglichen, und dass sie nicht der öffentlichen Wohltätigkeit zur Last fallen werden. Außerdem hat er 20 US-Dollar für seinen anderen Bruder gezahlt, aber danach konnte dieser aufs Schiff und hat nun in Amerika ein gutes Leben.

Er hat auch meinen Eltern angeboten, unsere Familie nach Grand Island auswandern zu lassen, aber Papa lachte und meinte, er möchte lieber in seiner Geburtsstadt alt werden. Und dort in Amerika verstehe man ja kein Wort.

Sehr froh und bester Laune gingen wir abends vom Entenmarkt nach Hause und fühlten uns ein ganz klein wenig leichter und sorgloser, da David Kaufmann uns Hoffnung gibt.

Kapitel 19
Neue Fundstücke

Am folgenden Morgen fuhr ich in der Früh zu unserem Haus. Noch ganz in Gedanken schloss ich die Tür auf und vernahm ein seltsames Geräusch. Ich lauschte ins Halbdunkel, trat ein paar Schritte in den Flur und lauschte angestrengt. Hinter mir fiel die Tür durch einen Luftzug ins Schloss, ich zuckte zusammen. Das Rauschen kam von einem der oberen Stockwerke. Ein Rauschen, dann ein Brodeln, ich ging flach atmend die Treppe herauf. »Max?«, rief ich zögerlich. Er konnte nicht hier sein, er hatte doch Unterricht. Keine Antwort. Als ich die Küche betrat, begann ein ohrenbetäubendes, schrilles Fiepen. Ich erstarrte. Mit zitternden Händen schaltete ich das Licht ein. Die Ursache für das Geräusch war der alte Wasserkessel von Frau Brecht, er stand auf dem Herd, das Wasser kochte und erzeugte das fiepende Geräusch. Wasserdampf stieg empor. Eine Tasse stand auf dem Tisch, der Teebeutel hing darin, noch trocken, eben so, als wollte sich gerade jemand einen Tee aufbrühen. Der Schrei, den ich selbst ausstieß, überraschte mich. Er schien nicht zu mir zu gehören. Schock. Wer hielt sich im Haus auf? Es musste unmittelbar vor mir jemand das Wasser aufgesetzt haben. Panik überkam mich. War er noch im Haus? Schnell nahm ich den Kessel vom Herd, stellte die Herdplatte ab. Ich lief die Treppe hinab und wollte nur raus. Ich lehnte mich über die Erftmauer und versuchte tief durchzuatmen und einen klaren Gedanken zu fassen. Auf dem Wasser schwammen Enten und ein Nutria putzte sich. Mein Herzschlag beruhigte sich, aber mir war schlecht. Wer nur war in unserem Haus gewesen? Nur die Handwerker hatten einen Schlüssel, aber von denen war noch niemand erschienen. Fieberhaft überlegte ich, was ich nun tun sollte. Ich nahm all meinen Mut zusammen und ging noch einmal hinein, das Handy in der Hand und bereit, Hilfe zu rufen, öffnete ich alle Türen, es war niemand dort. Es war geisterhaft. Wie konnte der Eindringling so schnell den Weg hinaus gefunden haben? Er hätte doch die Treppe an mir vorbeilaufen müssen? Gab es noch einen weiteren Schlüssel? Geister brühen sich doch keinen Tee auf, versuchte ich mich zu beruhigen. Als ich mich vergewissert hatte, dass sich außer mir wirklich niemand im Stockwerk aufhielt, ging ich in die Küche und schaute mir die Tasse und den Teebeutel genauer an. Die Tasse war dunkelgrün und sah alt aus, vermutlich eine aus Frau Brechts Schränken, die ich noch nicht ausgeräumt hatte. Der Tee war ein Lindenblütentee. Nach dem Durchsuchen der Küchenschränke fand ich eine Packung dieser Sorte. War Frau Brecht nochmal hier gewesen? Hatte sie sich nach ihrem Haus gesehnt? Nein, sie hätte nicht so schnell verschwinden können. Will mir jemand Angst machen? Je länger ich nachdachte, um so verwirrter wurde ich. In der Küche stand sonst alles an seinem Platz. Ich nahm die Tasse zögernd in die Hand. Da knarrten die Treppenstufen und es kam jemand vom obersten Stockwerk herab.

Die Tasse fiel mir aus der Hand und zersprang auf dem Fußboden. »Aber Frau Meyer!«, ermahnte mich eine vertraute Stimme.

»Frau Mehlhorn! Was ...?« Ich rang nach Fassung, als die schwarz Gekleidete vor mir stand. »Ich wollte Ihnen nur meinen Haustürschlüssel aushändigen, den mir Frau Brecht vor längerer Zeit einmal gegeben hat. Sie bat mich immer, ihre Blumen zu gießen, wenn sie abwesend war. Und da Sie noch nicht hier waren, wollte ich mir einen Tee zubereiten.« Sie war offensichtlich oben im Bad gewesen, folgerte ich. Gerade wollte ich sie mit Beschimpfungen überschütten und meinem Ärger über ihr unmögliches Verhalten Luft machen, da öffnete sich unten die Haustüre. Die Handwerker stritten bereits lauthals und trugen ihr Arbeitsmaterial herein. Erleichtert und wütend zugleich sammelte ich die Scherben auf und warf sie in den Müll. Mir war die Anwesenheit dieser Alten unheimlich, ich spürte ihre Blicke in meinem Rücken. Was erdreistete die sich, einfach in unser Haus einzudringen und sich Tee zu machen!? Da ich nichts erwiderte und sie meinen unausgesprochenen Vorwurf spüren musste, legte sie den Hausschlüssel auf den Küchentisch, wünschte einen guten Tag und ging. »Tschüß!«, rief ich ihr noch nach.

Ich begrüßte kurz die Handwerker und begab mich dann wieder in die Küche. Max hatte heute Langtag und quälte die Schüler in der siebten und achten Stunde mit Latein. Ich hatte Zeit, einige Umzugskartons auszupacken und die Teile an ihren neuen Ort zu stellen. Je mehr ich mich mit unseren gewohnten Gegenständen umgab, umso weiter rückte das unheimliche und beklemmende Gefühl von mir ab, welches unser grausiger Fund hervorgerufen hatte. Ich würde versuchen, dafür zu sorgen, dass das Schicksal dieser armen Frau und dieses Kindes ans Tageslicht kommen würde. Als ich den Inhalt der letzten Kiste ausgepackt und verstaut hatte, ging ich auf den Speicher, um den Kronleuchter zu holen. Natürlich blieb ich noch eine Weile oben und suchte nach weiteren interessanten Dingen. Insgeheim war ich auf der Suche nach neuen Puzzleteilen, die mich im Fall Katz weiterbringen würden. Da klingelte mein Handy und eine Euskirchener Nummer wurde angezeigt.

»Hallo Inga, hier ist Christopher, wie geht's?«

Die Polizei. Aha. »Hallo Christopher, danke. Ich bin gerade beim Aufräumen. Was gibt's Neues an der Front?«

»Wir haben noch weitere Infos von der Gerichtsmedizin erhalten. Es handelte sich zum einen um Mutter und Tochter. Zum anderen wurde das Sterbedatum auf die Jahre 1936 bis 1939 datiert. Das Baby war 6 bis 10 Monate alt. Es ist nichts gefunden worden über diese beiden Menschen, kein Verschwinden gemeldet, kein Zeitungsbericht, rein gar nichts.« Stille. 1936 und 1937 waren sie sicher noch nicht ermordet worden, dachte ich. Das zeigten die Fotos.

»Ah?«, erwiderte ich nicht gerade geistreich. Ich rang mit mir, ob ich ihn in meine Entdeckung einweihen sollte, beschloss aber, vorerst nichts zu erwähnen. »Okay. Danke, dass du mir Bescheid sagst.«

»Wie geht's weiter mit dem Umbau?«, fragte er freundlich.

»Momentan läuft's ganz gut, jedenfalls werden wir Ende des Frühjahres das Geschäft eröffnen können, wenn nichts mehr dazwischen kommt.«

Christopher verabschiedete sich mit den Worten: »Das hört sich fast so an, als würdest du selbst noch nicht wirklich daran glauben. Wenn du mal Langweile hast, dann meld' dich mal bei mir, wir könnten essen gehen?« Ich sah vor meinem geistigen Auge sein Zwinkern und das Grübchen in seiner Wange.

»Jajaaa, mach ich vielleicht mal …Ciao!« Hatte ich eigentlich nicht vor. Ich legte auf und widmete mich wieder den alten Sachen auf dem Dachboden. Ein Sekretär stand in einer Ecke, den ich bisher noch nicht näher betrachtet hatte. Ich zog die Schubladen auf und fand in einer Schachtel Schreibpapier und einen Füllfederhalter, ein Büchlein in Ledereinband, einen kleinen Schlüssel mit Harfenornament, ein schwarzes Samtband, uralte Briefmarken sowie Schwarz-Weiß-Postkarten, einen großen Umschlag mit Briefen aus den dreißiger Jahren. Die Briefmarken hatten den Aufdruck »Deutsches Reich«. Das Geschriebene konnte ich nicht entziffern, es war vermutlich in Sütterlinschrift verfasst. Mein Bauch knurrte jedoch und ich musste dringend nach Hause in unsere Wohnung, etwas kochen. Den Kronleuchter, den ich schon an die Speichertreppe gelegt hatte, und die Schachtel mit den gefundenen Dingen nahm ich mit hinunter.

Die Arbeiter rissen gerade die Wand zwischen den Fensterlücken ein und schafften somit den Platz für das große Schaufenster, das einen Tag später geliefert und dann eingebaut werden sollte. Ich verabschiedete mich und fuhr, denn den Handwerkern hatten wir einen Zweitschlüssel überlassen. Sie konnten dann früh morgens anfangen zu arbeiten und waren flexibel und ich musste nicht so zeitig dort sein.

Der gefundene Harfenschlüssel steckte in meiner Jeanstasche und pikste. Auf welches Schloss würde er passen? Er war kleiner als ein Hausschlüssel und hatte einen besonderen Kopf, der nicht aus einem simplen Ring bestand, sondern aus einem geschmiedeten Ornament, das einer Harfe glich. Beinahe verpasste ich die Abfahrt im Kreisel zum Supermarkt, denn ich wollte noch die Zutaten für einen Döppekooche und einen Salat besorgen. Zu Hause bereitete ich das Essen vor. Ich schälte Kartoffeln und rieb sie grob, gab gehackte Zwiebeln, Eier, Wurst und Speck hinzu und schob die Kartoffelmasse im Bräter in den Ofen. Dann bereitete ich den Salat zu und wartete auf Max, der kurz darauf völlig genervt aus der Schule heimkam.

»Hi, ach, das war wieder ein Tag heute. Die meisten haben doch die Klausur komplett vergeigt. Ich weiß gar nicht, wie ich die Arbeit bewerten soll! Vermutlich schon Punkte vergeben für den richtig geschriebenen Namen und das korrekte Datum …! Aber hier riecht's verdammt gut. Was hast du gekocht?« Max stellte seinen Rucksack ab und kam schnuppernd in die Küche.

»Es gibt Döppekooche, dauert aber noch einen Moment. Es interessiert sich eben nicht jeder für Latein, das musst du verstehen.« Max lachte: »Ja, einer meiner ›Lieblingsschüler‹ gab die Arbeit ab und stöhnte: ›Ach, kann Latein nicht mal so RICHTIG aussterben?!‹«

Ich nahm den Topfkuchen, dessen Kruste nun knusprig war, aus dem Ofen und wir aßen zu Abend. Dabei erzählte erst Max von seinem Tag und dann rückte ich mit den Neuigkeiten heraus und zeigte ihm den Schlüssel.

»Könnte ein Schreibtischschlüssel oder sowas sein …«, meinte er.

»Nein, dafür ist er zu groß, denke ich, aber ich werde es noch herausfinden. Es war heute morgen, bevor ich kam, jemand in unserem Haus.« Ich berichtete ihm die Geschichte mit Frau Mehlhorn und dem Tee. Max runzelte die Stirn. »Das ist echt dreist von ihr. Aber jetzt hast du ja den Schlüssel zurück, sie kommt nicht mehr ins Haus. Wahrscheinlich ging sie zu Frau Brechts Zeiten dort täglich ein und aus und hat sich gar nicht viel dabei gedacht.«

»Aber sie hat mich höllisch erschreckt. Das war wie in einem gruseligen Thriller. Du kommst in die Küche, kein Mensch weit und breit, und das Wasser kocht! Die hat echt Nerven!« Ich beließ es dabei. Wir räumten nach dem Essen den Tisch ab und schauten uns »Mord mit Aussicht« im WDR an. Die herrlich skurrilen Figuren und witzigen Dialoge lenkten mich für eine knappe Stunde ab. Sophie Haas als Kommissarin in Zivil wurde in die Eifel zwangsversetzt.

In der Nacht träumte ich erneut von unserem Haus. Es waren wieder diese Masken an den Wänden, die mich anstarrten. Ich kletterte die Speichertreppe hinauf und sah den Kronleuchter und allerhand seltsame Gegenstände, die abgedeckt waren. Kleider hingen umher und ein rotes Kleid mit einer Schleife. Eine junge Frau saß am Schreibtisch und las. Sie fächerte sich Luft zu mit einem Fächer. Es herrschte eine friedliche Stimmung, eine Fliege summte und es war Sommer.

Als ich aufwachte, war es 10 Uhr morgens. Die Sonne schien schon ins Fenster durch die Rollos hindurch. Max war zur Schule gefahren, ohne mich zu wecken, hatte den Tisch gedeckt und auf meinem Platz einen Zettel hinterlassen: Du hast geschnarcht, EMMA. :) Bis heute Nachmittag.

Ich hatte einen freien Tag, musste nichts Besonderes erledigen und nahm mir vor, Sport zu treiben. Als ich meine Schwimmtasche packte, klingelte mein Telefon. Tilla Brecht war am Apparat und völlig aufgelöst. »Aber Frau Meyer, was höre ich da Schlimmes über unser Haus!? Meine Cousine war bei mir zu Besuch und hat's mir erzählt. Ich bin ja noch völlig schockiert. Ja, wer war das denn und was macht man nun?«

Tilla Brecht war völlig außer Atem, so als wäre sie eine Treppe heraufgerannt, und ich so perplex, dass ich erst einmal gar nichts sagen konnte. »Liebe Frau Brecht, ja – ich wollte Sie nicht aufregen und habe deshalb noch nichts erzählt. Wir wissen ja selbst noch nichts Genaueres, selbst die Polizei tappt im Dunkeln. Man hat nur Vermutungen. Ich kann Sie aber bald besuchen und Ihnen alles erzählen, was ich bisher weiß. Diese schaurigen Morde liegen jedenfalls sehr lange zurück.« Tilla war nicht wirklich zu beruhigen. Aber sie verstand, dass ich nicht sofort zu ihr kommen konnte.

Ich verabredete mich mit ihr für morgen, nahm meine Sporttasche und fuhr zum Eifelbad. Während ich im warmen Wasser meine Bahnen zog, ging mir so vieles durch den Kopf und ich versuchte, meine Gedanken zu ordnen. Zunächst würde ich morgen Tilla besuchen und mit ihr über die Entdeckungen in ihrem Wohnhaus sprechen, was mir schwerfallen würde. Dann kam mir der Gedanke, dass ich gut einmal eine Nacht im Haus schlafen könnte. Max wollte heute Abend zu einem Kommilitonentreffen seiner ehemaligen WG in Köln, er würde die Nacht bei seinem Kumpel bleiben. Noch mit halb nassen Haaren fuhr ich zu meiner

Wohnung, schrieb Max eine Nachricht, dass ich in dieser Nacht zum ersten Mal im Haus schlafen wollte. Dann packte ich ein paar Sachen zusammen, frische Kleidung sowie meinen Schlafanzug, Kopfkissen, eine Bettdecke, frische Bettwäsche und eine Flasche Rotwein. Im Haus sah es schon recht heimelig aus, ich lief hinauf und bezog das Bett. Einen Fernseher hatten wir dort noch nicht, so dass ich mir mit Lesen die Zeit vertreiben konnte, hätte ich an ein Buch gedacht. Ich erinnerte mich, dass auf dem Dachboden in einer der Kartons auch Bücher gelegen hatten, sollte ich jetzt noch einmal heraufsteigen? Das Licht funktionierte jetzt, wieso also nicht? Auf dem Speicher fand ich ein Buch über Rheinsagen und ein Kinderbuch von Erich Kloss mit dem Titel »So schön ist's nur im Försterhaus«, mit einer handgeschriebenen Widmung »Zu Deiner Kommunion 15.4.1939«. Dann fiel mir »Wildfang im Pensionat« von Angelika Harten in die Hände. Eine Schulmädchengeschichte, wie ich annahm. Die beiden Bücher und den »Wildfang« nahm ich mit hinunter und begann in meinem Bett zu lesen, was zunächst nicht so einfach war, da das Buch aus dem Jahr 1900 stammte und in einer etwas verschnörkelten Schriftart geschrieben war. Ich schenkte mir ein Glas Ahrwein ein und nippte daran. Die Erzählung spielte im frühen 20. Jahrhundert in Münstereifel und handelte von einem Mädchen, das damals die Ursulinenschule St. Salvator besuchte. Es amüsierte mich, wie die Autorin über einen Ausflug zum Michelsberg schrieb und von der Kapelle Decke Tönnes berichtete. Den Mädchen war dort ein Keiler über den Weg gelaufen und hatte sie sehr erschreckt. Plötzlich hörte ich unten ein Geräusch, es kam entweder von der Tür oder aus dem Laden. Ein blechernes Geräusch, so als würde jemand … Dann wieder Ruhe. Ich entspannte mich. Lehnte mich zurück, dann ein Schaben, Schritte im unteren Stockwerk. Ein Blick auf meine Armbanduhr. Es war kurz nach Mitternacht. Max konnte das nicht sein, wer war hier im Haus? Mein Herz pochte.

Ich rief in totaler Panik Max' Mobilnummer an. Nach dem vierten Klingeln sprang die Mailbox an. Verflucht! Mit zitternden Fingern drückte ich das Gespräch weg. Fieberhaft suchte ich Leperts Nummer, die ich unter C wie Christopher fand. Die Treppenstufen. Sie knarrten. Langsam und bedrohlich kam irgend etwas die Treppe hinauf. Ich zog die Decke über den Kopf und wählte Christophs Nummer. »Bitte lass ihn drangehen, geh dran, geh dran!«, dachte ich fieberhaft. »Christopher Lepert, hallo!« Erleichterung. Ich flüsterte unter der Decke: »Inga Meyer, ich bin im Haus, hier bricht einer ein, bitte schnell! Was soll ich tun?« Christopher brauchte nur eine Sekunde, um die Lage zu erfassen. »Werf etwas runter, mache Krach, mach dich bemerkbar! Ich komme, lass das Telefon an!«

Ich warf das Buch mit aller Kraft durchs Zimmer und schrie laut. »Weeeeeeg hier! Hiiilfe!!« Ich erschrak über meine schrille heisere Stimme, die sich kläglich und nicht laut anhörte, ich wimmerte. Wie in einem Alptraum versuchte ich zu schreien, doch der Laut blieb mir im Halse stecken. Die beiden anderen Bücher warf ich hinterher, sie krachten gegen die Wand. Jemand lief die Treppe herab, verhaspelte sich, krachte hin, leises Fluchen, ich schrie immer noch um Hilfe wie von Sinnen. Die Tür wurde aufgerissen und zugeschlagen, Schritte auf der Straße. Ich war wie gelähmt, wollte aufstehen und aus dem Fenster schauen, wie er weglief, konnte mich nicht rühren, wie in meinen Träumen. Ich schluchzte laut. Wie von weitem hörte ich wie mein Name gerufen wurde. Das Smartphone hielt ich krampfhaft in der linken Hand, Christophs Stimme drang an mein Ohr. »Was ist passiert? Ist er weg? Inga! Melde dich!«

»Er ist weg. Ich glaube, er ist weggelaufen, die Tür ist zugefallen!«

»Ich bin gleich bei dir, beruhige dich.« Doch es dauerte noch schrecklich lange, nach einer gefühlten Ewigkeit hörte ich ein Auto in rasantem Tempo vorfahren, es klingelte wer Sturm. »Ich bin's, Christoph!« rief er mit besorgter Stimme von draußen. Wacklig stieg ich aus dem Bett und lief die Treppe herab, ich zitterte am ganzen Körper. Ich öffnete und fiel ihm in die Arme. »Bist Du okay?«, besorgt musterte er mich. Mir liefen die Tränen übers Gesicht und ich stotterte. »Ja«, brachte ich mühsam heraus. »Bist du allein?« Suchend schaute sich der Polizist nach Max um. »Ja. Max ist in Köln.«

»Komm, setz dich erst mal, was ist passiert?« Ich zitterte immer noch wie Espenlaub. Wir gingen in den ersten Stock. Christopher gab mir seine Jacke. Er war in Zivil gekommen. »Es war ein Geräusch zu hören, es kam jemand die Treppe rauf, dann habe ich Bücher gegen die Wände geworfen und geschrien. Der Einbrecher ist weggelaufen und unten gestürzt, vielleicht ein paar Treppenstufen hinab, ich weiß es nicht. Was geht hier nur vor?«

»Wie lange ist das her?«

»Ich weiß es nicht, das muss sicher zehn Minuten her sein.« Er wandte sich zur Tür. »Nein, geh jetzt bitte nicht weg, alarmiere meinetwegen deine Kollegen, aber bleib hier!« Voller Angst hielt ich ihn am Arm fest. »Ist ja gut. Moment, ich informiere den diensthabenden Kollegen über den Einbruch.« Christopher führte ein routiniertes Telefonat, ich wurde ganz allmählich etwas ruhiger. »Was machen wir denn jetzt?«, fragte ich.

»Wenn du möchtest, bleibe ich hier, schlafe auf dem Fußboden und bewache dich.« Mir war gerade alles egal, Hauptsache, ich würde hier nicht mehr alleine bleiben müssen. Christopher setzte sich auf den Ohrensessel in der Ecke. Ich gab ihm eine Decke. Er bekam einen Anruf aus der Polizeiwache. »Sie schicken einen Streifenwagen, der die gesamte Gegend nach auffälligen Personen absuchen wird«, unterrichtete er mich nach dem kurzen Telefonat. Er hob die umherliegenden Bücher auf und legte sie auf meinen Nachttisch. Im Bett wurde mir langsam warm, jetzt fühlte ich mich sicher. Christopher begann, mich abzulenken, in dem er mir Fragen stellte. »Wo ist dein Freund und warum schläfst du alleine hier?« Ich erklärte ihm die Lage. Er schob den Ohrensessel näher ans Bett. »Da hast du einmal sturmfrei und dann schleicht sich ein Einbrecher hier herein!«

»Er muss davon ausgegangen sein, dass hier noch niemand wohnt. Ich hatte auch nur eine kleine Leselampe an.«

»Ich finde das alles so merkwürdig, ...«

Ich hing meinen Gedanken nach. Christopher gab mir seine Hand und legte sie in meine, ich zog sie unter die Bettdecke, da ich fror. Dann drehte ich mich auf die Seite und sah ihn an. »Du hast gar keinen Dienst, das heißt, du bist privat hier?«, fragte ich. »Ja, und das nicht ungern«, fügte er lächelnd hinzu. Ich schloss die Augen und fiel in einen unruhigen Schlaf.

Am Morgen wurde ich vom Geräusch des Türschlosses wach. MAX! Christopher saß zusammengesunken neben mir auf dem Ohrensessel und schlief. Panisch machte ich mich von seiner Hand los und lief hinunter. Max öffnete die Haustüre und stand mit seiner Reisetasche vor mir. »Was ist passiert?!« Ich muss ihn ziemlich erschrocken angesehen haben. »Wir hatten einen Einbrecher im Haus! Max, gestern Nacht. Ich hab die Polizei gerufen!« Au Mann, und die Polizei saß oben im Schlafzimmer rum. Oh Gott. »WAS? Warum hast du nicht angerufen?«

»Hab ich doch! Du gingst nicht ans Handy!« In dem Moment räusperte sich wer und Christopher kam sehr verschlafen aussehend und zerknittert die Treppe herab geschlappt. Ein Blick von Max zu Christopher genügte, um meinen Freund explodieren zu lassen. Sein Gesicht lief dunkelrot an. »Ein Einbruch! Klaaar! Und die Polizei hat die Nachtwache übernommen, was?!« Christopher nickte und sagte ruhig: »So ist es.«

»Raus!!« Max' Stimme wurde gefährlich laut. Er glaubte uns kein Wort. Christopher ging und sagte noch: »Sie können sich auf dem Präsidium erkun...« Peng. Da fiel die Tür ins Schloss, Max hatte nachgeholfen. Es hallte laut.

Er sagte mit tonloser Stimme. »Das war's dann ja wohl, Inga«, drehte sich um und verließ ebenfalls unser Haus.

Zwei Tage lang hörte ich nichts von Max. Ich schrieb ihm zahlreiche WhatsApp-Nachrichten und versuchte ihn telefonisch zu erreichen, ich fuhr zu seiner Wohnung, wo ich niemanden antraf. Meine Bemühungen blieben ohne irgendeine Reaktion von ihm. Das waren furchtbare Tage.

Damit mir die Decke nicht auf den Kopf fiel und ich wieder einen klaren Gedanken fassen konnte, zog ich meine Wanderschuhe an und fuhr mit dem Auto nach Lorbach, einem kleinen Ort in der Nähe von Mechernich. Dort parkte ich am Straßenrand. Meiner Stimmung entsprach das Wetter. Es tröpfelte, so dass ich die Kapuze meiner türkisfarbenen Regenjacke über den Kopf zog. Ich folgte einem Feldweg mit schönem Blick bis weit in die Eifel hinein und lief dann über eine sehr nasse Wiese hinauf zum Gipfel des Lichtertberges, der eine 360 Grad-Aussicht über eine Landschaft freigibt, die atemberaubend schön ist. Wie ich dann aber auf meiner Karte feststellte, war der Gipfel näher am Waldrand gelegen, so dass ich weiter durch die Wiese watete, bis mir das Wasser in den Schuhen stand. Es war mir egal. Ich umrundete eine Baumgruppe aus Kiefern. Dort war der Gipfel. Die Bäume standen in einem Wald aus Brennnesseln. Als ich mich umdrehte und meinen Blick wieder Richtung Bonn und Siebengebirge richtete, überspannte ein grellbunter Regenbogen das Tal. Der Anblick war so überwältigend, dass ich schlucken musste. Ich hatte das Gefühl, als wäre er extra für mich dort »aufgehängt« worden. Es tröpfelte ganz dünn trotz des Sonnenscheins. Ich setzte mich ins Gras und genoss die Zeit, der Ärger fiel von mir ab und ich dachte: »Es wird sicher wieder alles in Ordnung kommen, das ist ein Zeichen: Auf Regen folgt Sonnenschein und manchmal sogar eine Überraschung.«

Als ich zurückfuhr, ging es mir weitaus besser. Auf dem Weg erreichte mich ein Anruf von Babs.

»Wo steckst du? Mensch, ich bin Max eben in der Stadt begegnet, was ist denn dem über die Leber gelaufen? Max sah aus wie ein Gespenst und redete kaum mit mir.«

Ich erklärte ihr den Grund seiner schlechten Laune. »Max ist nicht einmal bereit, auf meine Bitte zu antworten, ob wir uns treffen könnten. Alle meine Anrufe und Nachrichten blieben unbeantwortet. Wie kann man nur so stur sein?«

Babs lachte: »Na, nach dieser Vorstellung muss man erst mal ruhig durchatmen. Das wird ihn sehr beschäftigen, der ist natürlich total verletzt und hat eine Wut auf den Bullen, das ist doch klar. Lass ihm etwas Zeit, der wird schon wieder mit dir reden. Sollen wir was zusammen essen gehen?«, schlug sie vor. »Großen Appetit habe ich zwar nicht, aber im Café Portz eine Printe und einen Kaffee, darauf hätte ich Lust …«

»In zwanzig Minuten bin ich da!«

Das Café hatte eine gemütliche Einrichtung. Die Printen wurden im Steinofen gebacken, es gab sie in verschiedenen Varianten. Wir gaben unsere Bestellung auf. Als ich in meine Vollmilch Haselnuss-Printe beißen wollte, klingelte mein Handy. Max war nicht der Anrufer. Christopher meldete sich. »Wie geht's?«

»Frag nicht. Er redet nicht mehr mit mir. Hier ist Weltuntergangsstimmung. Aber wir versüßen uns gerade mit Gebäck das Leben, meine Freundin und ich.«

»Ich habe deinem Freund eine Kopie der Anzeige gegen Unbekannt durch meine Kollegen zukommen lassen. Nun ist er zumindest im Bilde, dass es sich tatsächlich um einen Einbruch gehandelt hat.« Ich bedankte mich und sagte: »Du kannst nichts dafür und ich war froh, dass du bei mir geblieben bist. Danke.«

»Ich kann ihn ja verstehen. Es war ja auch eine wirklich dumme Situation ... Ich konnte mir, als ich herabkam, gerade noch so die Bemerkung ›Es ist nicht das, wonach es aussieht!‹ verkneifen. Ich glaube, dann hätte er mich verprügelt.«

»Das könnte gut sein. Gibt's vom Einbrecher eine Spur?«

»Nein, leider nicht, und mache dir auch nicht allzu große Hoffnungen, dass wir ihn noch finden. Tauscht die Schlösser aus, vielleicht hat noch ein Nachbar oder sonst ein Verwandter einen Zweitschlüssel...«

»Ja, das haben wir vor. Wenn Max überhaupt nochmal zurück kommt ...«

»Das wird er schon. Und wenn nicht, dann ... Tschüss, Inga, schönen Tag noch!« Der Polizist legte auf. Babs und ich zahlten und fuhren getrennt nach Hause.

Tatsächlich meldete sich mein Freund dann am Nachmittag. Er gab mir die Chance, ihm zu erklären, wie es zu der Übernachtung gekommen war und dass Lepert wirklich nur auf dem Sessel geschlafen hatte, wegen meiner Angst. Wahrscheinlich glaubte er mir, aber sein Groll war noch immer zu spüren und das Thema Christopher ein rotes Tuch. »Ich will so eine Situation nie mehr erleben«, sagte er. »Solltest du jemals gehen wollen, dann sag es mir vorher, Inga.« Ich versprach es ihm.

»Wir müssen die Schlösser austauschen, die sind nicht sicher! Ich schlafe ganz bestimmt nicht mehr alleine da.« Ich wechselte dann das Thema. »Morgen gehe ich erst einmal zu Tilla Brecht.«

Max erwiderte: »Ich kaufe morgen neue Schlösser und baue sie ein. Erzähle Frau Brecht nur das Nötigste, aber nicht alle Einzelheiten, das wird sie nur noch mehr beunruhigen.« Ich nickte.

Als ich am nächsten Morgen ins Altenheim kam, wartete Frau Brecht schon ziemlich aufgeregt auf mich. Ich entschuldigte mich, dass ich nicht früher kommen konnte. Dann erzählte ich, wie wir die Skelette gefunden hatten, dass die Polizei da gewesen sei und gesagt hatte, dass die Menschen bereits seit rund achtzig Jahren tot wären. Den Einbruch erwähnte ich mit keinem Wort. Frau Brecht regte das alles schon furchtbar auf.

»Zu der Zeit lebten doch meine Schwiegereltern schon in dem Haus, das ist ja entsetzlich. Die mussten mit zwei eingemauerten Leichen zusammenleben! Und ich auch! Wenn ich das meinem Sohn erzähle ... es handelt sich schließlich um sein Elternhaus, in dem er aufgewachsen ist! Er hatte übrigens schon alles in der Zeitung gelesen und wusste Bescheid. Die alte Hexe von nebenan hatte ihn angerufen und ihm brühwarm erzählt, dass hier Polizei vorgefahren sei. Frau Mehlhorn, diese alte Tratschtante, steckt ihre Nase in alles, was sie nichts angeht.« Mir kam Frau Mehlhorns Warnung vor dem Hauskauf wieder in den Sinn. »Ach Kindchen, das tut mir ja so leid für Sie. Das muss ja ein Schock gewesen sein, als Sie die ... Knochen gefunden haben!«, sagte sie zum Abschied. Ich nickte, versicherte ihr aber, dass sich bestimmt alles aufklären würde, und fuhr nach Hause in meine Wohnung.

Frau Brecht würde sich mit der Tatsache abfinden müssen, dass sie in einem Haus gewohnt hatte, in dem vor langer Zeit ein Verbrechen geschehen war. Dass einer ihrer Verwandten der Mörder dieser Menschen gewesen sein konnte, schien ihr gar nicht klar zu sein.

Kapitel 20
Anna

1. August 1936 Berlin

Gestern sind Papa und ich nach Berlin gereist. Wir sind am frühen Abend bei Onkel Bernhard und Tante Helen in ihrem Villenviertel angekommen. Sie haben ein großes Haus und ich bekam ein eigenes Zimmer. Tantchen hatte bereits das Abendessen für uns richten lassen, sie hat eine Köchin, die auch den Haushalt besorgt.

Ich konnte nicht einschlafen, ich war ziemlich aufgeregt wegen der Eröffnungsfeier.

In Onkels Limousine fuhren wir Vier zum Olympiastadion, das viel größer ist, als ich es mir vorstellen konnte! Unsere Sitzplätze waren sehr gut. Papa hatte seinen Feldstecher dabei, durch den ich die Menschenmassen betrachtete. Dann ging es los. Die Fahnen aller Nationen wurden gehisst und die Mannschaften aller teilnehmenden Länder marschierten im Gleichschritt und mit dem Olympischen Gruß ein – der dürfte Adolf Hitler gefallen haben, da er doch derselbe ist wie der Hitlergruß. Hunderttausend Zuschauer jubelten den Sportlern zu, die sich dann in der Mitte des Stadions aufstellten.

Dann erschallte Hitlers Stimme durchs Mikrofon: »Ich verkünde die Spiele von Berlin zur Feier der 11. Olympiade neuer Zeitrechnung als eröffnet«, worauf wieder ohrenbetäubender Jubel ausbrach. Die Frau neben mir haute mir dauernd ihr albernes Fähnchen um die Ohren. Die Fanfaren ertönten und eine riesige Olympiafahne wurde gehisst. Gleichzeitig ließ man etliche tausend Tauben in die Luft, der ganze Himmel war voller schwarzer Punkte, bis die Kanonenschüsse losgingen. Vor lauter Schreck ließen die Vögel in ihrer Not Kot auf uns herabfallen. Für die Männer war es weniger schlimm, die trugen fast alle Hüte oder Kappen, die Frauen jedoch traf es heftig. Selbst die Frau neben mir hörte auf zu fähneln, ihr hatte eine Taube mitten aufs Haupt gemacht! Dann traf der Fackelläufer ein, er entzündete unter Glockengeläut das Olympische Feuer. Die Euphorie war wirklich ansteckend.

Als wir nach den Feierlichkeiten nach Hause fuhren, stand mein Mund nicht mehr still. Onkel erklärte, dass der Fackellauf dieses Jahr zum ersten Mal durchgeführt wurde, und er kenne auch den Läufer persönlich, er heiße Fritz Schilgen. Aber das Lustigste waren die kotenden Tauben!

Jetzt muss ich schlafen, morgen beginnen die Spiele und ich darf dabei sein!

2. August 1936 Olympiade Berlin

Heute war wieder ein denkwürdiger Tag. Ich war Zeuge, als der Amerikaner Jesse Owens, ein Schwarzer, im 100-Meter-Lauf den Weltrekord errungen hat! Er lief den anderen einfach so weg.

In 10,2 Sekunden. Der Lauf wurde dann wegen Rückenwind nicht anerkannt. Dann kam noch eine Wiederholung, aber auch da siegte Jesse mit 10,3 Sekunden. Adolf Hitler gefiel das gar nicht. Ich sah durchs Fernglas sein mürrisches Gesicht.

4. August 1936

Heute war Weitsprung an der Reihe. Zwischen dem Deutschen Luz Long und Jesse Owens gab es einen sehr spannenden Wettkampf. Die beiden überboten sich ständig. Jesse sprang wie ein Känguruh sehr hoch und holte mit einer Weite von 8,06 m seine zweite Goldmedaille. Aber was das Schönste war: Sein Konkurrent, der Deutsche Luz Long, hakte sich nach Jesses Sieg bei ihm unter und sie gingen beide lachend durchs Stadion und wurden von den Zuschauern bejubelt. Luz und ein Schwarzer, sie zeigten der Welt, dass die Hautfarbe keine Rolle spielt. Die beiden waren die Stars des Tages.

Eigentlich sollten dann zwei jüdische Läufer beim Staffellauf starten, dem 4 mal 100 Meter-Lauf. Kurzfristig wurden aber die Läufer ausgetauscht und keiner wusste, warum. Stattdessen liefen Jesse Owens und sein Landsmann Metcalwe. Amerika gewann und Jesse bekam seine 3. Goldmedaille. Es war einfach unglaublich. Ich beobachtete auch heute wieder den Führer mit dem Fernglas und sah, dass er immer mit dem Oberkörper nach vorne und nach hinten schwankte wie ein Geistesgestörter. Er verzog das Gesicht schmerzerfüllt, da ihm ein Sieg der Arier vorgeschwebt haben musste! Und nun standen diese Schwarzen auf dem Siegertreppchen! Ich habe Angst vor diesem Menschen! Auch wenn es in Berlin keine sichtbaren Anzeichen dafür gibt, dass Juden nicht erwünscht sind, spüre ich, dass er alles hasst, was nicht arisch ist.

Der große Star war Jesse, der genauso jung ist wie ich.

18. August 1936

Bin noch immer ganz begeistert von Berlin. Was ich alles erleben durfte! Ich bin Onkel Berni und Papa sehr dankbar. Habe Christa von dem Olympiastadion, den hunderttausend Zuschauern und den Sportlern erzählt. Ich glaube, sie war ein wenig neidisch, freute sich aber über mein Mitbringsel. Habe ihr einen kleinen Schlüsselanhänger mit dem Brandenburger Tor aus Metall mitgebracht. Elias habe ich in Berlin eine Hundepfeife gekauft, er freute sich riesig und probierte sie sofort an Sniffer aus. Sniffer knurrte und lief panisch weg. Elias und ich haben gelacht. Die Hundepfeife scheint nichts für Sniffer zu sein. Er versteckte sich unter dem Tisch und kam erst wieder hervor, als Elias ihm ein Stückchen Fleisch vor die Nase hielt.

Kapitel 21
Rauchzeichen

Zwei Tage lang passierte erst einmal gar nichts Besonderes, ich kümmerte mich um die Renovierung und den Umbau des Geschäftes und richtete alles so weit her, dass die Küche bald geliefert werden könnte. Das breite Schaufenster war eingebaut worden, die Wände und Decken gestrichen und es sah alles perfekt aus. Der Innenausbau war fertig.

Nun würden bald die Maler kommen und ein Gerüst aufstellen, um die Fassade in einem frischen Gelb anzustreichen und das Fachwerk aufzubessern.

Im Haus war jetzt erst einmal nichts zu tun, so rief ich bei der Küchenfirma an, dass sie nächste Woche liefern könnten, und anschließend Tilla.

»Hallo, Frau Brecht, hier ist Inga. Wie geht es Ihnen?«, fragte ich hoffnungsvoll. Aber Tilla war nicht guter Dinge, wie ich gleich an ihrer Stimme hörte. »Ach, nicht so richtig gut. Ich mach mir halt meine Gedanken.«

»Ich wollte Sie gerade fragen, ob Sie keine Lust haben, mal mit mir einen Kaffee im Städtchen zu trinken?«, versuchte ich sie aufzuheitern. »Ich würde Sie abholen und wir könnten mal das neue Café am Entenmarkt ausprobieren«, schlug ich vor.

»Ja, Inga, das ist eine gute Idee, ich muss hier mal raus. Wann können Sie hier sein?«

Wir machten aus, dass ich sie gegen 11 Uhr abholen würde. Es schneite, obwohl schon März war und eigentlich Frühling sein sollte. Aber in der Eifel wird erst im Mai nach den Eisheiligen wirklich Frühling, dachte ich, als ich zum Marienheim ging, die Kapuze meines Parkas über den Kopf gezogen. Es war wirklich saukalt heute. Frau Brecht hatte sich einen Hut und eine Plastikhaube übergezogen und sich auch sonst warm eingepackt. Ihr grauer Mantel und ihre Stiefel taugten für einen kurzen Gang zum »Le Petit«, einem kleinen neuen Café mit französischem Flair. Es waren vom Altenheim aus nur ein paar hundert Meter zu gehen. Tilla erzählte derweil unentwegt vom Telefonat mit ihrem Sohn.

»Sie können sich gar nicht vorstellen, wie der sich aufgeregt hat!« Frau Brecht geriet etwas außer Atem. Ich ging einen Schritt langsamer. »Er hat gesagt, das mit dem Mord könne doch gar nicht sein! Aber was soll man da sagen? Die Polizei hat ja nun alles bestätigt. Er konnte das irgendwie nicht fassen, glaube ich.«

Wir betraten das Café und setzten uns. Tilla legte ihre Sachen ab und setzte sich an einen Tisch, von dem aus wir aus dem Fenster ins Schneegestöber in die Fußgängerzone schauen konnten. Der Raum war sehr schön in kräftigem Pink gehalten und passend dekoriert, die Theke weiß und voller Leckereien. Wir bestellten uns ein kleines und ein mediterranes Frühstück, das uns auf einer Etagère serviert wurde. Tilla hustete noch ein wenig vor sich hin und nahm ihren roten Filzhut ab, den sie neben sich legte. Sie erzählte im Flüsterton weiter von ihrem Sohn. »Walter sagte, dass dann ja einer aus der Familie der Mörder sein müsse. Unvorstellbar ist das.«

»Ja, das könnte so sein«, lenkte ich ein. Frau Brecht aber war anderer Meinung. »Ich habe ihm gesagt, dass die Polizei sich ja vielleicht irrt und der Mord viel früher passiert ist.«

Am Nebentisch saßen drei Frauen mittleren Alters, die sich anscheinend über die Geschichte Münstereifels unterhielten. Eine sportlich Gekleidete mit Brille, vielleicht eine Dozentin oder eine Geschichtslehrerin, erzählte: »In diesem Hause lebte Anfang des letzten Jahrhunderts und während der NS-Zeit die Familie von Andreas Kaufmann, er war ein jüdischer Metzger und Viehhändler. In der Reichskristallnacht im November 1938 wurden hier die Fenster mit Steinen eingeworfen, etwa drei Dutzend Männer drangen ein und zerstörten den gesamten Hausstand und die Möbel, schlugen die Wasserhähne ab, was zur Folge hatte, dass das Haus voll Wasser lief. Es entstand ein Schaden von etwa 1000 Reichsmark.« Ich hörte mit halbem Ohr zu, während wir genüsslich unsere Croissants aßen. »Die Tochter Helene und Kaufmanns Frau Frieda versteckten sich mit zwei weiteren Frauen der Familie in einem kleinen Raum im oberen Stockwerk und standen Todesängste aus. Danach wurde Andreas Kaufmann von den Nazis verhaftet und erst nach Bonn transportiert, wo man ihn in ein Gefängnis sperrte und misshandelte. Am Tag darauf, wie man aus einer Gerichtsschrift entnehmen kann, wurde er mit einem Viehtransporter nach Brauweiler gebracht, wo man ihn einen Tag und eine Nacht in der Kälte stehen ließ, ohne ihm Essen oder Wasser zu reichen. Als er von den Nazis nach Hause geschickt wurde, musste er sofort ins Krankenhaus gebracht werden. Dort blieb er bis zu seiner Ausreise in die USA im März 1939, die sein Bruder David Kaufmann arrangierte. David lebte seit 1903 in Amerika und rettete nicht nur seinem Bruder sondern rund 200 Juden aus der Eifel und aus dem Moselgebiet das Leben, indem er sie nach Amerika ausreisen ließ. Sie entgingen ihrem Schicksal einer Deportation ins KZ. David Kaufmann war ein Junge aus Münstereifel, 1875 geboren, und besuchte hier erst die Elementarschule und dann das St.-Michael-Gymnasium von 1885 bis 1891, absolvierte danach eine kaufmännische Ausbildung und wanderte als Siebenundzwanzigjähriger nach Amerika aus und machte dort Karriere. Ein bemerkenswerter Mensch, ein Menschenfreund, dem man eigentlich eine Gedenktafel oder ein Denkmal stiften müsste. Er war sozusagen der ›Schindler von Bad Münstereifel‹. Dies hier war auch sein Elternhaus, in dem er aufgewachsen ist.«

Welch grauenvolle Zeit das war, dachte ich, als die Sirene losging.

»In letzter Zeit ist ja was los hier!«, meinte Frau Brecht. Es dauerte nur wenige Minuten, da hörten wir die Feuerwehrfahrzeuge ausrücken. Sie kamen in unsere Richtung die Fußgängerzone heraufgefahren. Die Tür des Cafés öffnete sich und ein älterer Mann kam herein. »Mensch, Mensch, Mensch, da oben brennt es, zumindest qualmt es die ganze Straße voll!«, stieß er hervor. Ich roch Qualm und stand auf, um ein paar Schritte vor das Café zu gehen. Mit Schrecken sah ich, dass es in der Nähe unseres Hauses brennen musste, rannte wieder hinein, legte 20 Euro auf den Tisch und bat Frau Brecht, in Ruhe zu Ende zu frühstücken, während ich den Parka überzog und rauslief. Mein Herz pochte und ich hatte eine schlimme Vorahnung. Als ich beinahe von einem Feuerwehrfahrzeug gestreift wurde, weil ich so kopflos übers Pflaster lief, sah ich, dass unser Haus qualmte. Jetzt rannte ich schneller und sah, dass die Feuerwehrleute begannen, zu löschen und dass die Haustüre aufgebrochen worden war. Ich wurde von einem Feuerwehrmann angehalten, Abstand zu halten. »Das ist mein Haus, ich bin die Besitzerin!«, brachte ich hervor. Meine Stimme klang eigenartig hell.

»Wie ist Ihr Name?«, fragte er mich.

»Meyer, Inga Meyer!«, antwortete ich.

»Ist noch jemand im Haus?«, fragte er mich. »Nein, Max ist in der Schule und sonst, nein, heute ist kein Handwerker da!«, sagte ich atemlos. Er gab das per Funk an die Kameraden weiter. »Bewahren Sie die Ruhe, junge Frau, meine Kollegen haben das Feuer gleich im Griff.«

Na, wie sollte ich! Ich dachte an das, was alles verbrennen könnte, und war unheimlich froh, dass die Küche und die neuen Möbel noch nicht geliefert worden waren. Ein Feuerwehrmann kam aus dem Haus und gab ein Zeichen. Der junge Kollege neben mir, der dafür sorgte, dass die Schaulustigen und Anwohner, die gafften, nicht im Weg standen, nickte mir zu und sprach in sein Funkgerät und forderte noch ein weiteres Fahrzeug an. Das war sicher kein gutes Zeichen! Hatte ich irgendein Gerät angelassen? Wodurch konnte der Brand entstehen, fragte ich mich. Ich rief Max auf dem Handy an, der natürlich nicht ans Telefon ging, da er Unterricht hatte! So ein Mist. Ein Feuerwehrmann mit Atemschutzmaske kam aus dem Haus und rief: »Ein Verletzter!« Die Sanitäter aus dem bereitgestellten Krankenwagen liefen mit Trage zum Haus, aus dem gerade ein Feuerwehrmann von zwei Kameraden herausgetragen wurde. Der junge Mann an meiner Seite wurde über Funk informiert, dass dieser in die Decke eingebrochen sei und sich verletzt hätte. Zwei andere Leute hatten ihn aus dem Loch herausgezogen, er hatte sich jedoch das Bein verletzt. Inzwischen standen etliche Schüler vom St.-Michael-Gymnasium, die gerade große Pause hatten, um den Unglücksort versammelt und machten Handyfotos! Wenn doch nur Max da wäre! Ich tippte ihm mit zitternden Fingern eine Nachricht: Unser Haus brennt, bitte komm.

Keine zwei Minuten später rief er an, er versicherte mir, schon auf dem Weg zu sein. Das zusätzlich von Iversheim angeforderte Feuerwehrfahrzeug traf gerade ein und einige Kameraden mit Atemschutzmasken liefen zum Haus. Eine Weile später erreichte uns wieder ein Funkruf: »Dachstuhlbrand ist gelöscht! Keine Gefahr mehr für die angrenzenden Häuser«, war die Durchsage.

Als Max kam und mich in die Arme nahm, wurde mir ganz heiß und ich sackte zusammen. Danach bekam ich nichts mehr mit.

Als ich aufwachte, lag ich auf einer Bank und blickte in den Himmel, Max und ein Sanitäter waren bei mir. Man hatte mich in eine graue Decke eingehüllt. Max sagte: »Es ist alles in Ordnung, das Haus wurde gelöscht. Wie geht es dir?«

Mir war speiübel. »Es geht«, log ich.

»Frau Mehlhorn von nebenan hat beim Bettenmachen den Rauch entdeckt und sofort die Feuerwehr gerufen. Wir hatten noch Glück, dass der Brand so schnell bemerkt wurde.« Frau Mehlhorn stand geschäftig in unserer Nähe und hatte noch die Röllchen vom Aufdrehen ihrer Haare auf dem Kopf, was sie jedoch nicht zu stören schien. Sie gab einem Polizisten sehr bereitwillig Auskunft über die Entdeckung des Feuers und schien es zu genießen, einmal im Mittelpunkt zu stehen. Schon wieder Polizei, dachte ich. Wenigstens war die Vorwitzigkeit unserer Nachbarin mal für etwas gut.

»Ah«, war meine geistreiche Reaktion und ich stellte die Füße langsam wieder auf den Boden. Mir war noch etwas schwindelig und Kopfschmerzen hatte ich auch. Der Krankenwagen fuhr gerade los, vermutlich wurde der Verletzte ins Krankenhaus gebracht. Ein Feuerwehrmann kam zu uns. »Wir haben das Feuer gelöscht, das Dach hat Schaden genommen und auch der Dachboden ist zerstört, die Decke ist kaputt. Aber wir konnten das Feuer schnell löschen und der Wasserschaden ist relativ überschaubar.«

»Max, haben wir eine Feuerversicherung?«, fragte ich matt, als Frau Brecht vor mir auftauchte, die auch sehr blass aussah und meine Hände nahm. »Aber Frau Meyer!« Mehr brachte sie nicht heraus.

Max bejahte, was mich sehr erleichterte. Der Polizist kam zu uns und wollte noch einige Informationen haben. Wir konnten uns den Ausbruch des Feuers nicht erklären. Da wir nichts tun konnten und mir immer noch flau war, beschloss Max, mich in unsere Wohnung zu bringen. Ich legte mich mit Jeans und Pulli aufs Sofa, zog die Decke über den Kopf und schlief sofort erschöpft ein.

Kapitel 22
Anna

23. September 1936

Einen Moment lang dachte ich gestern, dass mal alles gut ist und es doch wieder bergauf geht mit unserem Geschäft. Es kam ein Herr zur Tür herein, der erst angab, uns mit dem Entwurf einer ganzen Kollektion für seine Frau beauftragen zu wollen. Er blickte sich hochtrabend im Laden um, stakste mit dem schwarzen Schirm geschäftig hin und her und führte sich auf. Dann sagte er: »Scheint ja ein Geschäft zu sein, das bald keine Kunden mehr haben wird, wie mir zu Ohren kam …« Papa schaute ihn entgeistert an. Der Herr mit Zylinder fuhr ungefragt fort: »Ich weiß, dass Sie bald gezwungen sein werden zu verkaufen, es wird schlecht über Sie geredet. Bevor Sie hier endgültig herausgeworfen werden, kann ich Ihnen aber ein lukratives Angebot für Ihr Geschäft und Wohnhaus unterbreiten.« Mir stockte der Atem über so viel Dreistigkeit.

Papa räusperte sich und erwiderte dann ruhig: »Verehrter Herr, ich erwäge nicht, in naher Zukunft mein Objekt zum Verkauf anzubieten. Tut mir leid.«

Der Mann stolzierte dann aus dem Laden. Papa setzte sich. Er tupfte sich den Schweiß von der Stirn. »Was haben die nur vor?«, fragte er sich laut.

Manchmal fühle ich mich, als würde uns der Boden unter den Füßen weggezogen. Mama erzählen wir nichts davon, musste ich Papa versprechen.

2. Februar 1937

Heute kam der Brief. Er lag auf dem Küchentisch und sah erst einmal ganz harmlos aus. Als Papa zum Mittagessen kam, öffnete er seine Post und erstarrte gleich bei den ersten Zeilen. Uns wurde mitgeteilt, dass meinem Vater die Konzession entzogen wurde, da er mit falschen Steinen handele, und die Konsequenz sei, dass man ihm einen Herrn aus Düsseldorf als Käufer unseres Geschäftshauses vorschlagen würde, der einen ordentlichen

Preis zahlen würde. Das Ganze war so formuliert, als handele es sich hierbei um ein faires Angebot und eine gute Tat.

Bis zum 1. März sollen wir unser Haus geräumt und eine neue Bleibe gefunden haben.

4. März 1937

Inzwischen sind wir ins kleine Eckhaus nebenan umgezogen. Elias und ich müssen uns ein Zimmer teilen. Nicht gerade lustig! Sniffer liegt unter Elias' Bett auf einem Schaffell und versteht die Welt nicht mehr. Immer wieder läuft er rüber zu unserem alten Haus, wo bisher sein Revier war.

Die neue Besitzerin schimpft dann und ruft so lange herüber, bis Elias kommt und Sniffer abholt. Meine Eltern machen einen sehr sorgenvollen Eindruck. Wir haben für unser Haus samt Juweliergeschäft nur wenig Geld erhalten nebst dem Häuschen, in dem wir jetzt leben. Da Papa und ich vorerst kein Einkommen mehr haben, müssen wir sehr sparsam sein. Die Düsseldorfer Familie hat begonnen, die Schaufenster umzudekorieren und die schönen roten Samtauslagen herauszuwerfen. Sie machen unsere ganzen Ideen zunichte. Das Geschäft wird nun modern eingerichtet, so wie Großstädter es wohl schön finden. Meiner Meinung nach passt das hier gar nicht hin.

Ich suche nun Arbeit in einem Goldschmiedegeschäft in Euskirchen. Hoffentlich nehmen die mich!

7. März 1937

Gestern kam unser Nachbar, der Juwelier, mit Sniffer bei uns vorbei. Er klingelte, ich sah ihn schon durchs Fenster vor der Tür stehen und Sniffer kläffte. Der Herr hielt den Hund am Halsband fest, der wohl entweichen wollte. Hatte gleich ein mulmiges Gefühl im Bauch und rechnete mit herben Vorwürfen. Aber als ich die Tür öffnete, stand mir ein nett aussehender Mann gegenüber. Aus seinen braunen Augen sprachen Güte und Sanftheit, er blickte nicht vorwurfsvoll. »Entschuldigen Sie, Hans Brecht mein Name. Guten Tag, Fräulein Katz.« Er sah recht jung aus und hatte sowas Jungenhaftes an sich. Sein Alter ist schwer zu schätzen, er mag vielleicht zehn Jahre älter sein als ich. So Mitte 30. Jedenfalls war er modisch gekleidet und roch gut nach Rasierwasser, das mich an den Duft von Kokosnüssen erinnerte. Ich war so verwirrt, dass ich erst mal puterrot wurde und dann nichts sagen konnte. Bevor Herr Brecht jedoch weitersprach, nutzte Sniffer die Gunst der Stunde und sprintete los in unseren Hausflur. Dabei fiel die Vase von Oma runter, die auf dem Tischchen stand! Es schepperte laut. Mama rief empört von oben: »Elias! Was hast du nun schon wieder angestellt?!« Sie kam die Treppe herab und verstummte, als sie den Besuch in der Tür sah.

»Guten Tag, gnädige Frau!«, setzte Herr Brecht an, »Darf ich mich vorstellen? Mein Name ist Hans Brecht, Ihr neuer Nachbar. Ich bringe Ihnen Ihren Hund zurück. Er hat sein altes Zuhause wohl vermisst.« Meine Mutter gab Herrn Brecht die Hand und lächelte verlegen. »Entschuldigen Sie bitte.«

Unser neuer Nachbar schien sich unwohl zu fühlen und sagte: »Es tut mir leid, dass man Sie aus Ihrem Heim vertrieben hat. Ich werde mich in Kürze noch erkenntlich zeigen, dass Sie unserer Familie ein so gut geführtes Geschäftshaus überlassen haben.«

Ich Dummerchen stand wie belämmert da und brachte kein Wort hervor. Er musste denken, ich sei schwachsinnig oder stumm. Er hatte sich bereits zum Gehen umgedreht und freundlich verabschiedet, als mir doch noch etwas einfiel zu sagen: »Herr Brecht, auf Wiedersehen und danke, dass Sie uns den Ausreißer gebracht haben.« Er zwinkerte mir zu und ging mit den Worten »Gern geschehen.«

Mama schloss die Tür und bemerkte: »Ein angenehmer Mensch, der Herr Brecht.«

Ich holte das Kehrblech und kehrte die zerbrochene Vase auf. Mama betrachtete die Scherben mit Tränen in den Augen und sagte: »Das letzte Erinnerungsstück an meine Mutter.«

10. April 1937

Herr Brecht kam heute wieder zu uns. Sniffer war diesmal nicht der Grund. Er brachte uns eine neue Vase vorbei, um den Schaden wieder gutzumachen. Sie sah der alten ziemlich ähnlich. Er übergab sie mir und meinte, er möchte gerne mal meine Eltern sprechen. Papa bat ihn dann ins Esszimmer herein, das noch nicht gerade einladend aussah, da wir noch nicht alles eingerichtet haben. Paps bot ihm ein Glas Wasser an, dann begann Herr Brecht: »Ich weiß, dass Ihnen Unrecht widerfahren ist. Ich bin kein Nazi. Da der wirkliche Wert Ihres Hauses den Kaufpreis, der mir abverlangt wurde, weit übersteigt, möchte ich Ihnen in bar eine Wiedergutmachung zukommen lassen.« Er legte einen Briefumschlag auf den Tisch. »Dies ist mein Versuch eines Ausgleichs für den Ihnen entstandenen Schaden. Ihr Hund und Ihre Familien mögen bei uns immer als Gäste willkommen sein.« Er räusperte sich und guckte uns der Reihe nach an, die wir vor Überraschung keine Worte fanden. Papa bedankte sich dann im Namen unserer Familie. Herr Brecht nippte an seinem Wasser. »Wie geht es weiter mit Ihrer beruflichen Karriere?«, wandte er sich an Papa.

Der schilderte ihm offen unsere missliche Lage und dass wir auf Arbeitssuche wären, er und seine Tochter. Herr Brecht sah mich wohlwollend an und schlug vor, mich vorerst weiter in der Werkstatt seines Geschäftes zu beschäftigen, da er noch keine Gehilfin gefunden habe. Mein Herz machte einen Sprung. Papa freute sich ebenfalls. Wir nahmen das Angebot dankend an. Ab Montag werde ich wieder arbeiten. In meinem bisherigen Geschäft! Das ist schön. Herr Brecht zahlt mir ein gutes Gehalt.

Als unser lieber Nachbar gegangen war, öffnete Papa das Couvert. Es enthielt 20.000 Reichsmark.

Mama weinte vor Freude.

Dann eröffnete sie mir, dass sie in anderen Umständen ist. Jetzt weiß ich auch, warum es ihr in letzter Zeit oft so schlecht ging. Elias und ich bekommen Ende des Jahres noch ein Geschwisterchen.

Kapitel 23
Der Morgen danach und Briefgeheimnisse

Max brachte mir schon die Zeitung ans Sofa, noch ehe ich beide Augen geöffnet hatte. »Schon wieder Schlagzeilen?!« Ich nahm blinzelnd die Kölnische Rundschau und sah ein Foto vom Haus und den Feuerwehrautos und dem vielen Rauch. Ich stöhnte auf. »Ich hatte gehofft, ich hätte schlecht geträumt!«, stieß ich hervor.

Mein Freund deckte den Frühstückstisch. »Nein, leider war alles real«, bedauerte Max.

In der Zeitung wurde über den Brand berichtet, die Brandursache sei noch ungeklärt. Ich las den Bericht und hatte gleich wieder einen Kloß im Hals. »Wir hätten das Ding nicht kaufen sollen. Es hat uns bisher nur Unglück und Ärger gebracht.« Max zuckte mit den Schultern: »Wir können es ja wieder verkaufen, damit erzielen wir jetzt bestimmt einen super Kaufpreis!« Er erntete von mir einen bitterbösen Blick. »Sarkasmus ist gerade fehl am Platz! Ich finde das nicht mehr lustig!« Kurze Zeit später hatten wir einen dicken Streit. Die Nerven lagen blank. Max knallte die Haustür zu und fuhr mit seinem Auto fort.

In den nächsten Tagen gab es viel zu tun, natürlich war Löschwasser ins darunter liegende Stockwerk gelangt. Unser Schlafzimmer war zerstört, die Decke war ruiniert und wir mussten jede Menge unserer Sachen wegwerfen. Gut war, dass wir noch Max' Schlafzimmer in seiner Wohnung hatten und meine Couch, auf der ich ja die ganze Zeit noch in meiner Wohnung geschlafen hatte. Die Versicherung gab nach einem Anruf Auskunft, dass wir für solche Schäden ausreichend versichert seien. Sie würden zahlen, ich solle möglichst viele Fotos machen und diese per E-Mail zusenden, außerdem käme ein Sachverständiger zu uns heraus und würde den Schaden vor Ort begutachten.

Ich stand immer noch unter Schock. War es Brandstiftung? Oder war nur eine Sicherung durchgebrannt? Auf dem Speicher ein Feuer ausgebrochen? Wie konnte sowas passieren? Es stank fürchterlich in unserem Haus. Und unsere Stimmung war auf dem Nullpunkt angekommen.

Ein Glück war, dass die Feuerwehr so schnell an der Unglücksstelle gewesen war, sonst hätte es bis auf die Grundmauern abbrennen können. Immer wieder hatte ich das Gefühl, den Brandgeruch in der Nase zu haben, auch noch in meiner Wohnung. Nachts lag ich lange wach und konnte nicht einschlafen. Eigentlich hatten alle unsere Probleme erst mit dem Hauskauf begonnen. Ich verfluchte allmählich den alten Kasten und seine Leichen. Wie gut, dass wir bis zur Fertigstellung der Renovierungsarbeiten noch unsere Wohnungen behalten hatten, sonst säßen wir jetzt auf der Straße. Das Löschwasser hatte das obere Stockwerk stark in Mitleidenschaft gezogen und auch das Treppenhaus bis hinab ins Erdgeschoss musste komplett renoviert werden. Die Arbeiten würden sich noch über etliche Wochen hinziehen, ehe wir da wirklich einziehen könnten. Frühestens Anfang des Sommers. Der Geschäftsraum hatte am wenigsten gelitten. Und zum Glück waren bisher noch weder die Fassade gestrichen noch die Küchenmöbel geliefert worden, so dass da schon mal kein Schaden entstehen konnte.

Nun mussten wir allerdings unsere Wohnungen länger mieten. Das waren alles Kosten, mit denen wir nicht gerechnet hatten. Max beschloss, seine Roderter Wohnung sofort zu kündigen und in Kürze zu mir zu ziehen, bis wir dann nach der Renovierung ins Haus konnten. Vermutlich auch, damit ich nicht so viel allein war mit meinen trüben Gedanken. Er merkte schon, dass ich viel grübelte. Am Abend kam Max und berichtete über den Fortschritt der Renovierung. Er arbeitete vormittags in der Schule und fuhr nach Unterrichtsschluss sofort zum Bau. Seine Tage waren lang. Ich übernahm alle Botengänge, Telefonate und Besorgungen, mied aber das Haus.

In der Nacht wälzte ich mich schlaflos auf dem Sofa hin und her und stand dann auf, ging leise in die Küche. Mikesch dachte, er bekäme nun Futter und folgte mir sofort. Mein treuer Begleiter. Ich stellte ihm eine Schale Futter hin und nahm noch einmal die Fotos und das kleine Bündel Briefe hervor. Die Briefe hatte ich noch nicht näher betrachtet. Sie waren an einen Herrn Reinhold Sommer in Dortmund adressiert worden, mit Paketkordel gebündelt, und in einem großen Umschlag an Frau Emily Brecht gesandt worden. Es lag ein kurzer Brief mit einer Todesanzeige von Herrn Reinhold Sommer bei, der am 11. November 1989 im Alter von 78 Jahren verstorben war. Im Brief stand nur knapp vermerkt, dass der Vater der Absenderin plötzlich verstorben sei und man in seinem Schreibtisch Briefe an ihn von seiner Schwester Emily gefunden habe, die von persönlicher Art seien und daher an sie, Frau Emily Brecht, zurückgesandt würden. Der Brief war etwas steif gehalten. Darunter stand: »Freundliche Grüße, Sabine Schätzle.«

Diese Emily Brecht musste die Schwiegermutter von Tilla Brecht gewesen sein. Ob sie noch lebte? Eher unwahrscheinlich. Auf jeden Fall stand fest, dass Emily 1989 nicht mehr in unserem Haus gewohnt haben konnte. Tilla und ihr Mann waren ja schon seit den 60er-Jahren dort eingezogen. Das Kuvert mit den Briefen war vermutlich bei ihnen eingeworfen worden, weil die Familie Brecht noch dort wohnte. Aber geöffnet hatten wohl andere Leute ihre Post und ihr vermutlich den Tod ihres Bruders Reinhold nur telefonisch mitgeteilt. Jedenfalls wurden offensichtlich weder die Todesanzeige noch die Briefe an die eigentliche Empfängerin weitergeleitet.

Ich versuchte die Schrift der alten Briefe zu entziffern, was mir jedoch schwerfiel. Hier und da konnte ich ein paar Worte lesen. Darin schrieb Emily Brecht ihrem Bruder, dass sie in Not sei und er ihr helfen möge. Aber worum es dabei ging, das erschloss sich mir aus dem Geschriebenen nicht.

Ich seufzte, Kater Mikesch schaute mich besorgt und neugierig an. »Morgen geh ich zu Peter Schmitz, Mikesch!«, erklärte ich ihm. Er schnurrte. Draußen begannen zwei Tauben zu gurren. Immer im Wechsel. Das war ein so vertrautes Geräusch, das ich aus meiner Kindheit kannte und liebte. Überall, wo Tauben gurren, fühle ich mich zu Hause. So ging ich im Morgengrauen zurück aufs Sofa und schlief erschöpft ein.

Kapitel 24
Anna

7. Mai 1937

Gestern ist ein schlimmes Unglück passiert. Der Zeppelin »Hindenburg« ist in der Nähe von New York abgestürzt. Die Landung wurde gefilmt und der Rundfunk war auch vor Ort, so dass man diese Katastrophe in Amerika live miterleben konnte. Das Luftschiff ging kurz vor der Landung in Lakehurst in Flammen auf. Es sind 36 Menschen umgekommen, 62 haben überlebt, sie sprangen wohl aus dem brennenden Luftschiff und konnten sich retten, stand in der Zeitung.

25. Mai 1937

Ich bin wieder frohen Mutes, dass doch noch alles gut wird. Das erhaltene Geld und mein Gehalt werden uns über Wasser halten können.

Papa erhält leider nur Absagen, da niemand mehr einen Juden einstellen will und darf. Ich dagegen als Halbjüdin habe einen Vorteil und Herr Brecht behandelt mich sehr gut. Er lässt mich wie bisher meine Arbeit verrichten, gibt mir Aufträge und lobt meinen Schmuck wohlwollend. Seine Frau lässt sich fast nie im Geschäft blicken, was sehr angenehm ist. Sie ist eine gehässige Frau, die es nicht gerne sieht, dass ich ihrem Mann zuarbeite. Sie ist dick und hässlich und immerzu mürrisch und behandelt ihren Mann wie den letzten Dreck. Herrschsüchtige alte Hexe! Zuletzt sagte sie, dass hier in der Provinz ja Zustände herrschen würden wie im alten Rom. Dann soll sie doch zurück nach Düsseldorf ziehen, dachte ich und schwieg.

Die ehemaligen Kunden von Papa, die sich lange Zeit bei uns nicht mehr im Geschäft haben blicken lassen, geben wieder Aufträge herein. Als mich der Herr Schwarz, dem ich die Eheringe gefertigt habe, durch den geöffneten Vorhang in der Werkstatt sah, schien es ihm peinlich zu sein. Gut so!

2. Juni 1937

Heute hat mich mein Chef eingeladen, ihn zu einer Messe nach Köln zu begleiten. Sie wird am kommenden Wochenende stattfinden, Goldschmiede und Schmuckhersteller aus ganz Deutschland stellen ihre Arbeiten aus. Der berühmte, verstorbene August Gerstner aus Pforzheim, der 1902 ein Patent über einen »fugenlosen goldenen Trauring« anmeldete, wird durch seinen Nachfolger Rudi Auerbach auf der Messe vertreten sein. Ganz sicher werde ich auch deren Stand besuchen gehen. Natürlich habe ich Herrn Brecht sofort zugesagt, dass ich ihn zur Messe begleiten möchte. Nun muss ich mir noch neue Schuhe bei Frau Martini und ein schickes Kostüm zulegen und werde also einkaufen gehen.

Kapitel 25
Besuch im Café T

Morgens erwachte ich erst um 11 Uhr, als jemand an der Tür klingelte. Schlaftrunken und noch im Schlafanzug, meine dicken grauen Wollsocken bis unter die Knie darüber hochgezogen, öffnete ich dem netten langhaarigen Postboten mit Zopf und nahm einen Einschreibebrief entgegen. Der junge Mann konnte sich bei meinem verknautschten Anblick ein Grinsen nicht verkneifen. Ich trank eine Tasse Kaffee und öffnete die Post.

Der Brief kam von der unteren Bauaufsichtsbehörde. Mir schwante nichts Gutes. Im Amtsdeutsch wurde uns mitgeteilt, dass unser Haus unter Denkmalschutz stünde und wir nach Paragraf sowieso keine Veränderungen vornehmen dürften, die das Bauwerk veränderten. Das neu eingesetzte Schaufenster verstieße gegen die Regeln und müsse sofort entfernt werden. Wir wurden aufgefordert, die Fensterfront in seine ursprüngliche Form zurück zu verwandeln. Lediglich ein Austausch der Fenster mit den gleichen Abmessungen in derselben Optik wie die ursprünglichen Fenster wäre zu vertreten.

Langsam ließ ich das Schreiben sinken. »Mensch, kann nicht mal irgendetwas klappen?!«, stieß ich hervor. Mikesch erschreckte sich und wachte aus seinem Tiefschlaf auf. Vorwurfsvoll schaute er mich an. »Ja, Mikesch, alle sind gegen uns. Nichts läuft nach Plan, überall werfen die einem Steine in den Weg!« Mikesch räkelte sich kurz, rollte den Schwanz neu ein und schlief weiter. Kater müsste man sein, dachte ich resignierend. Das neue Schaufenster hatte uns eine Stange Geld gekostet. Mussten wir es jetzt wirklich wieder rausreißen?

Ich rief die zuständige Sachbearbeiterin an, deren Telefonnummer ich im Briefkopf fand. Diese bestätigte mir, dass wir eben genau das veranlassen müssten. Daran führte kein Weg vorbei.

Als nächstes versuchte ich, Max auf seinem Handy zu erreichen. »Der Empfänger ist zur Zeit nicht erreichbar«, gab mir die Mailbox Auskunft. Mein Freund war vermutlich noch in seiner gekündigten Wohnung in Rodert und hatte mal wieder keinen

Handyempfang. Die Roderter mussten zum Telefonieren mit dem Smartphone zur Kirche gehen, dem einzigen Ort, an dem man Empfang hatte. Ich versuchte es auf seinem Festnetztelefon, auf dem er sich nach langem Klingeln meldete. Ich teilte ihm die schlechten Neuigkeiten mit. Er fiel aus allen Wolken: »Daran hatte ich überhaupt nicht gedacht! Unter Denkmalschutz. Und jetzt muss das Fenster wieder raus?!« Ich erklärte ihm, dass die alten Fenster oder ähnliche eingebaut und die Zwischenwand wieder eingezogen werden müsse. Max war auch bedient. »Mann, so ein Dreck, das wirft uns ja schon wieder zurück. Unfassbar! Ich lasse das aber vorher nochmal von meinem Anwalt prüfen. Den rufe ich gleich an.«

Ich stellte nach einem Blick in unseren Kaufvertrag des Hauses fest, dass es dort tatsächlich einen Vermerk gab, dass unser Haus unter Denkmalschutz steht. Wir hatten es Schwarz auf Weiß.

Sehr matt und verärgert zog ich mir Jeans und Pulli an und rief Max an, dass er sich wegen des Anwaltes keine Mühe mehr geben müsse. Seine schlechte Laune über unsere Unachtsamkeit übertrug sich sofort auf mich. Ich musste auf andere Gedanken kommen. Die Briefe von Emily Brecht wollte ich mir vorlesen lassen. Ich rief Peter Schmitz an. Dieser versicherte, dass er die altdeutsche Schrift lesen könne und mir gerne behilflich sein würde. Wir verabredeten uns zum Mittagessen im Café T, einem urigen Bistro in der Wertherstraße.

Als ich um kurz nach Zwölf eintraf, erwartete mich Herr Schmitz bereits an einem der runden Tische. Die Wände des Cafés waren mit ausgefallenen Reiseandenken, Fotos und kuriosen Dingen dekoriert. Weiße, selbstgehäkelte Lampensocken, die eigens von der Mutter des Besitzers hergestellt worden waren, verschönerten die Leuchten. Sieht ein wenig so aus wie die Häkelteile, in denen manche Leute Klopapierrollen aufbewahren, dachte ich. Typisch Eifel eben. Das Café war wie immer recht gut besucht, Studenten, Schüler, ein Tisch Rentner und einige Mittagspäusler aus der Stadtverwaltung sowie ein Club älterer Damen unterhielten sich angeregt. Zwei Tische weiter saß ein Mann mittleren Alters, der in keine der Kategorien einzuordnen war. Er führte immerzu Selbstgespräche. Leise wies ich Herrn Schmitz darauf hin, der sich umdrehte und mir leise erklärte: »Den kenn ich, das ist Herbie Feldmann. Er besucht manchmal seine Tante hier im Ort. Der hat einen neben sich laufen, wie man so schön sagt.« Er winkte Herrn Feldmann kurz zu und nickte.

Ich guckte verständnislos. »Er bildet sich ein, dass sein ständiger Begleiter Julius neben ihm sitzt. Mit dem unterhält er sich. Oft gibt Julius auch Widerworte. Die beiden sind meist nicht einer Meinung und streiten viel. Aber sonst ist Herbie ganz normal«, schmunzelte der Archivar. Ich war mir nicht sicher, ob er mich nun etwas auf den Arm nehmen wollte oder ob er das ernst meinte.

Wir bestellten unser Mittagessen und ein Getränk und ich packte die Briefe aus. Peter Schmitz beugte sich ganz nah darüber und begann vorzulesen:

»Lieber Bruder Reinhold, ich bin in eine furchtbare Lage geraten. Durch Zufall entdeckte ich, dass mein Mann auf Abwege geraten ist und ein Verhältnis mit einer Jüdin hat. Sie ist die Tochter des Juweliers, der hier im Hause wohnte. Die Familie ist ins Haus nebenan auf der Ecke umgezogen. Heute entdeckte ich eine Hotelrechnung aus Maria Laach. Dort muss mein Mann mit einer Frau, die sich unter meinem Namen ausgab, mit ihm im Seehotel übernachtet haben. Außerdem erwischte ich diese Jüdin, Frau Katz, als sie sich heimlich mit Hans traf und sie sich Hände haltend gegenübersaßen. Das ist nicht nur zutiefst erniedrigend für mich, sondern er betreibt auch Rassenschande mit dieser Jüdin!

Was soll ich nur tun? Ihn auf diese Affäre ansprechen? Meinen eigenen Mann anzeigen? Den Mund halten und schweigen? Bitte, Reinhold, diese Frau muss aus unserem Leben verschwinden. Kannst du mit Hilfe deiner Beziehungen und deiner guten Position nicht diese jüdische Familie aus meinem Umfeld entfernen?

Auf eine baldige Antwort von Dir warte ich.

Deine Schwester Emily«

Herr Schmitz guckte mich aus verwunderten Augen fragend an. »Was ist das denn für eine Geschichte? Kennen Sie die Briefschreiberin?«

»Nein, ich kenne sie nicht. Sie muss eine Vorfahrin, ich vermute, die Schwiegermutter der Vorbesitzerin meines Hauses gewesen sein. Diese Briefe fand ich auf dem Speicher, bevor der Brand alles andere vernichtete, was sich unter meinem Dach befand.«

»Das ist ja eine regelrechte Aufforderung an diesen Reinhold, die Frau Katz aus der Welt zu schaffen.« Die Bedienung brachte die Speisen. Reibekuchen auf Schwarzbrot mit Sauerkraut und für mich mit Lachs und Schmand.

»Ja, so hört es sich an. Sie haben sicher von dem Fund zweier Skelette in dem Fachwerkhaus gehört?«, tastete ich mich langsam heran. Mein Gegenüber nickte.

»Das Haus ist das, welches mein Freund und ich vor ein paar Wochen gekauft haben.«

Herr Schmitz legte die Stirn in Falten. »Ach. Und Sie sind nun auf der Suche nach Erklärungen?«

»Genau«, gab ich zu. »Ich war auf dem Speicher und habe dort diesen Brief gefunden. Nun habe ich ein Puzzlespiel mit tausend Teilen, das ich versuche zusammenzusetzen.«

»Verstehe.« Er nahm den zweiten Brief und überflog ihn. »Sie gibt hier ihrem Bruder eine genaue Personenbeschreibung der Frau Katz.

Sie schreibt: »... eine Jüdin im Alter von Anfang bis Mitte Zwanzig, die langes, dunkles, lockiges Haar hat, grüne Augen, etwa 1,65 m groß und zierlich.«

»Also wenn Sie mich fragen, die plant ein krummes Ding!«, bestätigte Herr Schmitz meinen Verdacht. »Nur kennen wir allerdings nicht die Reaktion ihres Bruders und ob es dazu gekommen ist, oder?«

»Das ist richtig.«

Der dritte Brief war ein früher datierter, in dem Frau Brecht über allgemeine Dinge wie die Entwicklung ihrer Kinder und den Umzug nach Münstereifel aus Düsseldorf berichtete. Darin fiel noch kein Wort über die Affäre ihres Mannes. Sie lobte nur das schöne Städtchen und die nahe gelegene Schule. »Das Angebot der Übernahme des jüdischen Juweliergeschäftes war eine große Chance für Hans, der das Geschäftshaus, in dem wir nun auch wohnen, für ein sehr geringes Entgelt erworben hat. Das Geschäft ist sehr günstig am Markt gelegen und wirft ordentlich Gewinn ab.«

Wir aßen schweigend unsere Reibekuchen.

»Es ist zwar sehr unwahrscheinlich, aber ich überlege die ganze Zeit, ob die Briefe nichts mit dem Verschwinden der Anna zu tun haben könnten …«

»Ermittelt die Polizei nicht im Fall der Skelettfunde?«, unterbrach mich Herr Schmitz in meinen Gedanken.

»Doch, schon, aber die wissen ja nichts von den Briefen. Und da ein Mord womöglich nach 80 Jahren längst verjährt wäre und vermutlich der Mörder eh nicht mehr lebt, werden die sicher einen nicht allzu großen Ehrgeiz entwickeln, den Fall noch aufzuklären. Ich aber habe jetzt diesen Ehrgeiz. Glauben Sie mir, ich will endlich Ruhe finden.« Herr Schmitz unterbrach mich: »Sie irren sich. Mord verjährt nicht, das Gesetz wurde 1979 verabschiedet. Wer mordet, bleibt auf ewig schuldig.«

»Aha. Das ist gut. Im Übrigen gibt es wieder schlechte Neuigkeiten bei uns. Ich hatte heute Post. Die Bauaufsicht bemängelt den Umbau der Fensterfront. Wir müssen diesen rückgängig machen.«

Peter Schmitz bedauerte das und bestätigte, dass es schon solche Fälle gegeben hätte, in denen weitaus mehr als ein Fenster wieder ausgebaut werden musste. »Sie können froh sein, dass Sie nicht aufgefordert wurden, den Kamin wieder aufzubauen.« Ich guckte ihn entsetzt an. »Wahrscheinlich auch noch die Leichen wieder mit einmauern, was?«, fragte ich frostig. Mein Gegenüber lachte. Seine Mittagspause war nun vorbei und er musste wieder zurück zur Arbeit. Wir zahlten und verabschiedeten uns. »Halten Sie mich auf dem Laufenden! Und Kopf hoch«, rief er mir zu und verschwand Richtung Stadtverwaltung.

Später rief er mich nochmal an. »Wissen Sie, Frau Meyer, mir ist da noch so eine Idee gekommen. Wir wissen nun, dass die betrogene Ehefrau versuchte, die Jüdin loszuwerden und ihren Bruder um Hilfe bat. Aber wir wissen nicht, was er ihr geantwortet hat. Gibt es keine weiteren Briefe?«

»Nein, von diesem Herrn Sommer habe ich keinen Brief gefunden.«

»Nun, es könnte sein, dass dieser Herr ihr geholfen hat, aber wir wissen es nicht. Aber wir könnten der Spur folgen, die wir aus den Büchern haben.«

»Ich kann gerade nicht folgen«, musste ich zugeben.

»Na, Frau Katz ist doch nach Köln-Lindenthal gegangen, hatten wir im Archiv festgestellt. Man kann dort vor Ort Nachforschungen anstellen und schauen, ob sie dort verstorben ist und ihre Spur weiter verfolgen. Ich mache Ihnen einen Vorschlag: Fahren Sie ins Kölner Archiv und forschen Sie nach.«

»Sehr gute Idee!« Ich war Feuer und Flamme. Ich bedankte mich für den guten Tipp und beendete das Telefonat.

Zunächst suchte ich die Telefonnummer des Archivs heraus und erkundigte mich nach Anna Katz. Die Mitarbeiterin am Telefon bat mich, einen Augenblick zu warten. Es dauerte kaum zwei Minuten, da hatte ich eine Antwort. »Frau Katz ist 1938 nach Köln-Lindenthal gezogen und hat dort gelebt. Dann gibt es aber keine weiteren Einträge.«

Immerhin, das war schon mal eine Spur.

Ich bedankte mich und sagte Tschüss. Doch das alles ließ mir keine Ruhe und beschäftigte mich mehr, als unsere aktuellen Probleme mit dem Fensterumbau.

Beim Abendessen hatte Max schlechte Laune. Er hatte seinen Anwalt angerufen. »Eigentlich haben wir gar keine Chance. Wir hätten den Vertrag genauer durchlesen müssen, bevor wir begonnen haben, die Fenster auszubauen. Wir müssen alles auf unsere Kosten wieder rückgängig machen und den Zustand des Hauses wiederherstellen.« Max sah sehr angefressen aus und hatte dunkle Ränder unter den Augen. Ich zuckte mit den Schultern.

Ich nahm mir noch eine Portion Bratkartoffeln.

Dann gewann Max' Realitätssinn wieder die Oberhand. »Ich kümmere mich darum, dass die beiden – ›Stan und Olly‹ oder wie sie auch immer heißen – wieder ihre Arbeit aufnehmen. Die werden Augen machen, wenn ich die nun wieder alles abreißen lasse! Es läuft aber auch gar nichts nach Plan!«

Ob wir mit unseren finanziellen Mitteln hinkämen, war fraglich.

Am nächsten Tag rief Max die Handwerker an und beauftragte sie mit dem erneuten Umbau. »Zu dumm, dass man als Lehrer keinen Urlaub nehmen kann«, fand er. »Wir müssen nun neue Fenster aussuchen, die so ähnlich aussehen wie die alten und von den Abmessungen übereinstimmen. Ich hoffe nur, die haben nicht zu lange Lieferzeiten … Fahren wir heute Nachmittag zum Schreiner.« Mit einem Zollstock ging er die alten Fenster abmessen, die noch im Hinterhof an der Hauswand lehnten.

Ich folgte ihm. »Max, ich müsste mal nach Lindenthal ins Krankenhaus fahren. Ich hoffe da zu erfahren, ob Anna Katz ihr Kind dort zur Welt gebracht hat.« Max schaute auf. »Nach Lindenthal? Mensch, haben wir nichts Wichtigeres zu tun, als dieser alten Geschichte auf den Grund zu gehen? Die Leute sind tot und bleiben es auch, egal was du unternimmst.«

»Ich will aber die Hintergründe herausfinden, mir lässt das keine Ruhe.«

Max ließ mich wortlos stehen, sein Gesichtsausdruck sprach Bände.

Am folgenden Tag fuhr ich schon früh nach Köln-Lindenthal und parkte auf dem Klinikparkplatz.

An der Information erklärte ich mein Anliegen und wurde an Frau Dr. Vonhoff, die hier als Ärztin arbeitete und gerade die Schicht beendete, verwiesen. Sie begrüßte mich freundlich. Wie kann jemand, der die Nacht durchgearbeitet hat, am Morgen so gut gelaunt sein, fragte ich mich und erklärte ihr, warum ich sie aufgesucht hatte. Die Ärztin schlug daraufhin vor: »Die Aufzeichnungen im Archiv müssten uns Antwort geben können, schauen wir mal nach den Geburten im Jahr 1939.«

In den Büchern gab es jedoch keinen Eintrag über die Entbindung einer Frau Katz. Dr. Vonhoff erklärte mir: »Als Jüdin wäre sie hier 1939 vermutlich gar nicht mehr aufgenommen worden. Sie hätte einen jüdischen Arzt aufsuchen müssen, der sich damals aber schon nicht mehr Arzt, sondern Krankenbehandler nennen musste. Seit September 1938 gab es ein totales Berufsverbot für jüdische Ärzte, nur einige durften noch unter der Bezeichnung

»jüdische Krankenbehandler« weiterarbeiten und ausschließlich Juden behandeln. Um die 2000 jüdischen Ärzte wurden später getötet.« Während Frau Vonhoff darüber detaillierter berichtete, schaute ich auch noch in den Jahren um 1939 alle Namensregister der Geburten durch, aber ohne Erfolg.

»Nehmen wir mal an, sie wäre hier abgewiesen worden. Dann hätte sie sich einen Krankenbehandler gesucht und ihr Kind dort zur Welt gebracht«, überlegte ich laut.

»Das würden Sie dann aber auf dem Standesamt erfahren können.« Die Ärztin schaute auf ihre Armbanduhr. »Ich muss nun los. Ich hoffe, Sie werden bei der Suche Erfolg haben.«

»Ja, ich werde mein Glück auf dem Standesamt versuchen. Danke vielmals für Ihre Mühe!«

Ich ging zum Parkplatz und stieg in mein Auto. Ich googelte auf meinem Smartphone nach »Standesamt Köln« und fand die Adresse, gab sie in mein Navi ein und fuhr dorthin. Ich bat um Auskunft, ob 1938 oder 39 über Anna Katz eine Eintragung zu finden sei. Die freundliche Angestellte half mir beim Suchen und wir stießen auf den Namen Anna Katz.

Ihre Tochter wurde am 11. Januar 1939 zur Welt gebracht und trug den Namen Lena. Unfassbar. Sie hatte wirklich ein Kind!

»Gibt es ein Sterbedatum von Anna Katz?«, fragte ich. »Nein, es gibt keine weiteren Einträge, weder von Anna noch von Lena. Wäre sie noch am Leben, müsste Anna nun 100 Jahre alt sein.«

Ob sie wieder zurückgekehrt ist? Was hätte ich wohl getan? Ich versuchte, mich in ihre Lage zu versetzen. Die Bürokraft lächelte mir aufmunternd zu: »Nach Lindenthal kamen damals einige Frauen, die in »Not« geraten waren, um heimlich und möglichst anonym zu entbinden. Sie kehrten dann nach einiger Zeit wieder in ihre Heimatstädte zurück.«

»Danke, sie haben mir sehr geholfen. Ich notiere mir gerade die Daten, dann wäre ich auch schon soweit fertig.« Ich schrieb das Geburtsdatum und den Namen Lena auf meinen Zettel und verabschiedete mich. Beim Zurücksetzen aus der Parklücke fuhr ich beinahe einen Blumenkübel um. Ich war völlig in Gedanken. Lena ...

Ich kramte das Handy aus meiner Handtasche und rief Max an, dem ich die Neuigkeiten erzählte.

»Stell dir vor, sie hat Anfang 1939 eine Tochter entbunden. Gesetzt den Fall ... sie war ja nicht verheiratet und der Vater des Kindes war dieser Herr Brecht Senior ...?« Max verstand langsam, worauf ich hinauswollte, aber er schien sich nicht für die Sache zu interessieren. Ich ignorierte es und fuhr fort: »Nehmen wir also an, Frau Katz wurde ungewollt schwanger und teilte dies ihrem Freund mit. Die Nationalsozialisten verboten 1939 Verbindungen zu Juden und Herr Brecht hatte Angst um seine Karriere und fürchtete einen Skandal. Er wollte gesellschaftlich gut dastehen und bat seine Geliebte, das Baby in Köln zur Welt zu bringen und Stillschweigen zu bewahren. Sie jedoch entschied sich vielleicht, nach der Geburt zurückzukehren. Sie präsentierte ihm das gemeinsame Kind und setzte ihn womöglich unter Druck.«

Max stimmte ungeduldig zu: »Ja, das wäre eine plausible Erklärung. Dann aber wäre auch er daran interessiert gewesen, diese Frau samt Kind zum ewigen Schweigen zu bringen!«

»Gott, wir haben ja schon zwei Verdächtige mit einem Motiv. Der Bruder von Emily aus Empathie für seine Schwester. Und der Ehemann aus Angst, nun aufzufliegen.«

»Mensch, Inga, wollen wir die Aufklärung des Falles nicht der Polizei überlassen und du hilfst mir hier jetzt, anstatt in der Gegend rumzufahren?«, stieß Max hervor.

»Nein, ich möchte erst selber noch etwas in den alten Sachen suchen. Es scheint ziemlich wahrscheinlich zu sein, dass unsere beiden Toten Frau Katz und ihr Kind gewesen sind. Nur jetzt noch herauszufinden, wer für deren Tod verantwortlich ist, wird nicht einfach werden. Ich werde versuchen, ob ich etwas über diesen Brecht Senior in Erfahrung bringen kann, danach komm ich zum Haus und helfe, wo ich kann. Bis später, Max.«

Aber die Heimfahrt verlief nicht nach Plan. Bis zur Autobahnabfahrt lief alles glatt. Als ich jedoch die Landstraße erreichte, die an Nöthen vorbeiführte, fand ich mich inmitten einer riesigen Schafsherde wieder, die von der einen zur anderen Straßenseite wechselte und anscheinend ein wenig in der Richtung abgedriftet war. Die beiden Schäferhunde liefen aufgeregt und bellend umher, ein Schäfer versuchte sein Bestes mit einem Hütestab, ich saß jedenfalls inmitten der Herde in meinem Auto fest und kam weder vor noch zurück. Ich hoffte einfach, dass mir keines der Schafe in Panik über die Motorhaube kletterte, und ließ die Scheibe herab. Es roch intensiv nach Schafsluft. Ich drehte das Radio auf lautlos, hörte dem Blöken der Schafe zu, schaltete den Motor aus und begann, mit der Handykamera ein paar Fotos aus dem Fenster heraus zu machen. Eigentlich Idylle. Und Entschleunigung. Einige Autos hinter mir standen ebenfalls wartend. In meinem Rückspiegel sah ich den Fahrer in einem schwarzen Porsche Cayenne mit Kölner Kennzeichen wild mit den Händen herumfuchteln, er schimpfte mit den Schafen und verfluchte das Verkehrshindernis. »Typisch Städter«, sagte ich laut. Beim zweiten Blick in den Spiegel erkannte ich den Sohn von Tilla Brecht. Jetzt hupte er und schimpfte so laut und unbeherrscht, dass ich es trotz der blökenden Schafe nicht überhören konnte. Dabei war offensichtlich, dass der Schäfer und die Hunde ihr Bestes gaben.

Nach ein paar Minuten lichtete sich das Wollgewühl und die letzten Tiere machten den Weg frei, auf dem sie viele schwarze Klumpen hinterließen. Ich startete den Motor und fuhr langsam an, der Kölner Spinner fuhr mir erst fast auf die Stoßstange auf, dann überholte er mit aufheulendem Motor kurz vor einer Kurve und verursachte beinahe einen Unfall mit dem Gegenverkehr an den Nöthener Tannen.

Kapitel 26
Anna

6. Juni 1937

Es ist alles anders.

Alles ist neu und aufregend. Und ich bin verliebt. Aber ich erzähle besser von vorne.

Gestern fuhren Hans und ich in seinem nagelneuen Wanderer in aller Herrgottsfrühe nach Köln. Auf dem Rücksitz hatten wir einige Koffer mit unseren Ausstellungsstücken, und, was mir sehr gefiel, mit vielen meiner handgefertigten Ringe und Medaillons. Die sollten der Welt präsentiert werden!

In bester Laune trafen wir auf dem Messegelände ein. Während des Aufbaus ging er mit mir um, als wären wir gleichberechtigte Geschäftspartner. Er hörte auf meine Vorschläge und fragte mich um Rat.

Die Messe und unsere Ausstellung waren gut besucht und ein voller Erfolg für uns. Gestern Abend brachte Hans uns dann nach Messeschluss zum Ringhof Hotel, das am Hohenzollernring liegt. Der Portier brachte unsere Koffer in den 3. Stock, in dem wir zwei Zimmer direkt gegenüberliegend hatten. Ein solch vornehmes Hotel habe ich noch nie betreten! Als ich im Bad war, tanzte ich vor lauter Freude. Wir speisten in der Gaststube, die sehr schick eingerichtet ist, und Hans achtete darauf, dass es mir gut geht, half mir bei der Auswahl der Speisen. Er erzählte mir viel von seiner Zeit in Düsseldorf, von seiner Jugend und blühte richtig auf. Hans liebt seinen Beruf als Goldschmied genauso sehr wie ich. Ich hing an seinen Lippen. Auch nach meiner Familie und meinem bisherigen Leben fragte er und wollte alles genau wissen. Der gute Wein zum Essen machte mich müde und ich bat dann später, ins Bett gehen zu dürfen. Als Hans sich vor meiner Zimmertüre von mir verabschiedete und Gute Nacht wünschte, gab er mir einen Kuss auf die Stirn, dann auf den Mund und sagte: »Anna, du bist etwas ganz Besonderes für mich.«

Benommen vor Glück ging ich in mein Zimmer und setzte mich aufs Bett. Ich bin verliebt in Hans und er in mich.

Die Nacht verbrachte ich halb wachend, halb träumend, und immer wieder erschien Hans in meinen Träumen. Wir liefen Hand in Hand über eine Blumenwiese. Als ich heute Morgen um 5 Uhr mit klopfendem Herzen aufwachte, konnte ich nicht mehr einschlafen. Wie soll ich ihm gleich beim Frühstück begegnen?

7. Juni 1937

Das Frühstück war wunderbar und Hans sah genauso müde aus, wie ich mich fühlte. Er sprach nicht viel, doch dann sagte er: »Anna, ich würde dir gerne jeden Morgen am Frühstückstisch gegenüber sitzen, aber wie du weißt, habe ich Frau und Kinder. Ich habe nicht vor, sie zu verlassen, möchte aber dir und deiner Familie immer zur Seite stehen. Ich wäre froh, wenn du weiterhin bei mir arbeiten würdest und wir so oft wie möglich Zeit miteinander verbringen können. Kannst du dir das vorstellen?«

Ich nickte und verstand. Ich war nicht enttäuscht. Wir standen auf und gingen zu unseren Zimmern. Dann nahm er meine Hand und küsste sie. Er zog ein kleines Kästchen aus der Hosentasche, ein Etui. »Das soll ein Zeichen unserer Verbundenheit sein, Anna.« Ich öffnete die Schatulle, in der ein Ring lag. Er besaß einen kleinen grünen Stein und hatte eine hübsche Form. »Er ist unscheinbar, ein russischer Diopsid, aber die Farbe passt exakt zu deinen Augen. Ich habe ihn extra für dich angefertigt. Er ist nicht auffällig, du kannst ihn auf der Messe selbst gekauft haben.« Ich betrachtete voller Glück den wunderschönen Ring und steckte ihn an meinen Finger. Er passte genau.

»Er soll dir Glück bringen und dich immer beschützen.« Dann küssten wir uns und verschwanden in seinem Zimmer.

Jetzt weiß ich, wie das ist, wenn einem der Boden unter den Füßen weggezogen wird und man plötzlich meint zu schweben. Heute Abend, nach dem zweiten Messetag, fuhren wir nach Hause, er hielt den ganzen Weg bis Münstereifel meine Hand.

1. August 1937

Ich bin glücklich, trotz der schwierigen Zeit und der Affäre mit meinem Chef. Natürlich müssen wir arg vorsichtig sein, da Hans' Frau immer mal wieder ins Geschäft kommt. Ab und zu streift er meine Schulter bei der Arbeit oder schaut mir tief in die Augen. Hans versucht so oft es geht, mit mir alleine zu sein und sich mit mir zu treffen, aber das ist natürlich in unserem Städtchen unmöglich. So sind wir gezwungen, geschäftliche Ausflüge zu machen. Das Tagebuch muss ich nun immer gut verstecken, es liegt in einem Geheimfach meines Nachttisches, so dass es niemand finden kann. Nicht auszudenken, wenn Elias darin lesen würde oder Mama. Die würden aus allen Wolken fallen.

Hans hatte eine unheimlich gute Idee. Im Moment gibt es in Paris eine Weltausstellung zum Thema Kunst und Technik. Ihr Motto ist, dass Kunst und Technik, aber auch das Nützliche und Schöne einander jeweils nicht widersprechen, sondern im Gegenteil auch ergänzen können. Die Messe möchte Hans mit mir besuchen. Paris – ich freu mich!

12. September 1937

Ich komme gerade kaum mehr zum Tagebuchschreiben. Die Welt dreht sich so schnell. Wir waren in Paris und es war ein Traum. Die Stadt der Liebe. Wir besuchten natürlich auch die Weltausstellung, es war alles unheimlich aufregend für mich. Dann zeigte Hans mir die Sehenswürdigkeiten der Stadt, Sacré Coeur, Montmartre, den Louvre und die Notre Dame und wir machten eine Schiffahrt auf der Seine. Er schenkte mir einen riesigen Strauß roter Rosen. In einem kleinen Straßencafé saßen wir auf der Terrasse und tranken Kaffee. Ein Herr mit Geige kam zu uns und spielte das neue Lied von Bing Crosby »I still love to kiss you goodnight«. Er stand vor unserem Tisch und bot es nur für uns dar. Das werde ich nie vergessen.

Der Eiffelturm hat mich von allen Bauwerken am meisten beeindruckt. Ein bekannter Architekt namens André Grasset hatte einen riesigen Kronleuchter entworfen, der unterhalb der ersten Plattform aufgehängt worden war. Abends wurde der Turm mit weißem Licht angestrahlt und mit roten und blauen Blitzen illuminiert. Von oben hat man solch eine grandiose Aussicht über die Millionen Lichter der Stadt. Als wir dort oben die Aussicht genossen, küsste mich Hans und sagte, er würde in einem anderen Leben sofort um meine Hand anhalten.

Als wir heimkamen, war Hans' Frau in allerschlechtester Laune.

»Die ganze Stadt spricht über dich!«, schnauzte sie Hans an. »Dann hat die Stadt ja eine Beschäftigung«, antwortete Hans ungerührt. Böse schaute sie mir in die Augen. Dann ging sie wutentbrannt davon. Hans nickte mir zu und verabschiedete sich. »Bis Montag, Fräulein Katz.«

Sicher würde er jetzt Rede und Antwort stehen müssen, ich war froh, nach Hause gehen zu können.

Elias bestürmte mich gleich und ließ mich kaum die Schuhe ausziehen. Meine Füße schmerzten in den neuen Schuhen mit Absatz. »Wie war es in Paris? Erzähl!« Meine Eltern kamen auch hinzu und ich berichtete ausführlich. Da Paps mir seine Kamera, eine Ihagee Kine Exakta mit Kleinbildfilm, geliehen hatte, übergab ich sie ihm mit den Worten: »Ich habe Euch einige Sehenswürdigkeiten und die Pavillons der Messe sowie die Seine fotografiert. Wenn wir die Fotos entwickeln lassen, kann ich Euch alles genau erklären.« Papa freute sich sichtlich. Mama schmunzelte: »So bekomme ich ja doch noch Paris zu sehen. Das hatte ich mir auch immer mal gewünscht.«

Papa meinte, dass er vielleicht die Spiegelreflexkamera bald verkaufen müsse. Sie hat 255 Reichsmark gekostet, sagte er. Ich schaute ihn traurig an. Papa ohne seine Kamera, das musste man zu verhindern wissen.

Kapitel 27
Rezepte und Kräuter

Am nächsten Tag, es war ein Samstag, fuhren Max und ich früh zu unserem Haus. Wir hatten uns schöne weiße Holzfenster ausgesucht, die den alten sehr ähnelten. Unsere beiden Handwerker rissen die Wand wieder ab und bauten das Mauerwerk wieder auf, so wie es vorher ausgesehen hatte.

Ich ging durchs Schlafzimmer im ersten Stock und stopfte alle unbrauchbar gewordenen Gegenstände in blaue Mülltüten. Die Dachdeckerfirma war dabei, das Dach zu erneuern. Die verbrannten Möbel und Sachen vom Speicher waren von Max und Tobi, der uns sofort zur Hilfe gekommen war, entsorgt worden. Durch das Loch, in das der Feuerwehrmann eingebrochen war, war auch in unser Schlafzimmer jede Menge Wasser eingedrungen. Ich warf den feuchten Teppich in den Müll und zutage kam ein welliger Dielenboden. Mit einem großen Schraubenzieher versuchte ich eine Diele anzuheben, und sie gab sofort nach. Unter dem Holzfußboden war ein Hohlraum, der nur etwa eine Handbreit maß. Max kam gerade vom Dachboden herunter und schaute mir über die Schulter. Er half mir, zwei bis drei der aufgequollenen Dielen herauszureißen.

»Die können wir erneuern lassen«, sagte ich. Als Max das dritte Holzbrett herausnahm, fanden wir eine rauchblaue Schachtel mit Verschluss. Es war so eine Art Schmuckschatulle aus Leder. »Was haben wir denn hier?«, murmelte Max, fuhr mit der Hand über sie und wischte den Staub ab, dann öffnete er den Verschluss. Mein Herz klopfte und ich hoffte insgeheim, darin ein schönes altes Medaillon oder eine Goldkette oder einen Ring mit Diamant vorzufinden. Beim Aufklappen fanden wir jedoch nur zwei Bücher. »Oooch!« Ein Büchlein über Pflanzen und eine Art Notizbuch, in das jemand mit unlesbarer Schrift hineingeschrieben hatte. »Na, ein Diamant wäre ja jetzt mal eine angemessene Entschädigung für all den Ärger gewesen«, maulte ich und konnte meine Enttäuschung nicht verbergen. Max gab mir das Pflanzenbuch, das ein hellgraues Cover mit der blauen Aufschrift »Unsere Heilkräuter« besaß. Ich schlug es auf und las vor: »Unsere Heilkräuter – angepflanzt in dem Heilkräuter-und Giftpflanzengarten der Verbandsdrogisten anlässlich der Jubiläums-Gartenbau-Ausstellung Dresden 1926.«

»Na, das ist ja mal interessant. Kommt in meine Antikbüchersammlung ...«, freute sich Max. Er war heute ausnahmsweise milde gestimmt und etwas besserer Laune. »Und das Büchlein hier? Sieht aus wie ein Notizbuch, in das jemand seine Rezepte eingetragen hat. Die Schrift ist schlecht lesbar. Unser Haus ist jedenfalls voller Überraschungen ...« Ich schaute in das Büchlein. Ja, da waren Rezepte aufgeschrieben. Max untersuchte mit einer Taschenlampe, ob noch mehr unter den Dielen lag, aber wir fanden nichts mehr. »Ich sag oben Bescheid, dass die Flink & Sprint-Leute auch noch hier Ausbesserungen des Bodens vornehmen sollen. Werde dann mal wieder an die Arbeit gehen. Fährst du gleich zu unserer Wohnung?«

»Ja, das hab ich vor, ich nehme die Bücher mit. Ruf mich mal an, wenn Ihr hier fertig seid. Wir können ja heute Abend noch was essen gehen. Bis später!« Ich gab Max einen Kuss und packte die gefundenen Dinge ein.

Zu Hause verfiel ich wieder in meine Grübeleien. Ich schaltete das Radio ein, um die Ruhe im Haus zu übertönen. Norbert Jeub von Radio Euskirchen moderierte mit guter Laune die Sendung und legte den »Smuggler's Blues« von Glenn Frey auf, doch unter einem Blues litt ich momentan selbst. Nicht mal Mikesch war zu sehen, wo der wohl steckte? Ich räumte die Spülmaschine aus und hörte Karl-Josef Lindens Wettervorhersage. Er hatte keine guten Nachrichten, viel zu kalt und regnerisch für diese Jahreszeit, das fand ich auch. Der Regen prasselte mal wieder anhaltend und monoton gegen die Fensterscheibe der Küche. Ich gab mir einen Ruck und rief Babs an, um mich mit ihr zu treffen. »Lass uns nochmal ›En de Höll‹ gehen«, schlug ich vor. Das 1618 errichtete Haus war eine urige Gaststätte, in der schon Theodor Heuss und Willy Brandt einstmals gespeist hatten. Babs und ich schätzten das leckere Essen, auf die Geschichtsträchtigkeit konnte ich gerade gut verzichten. Davon hatte ich in meinem Haus genug. Wir setzten uns in die Ecke mit dem schönen alten Buntglasfenster.

»Babs, ich musste mal zu Hause raus. Ich warte schon fast darauf, dass die nächste Tragödie passiert! Max will später auch zu uns stoßen, ich hab ihm geschrieben, wo wir uns treffen.« Ich schüttete ihr mein Herz aus. »Mit Max habe ich im Moment auch fast nur Krach, weil ich mich zu sehr in die Geschichte mit der Jüdin reinknie. Guck mal, heute hab ich die Dielen im Schlafzimmer rausgerissen und fand schon wieder was.« Ich zeigte ihr die Bücher, die ich mitgebracht hatte. Babs arbeitete in der Schwanenapotheke unserer Stadt und hatte ziemlich viel Ahnung von Kräutern. Sie fand das Pflanzenbüchlein sehr interessant. Als wir unsere Filetpfännchen bestellt hatten, blätterte sie etwas darin. »Das ist auch heute noch alles ziemlich aktuell, was darin steht. Was du alles findest! Wer hat das wohl da versteckt? Und warum?« Darauf wusste ich natürlich keine Antwort. Wir spekulierten und sponnen uns allerhand Unsinn zusammen. Ich kam auf andere Gedanken, als auch Max und Tobi noch nach Feierabend zu uns stießen. Der Spätburgunder von der Ahr floss reichlich und es fiel etwas von der Last und Schwere der letzten Tage von uns ab.

Max und ich gingen durch den Regen zu Fuß nach Hause, der Regenschirm schlug dauernd um, so sehr stürmte es.

In der Nacht konnte ich wieder nicht schlafen. Mikesch war nicht nach Hause gekommen, aber es war April und er ging im Frühjahr oft in die Nachbarschaft, um neue Miezen zu treffen. So machte ich mir einen warmen Kakao und setzte mich wieder an den Küchentisch. Ich schaute mir das Notizbuch näher an. Auf den ersten Seiten, die ich durchblätterte, fand ich eine Art Rezeptverzeichnis. Richtig lesen konnte ich die Schrift nicht, aber manche Wörter wie Eier und Mehl waren zu erkennen. Im mittleren Teil des Buches schienen Berichte zu stehen, aber auch hier konnte ich nicht viel entziffern, da ich die altdeutsche Schrift nicht lesen konnte. Das Kräuterbuch war in Druckschrift verfasst, es enthielt in einer Auflistung 136 Heilkräuter, angefangen beim Ackermennig, der bei Leber-, Milz-und Nierenkrankheiten Linderung bringen sollte, bis hin zu Wermut und Wunderbaum, der zur Gewinnung des Rizinusöles diente. Davor war ein Geleitwort verfasst und eine Gebrauchsanweisung abgedruckt, wie man am besten einen Tee aus den aufgeführten Kräutern herstellen sollte und wie man Umschläge aus den Pflanzen anwenden konnte. Das Büchlein war wohl oft benutzt worden, denn an einigen Stellen waren Markierungen mit Bleistift angebracht, so zum Beispiel beim Bärlappsamen, den man innerlich gegen Blasenleiden und beim Wundsein bei Kindern anwenden konnte. Das Frauenhaar hatte wohl jemandem gegen Husten und Heiserkeit geholfen und Spitzwegerich gegen Fieber und Verdauungsbeschwerden. Wie interessant. Im Anschluss daran fand ich ein Kapitel mit der Überschrift »Zur Warnung gegen Verwechslung beim Sammeln von Pflanzen«. Hier ging es um giftige Pflanzen, die leicht mit anderen heilbringenden Pflanzen verwechselt werden konnten. Es wurde darauf hingewiesen, wie man bei Vergiftung zu reagieren habe, bis der gerufene Arzt eintraf.

Da klapperte es an der Tür, die Katzenklappe ging auf ... ein Miauen war zu hören. Ich ging leise in den Flur und fand Mikesch am Boden liegend vor. Er wimmerte kläglich und zitterte am ganzen Körper. »Mikesch! Aber was ist denn los?« Ich kniete mich hin und sah, dass er nur noch flach atmete. »Maaax!« Ich lief mit Mikesch zu Max und weckte ihn unsanft auf. »Maaax, schau was mit Mikesch passiert ist! Er ist krank, so wach doch auf!« Max bewegte sich langsam auf dem Sofa, setzte sich dann aber mit einem Ruck auf, knipste das Licht an und fragte, was los sei. Mikesch hing schlapp auf meinem Arm. »Wir müssen zum Tierarzt, der atmet ja kaum noch«, stieß Max hervor. Er sprang in seine Jeans, zog sich das Sweatshirt über und rief unseren Tierarzt an, der ein guter Freund von Tobi war. Wir hatten seine Handynummer und erwischten ihn im Schlaf. »Rolf, entschuldige bitte, hier ist Max, unser Kater atmet kaum mehr, kannst du ihn dir mal ansehen? Ich glaube, es ist sehr ernst ...« Ich zog mir unterdessen eine Jacke über, übernahm Mikesch, sprang in meine Stiefel und folgte Max, der noch telefonierend zum Auto lief. Kaum fünf Minuten später waren wir bei Rolf, der uns die Tür öffnete und Mikesch auf seinen Untersuchungstisch legte. Er schaute ihm in die Augen, hörte ihn ab und untersuchte Zähne und Maul. »Der hat Gift gefressen!«, stellte er fest. »Die Pupillen sind geweitet und er hat starken Speichelfluss. Werde ihm eine Magenspülung machen, damit der Magen geleert wird. Er kann die Nacht hierbleiben, ich werde ihn beobachten und kann dann sofort reagieren, sollte sich sein Zustand verschlechtern.«

»Vergiftet! Wer tut denn sowas!?« Ich war fassungslos. Tränen standen mir in den Augen, der erste Schock ließ nach. »Hat Mikesch Chancen durchzukommen?«, fragte ich Rolf.

»Ich kann das nicht sicher sagen, aber ich hoffe, wir sind früh genug. Ich nehme auch eine Blutprobe und untersuche seinen Urin, dann können wir feststellen, welches Gift er gefressen hat. Manchmal fressen die Katzen auch einfach Teile von Maiglöckchen, Narzissen, Efeu oder andere giftige Pflanzenteile und vergiften sich selbst. Aber das werden wir noch herausfinden ... Geht jetzt nach Hause. Mikesch ist in guten Händen, ich tu mein Bestes. Sobald sich etwas verändert, rufe ich dich an, Max.«

Max und ich fuhren nach Hause, die Nacht war für uns zu Ende. Wir waren in großer Sorge um unseren Kater. Welch ein Glück, dass ich nicht schlafen konnte und in der Küche das Heimkommen von Mikesch gehört hatte. Am Morgen hätten wir ihn vermutlich tot aufgefunden.

Gegen 9 Uhr rief Rolf uns an. Mikesch war über den Berg. Er hatte alles erbrochen und schlief jetzt. Rolf meinte, er hätte Glück gehabt, dass wir so schnell reagiert hatten. Am Sonntagmorgen nach dem Frühstück fuhren wir Mikesch abholen. Er war noch sehr schlapp, Rolf gab uns ein paar Anweisungen und ein Medikament mit. Ich umarmte ihn und dankte ihm. »Du hast eine Einladung bei uns gut. Vielen Dank.«

Ich blieb den ganzen Tag müde mit Mikesch auf dem Sofa liegen, in eine Fleecedecke eingewickelt. Rolf sagte, er habe die Blutprobe ins Labor geschickt. Am Montag würden wir wissen, was Mikesch gefressen habe.

Kapitel 28
Anna

4. Oktober 1937

Wir haben ein neues Problem. Heute kam Elias völlig verheult aus der Schule nach Hause. Mama fragte ihn, was los sei. Wir setzten uns zum gemeinsamen Mittagessen in die Küche. Elias wollte erst gar nicht mit der Sprache herausrücken. Aber dann sprach er mit zitternder Stimme: »Der Lehrer hat nun einen Hitleraltar in der Klasse errichtet. Das ist ein Pult, auf dem ein Deckchen darauf liegt, ein eingerahmtes Foto vom Führer steht dort und die Hakenkreuzfahne sowie eine Kerze, die jeden Tag ein anderes Kind anzünden darf. Eins der arischen Kinder darf morgens die Kerze vor dem Unterricht anzünden, dann müssen wir alle niederknien, den Kopf demütig gesenkt halten und eine Viertelstunde Andacht halten. Dann liest uns der Lehrer immer etwas über Adolf Hitler oder die Nazis vor.« Mama und ich wechselten besorgte Blicke.

Mein Bruder fuhr fort. »Danach müssen wir alle den Arm zum Hitlergruß heben und ›Heil Hitler‹ sagen, erst danach beginnen wir mit dem Unterricht. Heute hat er einen schlimmen Text vorgelesen über jüdische Kinder und dass man sich fernhalten soll von ihnen. Juden seien Abschaum und wer sich mit Judenkindern einließe, würde bestraft.

Es ging natürlich ein Gemurmel durch die Klasse und alle schauten mich an und die anderen beiden jüdischen Kinder meiner Klasse. Das hätte ich alles noch ertragen, aber als sich dann mein Sitznachbar meldete und darum bat, sich umsetzen zu dürfen und der Lehrer dies auch sofort gestattet hat, standen mir schon die Tränen in den Augen. Als dann aber auch noch Lucia heute Mittag nicht neben mir nach Hause gehen wollte, …«

Mutter nahm ihn sofort in die Arme und wir trösteten ihn, so gut es ging. Mir war klar, dass ich sofort mit Christa sprechen musste. Lucia ist Elias beste und liebste Freundin. Ich zog mir meine Jacke über und lief zu ihr. Sie war auch beim Mittagessen und ihre Schwester Lucia guckte erschrocken und schuldbewusst auf.

Ich grüßte und sagte, ich möchte einmal Christa alleine unter vier Augen sprechen. Christa ging mit mir ins Nebenzimmer und fragte: »Was ist denn los, du siehst ja ganz blass aus?« Ich habe ihr dann alles erzählt. Sie setze sich und schluckte. Natürlich ging auch ihr das nahe. »Was sollen wir tun? Ich denke, ich spreche mal mit meiner Schwester. Lucia ist total verblendet. Der Lehrer ist so ein schrecklicher Mensch – das, was er jeden Tag den Kindern eintrichtert, ist ja schon fast wie eine Gehirnwäsche. Lucia hat erzählt, er liest ihnen aus Nazi-Hetzblättern vor.«

»Ja«, sagte ich, »versuch mit Lucia zu sprechen. Es ist für Elias schon unfassbar schlimm, dass der Lehrer ihn wie Dreck behandelt, aber wenn nun auch Lucia sich noch von ihm abwendet, das wird ihn sehr treffen. Dabei ist Elias ja nur Halbjude. Mutter hat uns immer mehr nach ihrem katholischen Glauben erzogen. Aber das zählt ja hier nicht. Papa ist Jude und somit sind wir alle die Feinde.«

Christa schien sehr betroffen zu sein, sagte: »Keine Sorge, ich bringe das wieder in Ordnung« und ging zu Lucia zurück. Ich hörte sie sagen: »… sie bleiben immer unsere Freunde, egal ob sie Juden oder Christen sind. Dein Freund Elias ist ein lieber Junge, er hat eine katholische Mutter und einen jüdischen Vater, sie leben in Frieden zusammen. Was wäre, wenn unser Vater Jude wäre und dein Lehrer dich so behandeln würde wie Elias?« Ich schluckte und verließ leise das Haus.

Wenn Papa das hört, der heute wieder auf der Suche nach Arbeit war, wird er furchtbar wütend werden.

5. Oktober 1937

Gestern ist etwas Schreckliches passiert. Nachdem Elias im Bett war, hat Mama geweint und bekam dann solche Schmerzen im Bauch, dass Papa mit ihr zum Arzt ging. Mit dem Baby schien irgendwas nicht in Ordnung zu sein. Ich machte mir furchtbare Sorgen, als sie wegfuhren. Nach ein paar Stunden kamen sie zurück. Papa war bleich im Gesicht. Mama wurde von ihm gestützt. Sie weinte. Als wir im Haus waren und Mama zu Bett gebracht worden war, erzählte Papa ganz verstört, dass der Arzt sie nicht behandeln wollte, da wir Juden sind. Wir sollten zum jüdischen Krankenbehandler nach Euskirchen fahren. Papa flehte ihn an: »So sehen Sie doch die Notwendigkeit einer schnellen Behandlung ein. Meine Frau könnte das Kind verlieren!« Der Arzt schüttelte den Kopf und sagte nur: »Ich will nicht meine Konzession verlieren, Sie müssen schon verstehen.« Er schickte meine Eltern tatsächlich fort. »Mama wimmerte auf dem Weg nach Euskirchen vor Schmerzen«, erzählte Papa. »Als wir den Krankenbehandler gefunden hatten, kam jede Hilfe zu spät. Das Baby hat nicht überlebt.«

»Wir werden behandelt wie Vieh!« Papa war erschüttert und schäumte vor Wut wie nie zuvor. »Nein, nicht wie Vieh, das ließe man nicht krepieren! Aber wir Juden sind weniger wert als eine Kuh.« Wir weinten beide. Spät ging ich zu Bett. Ich werde morgen Hans davon berichten und versuchen, ihm eine Nachricht zukommen zu lassen.

6. Oktober 1937

Mama geht es etwas besser, aber sie bekommt auch Beruhigungsmittel und soll noch etwas im Bett bleiben. Papa hat Inas Vater, den Apotheker Bresgen, am Abend aufgesucht. Er war bestürzt, nahm einige Medikamente und Tees, steckte sie in seine Tasche und begleitete Papa in unser Heim. Um Mama hat er sich rührend gekümmert und ihr blutbildende Tees und andere Mittel zur Stärkung hiergelassen. Er versprach, dass er seine Tochter Ina täglich zu uns schicken wird, die sich um Mama kümmern wird, bis sie wieder auf den Beinen ist. Mama ist sehr traurig, dass sie das Kind verloren hat, aber am meisten ist sie beunruhigt über die Tatsache, dass unsere Familie von keinem Arzt mehr hier behandelt werden wird.

8. Oktober 1937

Ina kommt jetzt jeden Abend zu uns und schaut nach Mama. Sie bringt Elias immer eine Kleinigkeit zu lutschen mit. Sie hat vor zwei Jahren das Staatsexamen als Apothekerin abgelegt und arbeitet seitdem in der Schwanenapotheke. Mama hat sie selbst hergestellte Morsellen* mitgebracht. Ein besonderer Genuss, ich durfte auch eine kosten. So etwas Feines bekommt man nicht alle Tage. Als Mama eine probierte, lächelte sie zum ersten Mal wieder ein wenig seit dem schlimmen Tag. Ina brüht Mama Frauenmanteltee auf und lenkt sie durch ein paar Geschichten von ihrem Kummer ab.

9. Dezember 1937

Heute ist Papa zu Ohren gekommen, dass Josef Apfel vorgestern in Köln-Mülheim verstorben ist. Er war lange Jahre mit Papa zusammen im Stadtrat tätig und ein wirklich gescheiter und gerechter Mann. Ich kann mich daran noch so gut erinnern, dass er zu einem der drei Stellvertreter des Bürgermeisters gewählt wurde, als ich 9 oder 10 Jahre alt war. Denn Papa, der sonst dem Alkohol eher abgeneigt war, kam damals nach Hause und hatte einen über den Durst getrunken, was ich nur dieses eine Mal erlebte. »Endlich mal ein Jude in dem Bürgermeisterverein!«, sagte er und schwankte leicht, war bester Laune. Er und Apfel hatten auf die gewonnene Wahl anschließend im Windeckhaus, in dem Apfels wohnten, ein paar Schnäpse getrunken, und da Papa so selten trank, merkte man es ihm sofort an. Auch Mama freute sich und meinte, dass der Josef ein feiner ehrenwerter Mann sei, der dieses Amt sicher gut ausüben wird. Er war Handelsmann und Landwirt.

Nun wird er am Montag in Köln auf dem jüdischen Friedhof beigesetzt. Wir werden zu seiner Kewura fahren und ihm das letzte Geleit geben.

---

* Ein traditionsreiches Apothekenkonfekt aus Zucker und Gewürzen (wie Zimt, Orangeat, Zitronat, Ingwer, Kardamon, Mandeln, Galgant, Muskatblüte und Nelken)

13. Dezember 1937

Heute war die Kewura auf dem Bet-hachajim, dem jüdischen Friedhof. Es war ein schönes Ritual, das auf mich beruhigend wirkte. Aus dem Talmud zitierte der Rabbiner und schloss mit den Worten: »Sieh auf drei Dinge, und du wirst nie fehlschlagen im Leben: Wisse, woher du kommst und wohin du gehst und vor wem du wirst einst Rechenschaft ablegen müssen.« Die Begräbnisbruderschaft ging dann auf die Trauernden der engeren Familie zu und machte einen Riss in ihre Kleider. Das kam mir fremd und seltsam vor.

Mama bemerkte meinen Blick und flüsterte, dies sei bildlich gesehen der Riss im Herzen der Familienangehörigen und engen Freunde des Toten.

Dann wurde der Sarg abgelassen und jeder Anwesende musste ihn mit drei Schaufeln Erde bedecken und die Worte sprechen: Denn du bist Erde und sollst zu Erde werden.

Kapitel 29
Nachforschungen

Am Montagmorgen klingelte mein Telefon. Peter Schmitz hatte die Spur von Herrn Brecht verfolgt und war fündig geworden. »Hallo Frau Meyer, ich habe einiges herausfinden können. Also, Hans Brecht, der Schwiegervater von Tilla, wurde 1901 in Düsseldorf geboren, er kam aus reichem Hause. Sein Vater war Fabrikant und im Stahlhandel sehr erfolgreich. 1930 heiratete Hans Brecht seine Frau Emily, geborene Sommer, mit der er vier Kinder hatte. 1937 zog er mit seiner Familie nach Bad Münstereifel und übernahm für eine geringe Summe Geld das Geschäft der Judenfamilie Katz. Die mussten dann ins kleine Haus um die Ecke ziehen, dort lebten die Eltern Katz bis zu ihrer Deportierung ins KZ Auschwitz. Hans lebte bis zu seinem Tod 1963 im Fachwerkhaus am Markt. Das war alles, was ich herausfinden konnte.«

»Das war ja schon eine ganze Menge. Wie könnte ich etwas über Herrn Reinhold Sommer herausfinden? Haben Sie da auch eine Idee?«

»Können Sie mal nach dem Absender der Briefe schauen? Die Tochter hatte doch geschrieben, war sie nicht aus Dortmund? Man könnte bei der Tochter einmal nachfragen und dann seine letzte Adresse ausfindig machen.«

»Gute Idee, ich schau mal nach. Herzlichen Dank schon mal. Tschüss!«

»Immer wieder gerne«, verabschiedete sich Herr Schmitz.

Ich kramte nach den Briefen und fand das Bündel mit der Todesanzeige. Auf der Rückseite war die Adresse von Reinhold Sommers Tochter angegeben. Ich rief die Auskunft an und ließ mir ihre Telefonnummer nennen. Eine Adresse in Dortmund. Dann gab ich mir einen Ruck und wählte die Nummer.

»Schätzle?« meldete sich eine Frauenstimme.

»Ja, guten Tag, mein Name ist Inga Meyer. Ich habe ein paar Fragen zu Ihrem Vater. Dazu muss ich Folgendes erklären: Ich habe das Haus der Familie Brecht erworben und Briefe gefunden, die an Ihren Vater gerichtet waren.«

Schweigen. »Hallo?«

»Ja, »antwortete Frau Schätzle, »und was wollen Sie jetzt von mir?« Sehr freundlich klang diese Stimme nicht.

»Wissen Sie von den Briefen? Sie haben diese mit der Todesanzeige 1989 an Familie Brecht gesendet«, erklärte ich weiter. Ich schwitzte an den Händen.

»Ich erinnere mich an diese Briefe, aber ich weiß nichts über deren Inhalt. Ich habe nur den Absender erkannt und gedacht, ich sollte den Schriftwechsel meiner Tante überlassen, so dass sie noch ein Andenken an ihren Bruder haben sollte. Ich habe meine Tante Emily nicht gekannt. Die Familie Brecht und die Familie Sommer waren zerstritten, seit ich denken kann. Aber was wollen Sie denn herausfinden?«

»Ich möchte herausfinden, ob Ihr Vater seine Schwester Emily 1939 besucht hat, das wäre sehr wichtig für mich.«

»Aus welchem Grund möchten Sie das denn wissen?« Gut, dass diese Frage kommen würde, darauf hatte ich mich eingestellt. Ich konnte ihr ja schlecht antworten, dass ich ihren verstorbenen Vater des Mordes verdächtigen würde. Als ich noch auf der Suche nach einer Ausrede war, die sich plausibel anhörte, gab Frau Schätzle mir die Antwort: »1939, das war ein Jahr vor meiner Geburt, war mein Vater in Dresden, er war Vorsitzender des dortigen Drogistenvereins und Dozent an der Uni. Erst bei Ausbruch des Krieges kehrte er nach Dortmund zurück. Mag sein, dass er seine Schwester besuchte, aber das weiß ich natürlich nicht.«

Dresden. Apotheker. Das Kräuterbuch.

»Hallo?«, rief am anderen Ende der Leitung Frau Schätzle.

»Ja. Ja. Danke, Frau Schätzle. Genau danach wollte ich Sie fragen. Im Haus fand ich ein Heilkräuterbuch, das vom Bund Sächsischer Verbandsdrogisten herausgegeben wurde. Das könnte also von Ihrem Vater stammen?«

»Ja, das ist gut möglich. Er war auch Buchautor und verfasste medizinische Abhandlungen über neuartige Heilmethoden. 1930 bis 1933 arbeitete er an der Charité Berlin eng zusammen mit Ernst Boris Chain, der 1939 mit dem bereits 1928 von Alexander Fleming entdeckten Penicillin den Durchbruch in der

Medizin erbrachte. Mein Vater war ein Freund von Chain, der Jude war und 1933 nach England floh, dann in Cambridge und an der Uni Oxford mit Florey zusammenarbeitete. Vater stand in engem Kontakt zu diesen Drei, die 1945 den Nobelpreis für die Entdeckung des Penicillins und seiner Heilwirkungen erhielten.«

»Das ist ja hochinteressant!«, warf ich ein.

»Ja, Vater war in der Forschung tätig, ehe er 1945 seine Apotheke eröffnete. Er flog 1979 extra zur Beerdigung von Ernst Boris Chain, der in Castlebar in Irland beigesetzt wurde. Die beiden standen noch bis kurz vor seinem Tod in telefonischem und in Briefkontakt und waren freundschaftlich verbunden.«

»Äußerst interessante Geschichte. Damit haben Sie auch schon alle meine Fragen beantwortet. Danke, dass Sie Zeit für mich hatten.«

»Aber gerne. Ich habe nicht mehr so oft Gelegenheit, von meinem Vater zu sprechen. Ich bewunderte ihn sehr, müssen Sie wissen.«

Die alte Dame verabschiedete sich freundlich von mir, ich legte auf und musste erst einmal all diese Informationen verarbeiten. Als Max heimkam, berichtete ich ihm alles haarklein. Er streichelte währenddessen Mikesch, dem es schon besser ging, und der die erste Mahlzeit zu sich nahm.

»Unglaublich, was du da alles herausgefunden hast. Aber was wissen wir jetzt? Dass der Herr Sommer womöglich das Kräuterbuch verfasst hat und es auch vielleicht seiner Schwester gebracht oder geschickt hat. Aber ob er sie besucht hat, wissen wir nicht. Und auch ganz und gar nicht, ob er als Täter in Frage käme. Wenn er 1939 in Dresden lebte, ist das eher unwahrscheinlich. Ob ihn überhaupt die Briefe seiner Schwester erreicht haben, wenn er zu der Zeit gar nicht in seinem Haus in Dortmund wohnte?«

Max hatte es mal wieder in wenigen Sätzen auf den Punkt gebracht. Wir waren eigentlich keinen Schritt weiter. »Als Apotheker hätte er aber auf jeden Fall Zugang zu den Mitteln und das nötige Wissen besessen, um eine Person zu töten. Er saß praktisch an der Quelle, wenn er in der Forschung tätig war. Vielleicht kehrte er ja von Zeit zu Zeit nach Dortmund zurück, sei es bei

Familienfesten oder an Feiertagen? Er wird vermutlich schon die Briefe seiner Schwester gelesen haben. Von wem sonst sollte sie dieses Kräuterbuch bekommen haben? So was hat sich doch früher eine Frau nicht einfach so im Geschäft gekauft, oder?«

»Ja, nehmen wir mal an, er hat ihre Briefe erhalten und wollte ihr helfen. Er reiste nach Bad Münstereifel, von wo auch immer, um sie zu besuchen und ihr einen Rat zu geben. Er brachte ihr vielleicht das Buch mit …«

Ich stand auf und ging in die Küche, in der das noch aufgeschlagene Büchlein lag. Wie seltsam. Gerade, als ich letzte Nacht etwas über Gifte gelesen hatte, war Mikesch zur Tür herein gekommen und vor mir zusammengebrochen, und er war vermutlich vergiftet worden. Ich nahm das Büchlein und ging zurück zu Max. Er spann weiter: »Wenn der Herr Sommer so ein hohes Tier war, der mit Chain zusammenarbeitete, wird der einen Teufel daran getan und seine Karriere aufs Spiel gesetzt haben, nur um seiner Schwester zu helfen, deren Nebenbuhlerin auszuschalten. Also, wenn ich mich in seine Lage versetzen würde … und gegen Juden hatte er auch keine Vorurteile, schließlich war dieser … Mr. Chain sein geschätzter Arbeitskollege.« Max legte die Stirn in Falten und dachte nach. »Ich würde ihr einen Tipp geben, aber mir die Finger nicht dreckig machen. Und schon gar nicht morden und riskieren im Knast zu landen.« Er nahm mir das Buch aus der Hand … »Hier, Giftpflanzen. Ich sag's doch! Der hat ihr eine Anleitung geschickt, wie man schnellstens Menschen loswerden kann, die einem im Weg stehen. Bilsenkraut, führt zum plötzlichen Tod. Bittersüß, Eibe, na, die stehen hier ja überall herum. Nach 1-14 Stunden führt der Genuss zum plötzlichen Tod … Eisenhut – der ist sogar markiert. Ein Kreuzchen, schau mal. Hier steht auch noch etwas.«

Ich blickte ins Buch und sah eine Markierung neben dem Wort Eisenhut. Ich las vor: »Die Pflanze ist giftig, besonders die Wurzel … Die Vergiftungserscheinungen sind: brennende Schmerzen auf der Zunge und in der Mundhöhle, Kopfschmerz, Ohrensausen, Krämpfe, Verlust des Hör- und Sehvermögens, Schwindel, Ohnmacht, Zuckungen und Tod in 1-8 Stunden.

Heiliger! Neben dem Kreuz steht Sch....l irgendwie so was.« Max schaute genauer, konnte aber ebenfalls nicht mehr entziffern. Das mit Bleistift geschriebene Wort war etwas verschmiert.

»Wird irgendwie alles immer verrückter. Moment mal ...« Max' Handy klingelte. »Ja? Rolf, hallo, grüß Dich.« Dann schwieg Max und hörte, was der Tierarzt ihm erklärte. Er nickte, sagte danke und beendete die Verbindung.

»Frostschutzmittel. Mikesch hat Frostschutzmittel getrunken. Das hat die Vergiftung hervorgerufen. So was! Rolf sagte, es käme schon mal vor, dass beim Einfüllen des Mittels ins Auto kleine Mengen daneben liefen, die dann Pfützen auf dem Boden bildeten. Katzen lecken es dann auf, um ihren Durst zu löschen und auch, weil es leicht süßlich schmeckt. Sie meinen, es sei Wasser.«

Ratlos schauten wir uns an. »Hast du kürzlich an unseren Autos Frostschutzmittel eingefüllt?«, fragte ich.

»Nein. So kalt war es ja auch gar nicht mehr.« Max konnte sich das nicht erklären. »Vielleicht die Nachbarn?«

»Ach Max, ich hab echt genug, ich geh jetzt schlafen.« Ich zog das Sofa zur Schlafcouch aus und legte mich mit Mikesch hin. Max blätterte noch etwas im Kräuterbuch herum, aber ich schlief sofort ein.

Kapitel 30
Anna

1. April 1938

Es wird immer schwieriger für Hans, mich in seiner Werkstatt zu verstecken, denn eigentlich dürfte ich gar nicht mehr arbeiten. Wenn jemand in den Laden kommt, ziehe ich schnell die Tür zur Werkstatt zu. Das Verhältnis zu seiner Frau ist dadurch auch nicht gerade besser geworden. Die Frau Brecht keift rum und stichelt Hans dauernd an, mich zu entlassen. »Du bringst uns alle noch in arge Schwierigkeiten mit der Jüdin!«, hörte ich sie zuletzt sagen. Sie hat ja recht.

Ich bat Hans um ein Gespräch. Er hörte mir geduldig zu und ich sagte ihm, dass es das Beste für ihn wäre, wenn ich nicht mehr für ihn arbeiten würde. In der Stadt hängen schon eine ganze Weile Plakate aus: Kauft nicht beim Juden!

Er machte den Vorschlag, dass er mich entlassen würde, aber nur unter der Bedingung, dass ich unter der Hand natürlich mein Gehalt weiter bezahlt bekommen würde. »Und deine Frau?«, gab ich zu bedenken.

»Die hat keine Einblicke in meine finanziellen Geschäfte, mache dir darüber keine Gedanken, Liebes.« Hans nahm meine Hand und sagte: »Es werden schlimme Zeiten auf uns zukommen. Aber ich werde alles tun, was in meiner Macht steht, um dich vor dem Unheil zu schützen.« Mir traten Tränen in die Augen.

10. Mai 1938

Der Frühling ist da, aber meine Stimmung ist im Keller. Da ich nun tagein tagaus nur zu Hause herumsitze und lediglich Mama bei der Hausarbeit helfe, die mich ziemlich langweilt, habe ich nur trübe Gedanken. Hans sehe ich nun nur noch selten. Er versucht natürlich nach Möglichkeit, immer mal wieder eine Zusammenkunft zu arrangieren, aber es gibt durchaus Wochen, in denen ich ihn nur mal von weitem sehe. Das schmerzt.

Seit Ende April müssen Juden ihr Vermögen angeben, das 5000 Reichsmark übersteigt. Da die 20.000 Reichsmark, die Hans unserer Familie schenkte, unter vier bzw. acht Augen ausgehändigt wurden, kann Papa sie versteckt halten und wird diese nicht angeben. Ich bin ja so erleichtert. Mein Gehalt zahlt Hans ja auch in bar aus, so dass niemand dahinter kommen wird, dass wir noch etwas Geld besitzen. Ich habe Papa gebeten, ein Versteck für unser Geld zu benutzen. Wir nennen es »die Bank«. Nur Mama, Papa und ich wissen davon, Elias würde so etwas nur ausplaudern. Es gibt auf dem Speicher eine alte rosa Vase, die neben anderem Gerümpel vor sich hin staubt. In dieser bewahren wir alles auf, was uns wichtig ist. Mamas Schmuck, das Geld von Hans und mein Gehalt.

05. Juni 1938

Gestern war nochmal ein sorgenfreier, schöner Tag. Hans hatte mir einen Vorschlag gemacht. Ich sollte am frühen Morgen zum jüdischen Friedhof kommen, wo er mich abholte. So konnte ich ohne viel Aufsehen in seinen Wagen steigen. »Hallo Anna! Setze ihn mal auf, ist eine gute Tarnung, wenn wir aus der Stadt hinausfahren«, sagte Hans und gab mir lachend einen schönen Hut mit Band. »Ein Geschenk für Dich!« Das war allerdings eine Überraschung, die ich freudig annahm. Ich setzte den luftigen Sommerhut auf und kam mir regelrecht mondän vor.

Hans hatte vor, mich auf einen Tagesausflug mitzunehmen. Ich wusste noch nicht, wohin.

Wir fuhren über mir unbekannte Dörfer nach Bad Neuenahr und dann weiter über Königsfeld nach Niederzissen. In Wehr fuhren wir später hinab ins Tal, wo sich plötzlich ein See vor unserem Blick auftat. Hans sah meinen überraschten Blick und erklärte: »Das ist der Laacher See, Liebes. Den will ich dir zeigen.« Vom Laacher See hatte Papa mir einmal erzählt, dass er durch einen Vulkanausbruch vor vielen Tausend Jahren entstanden ist. Ich bin jedoch noch nie dort gewesen. Auf einem Parkplatz stellte Hans den Wagen ab und holte einen geflochtenen Picknickkorb mit. Er nahm meine Hand und wir konnten uns endlich wieder wie freie Menschen bewegen. Zunächst ging er mit mir einen Waldweg hinauf zu einem Turm, der majestätisch aussah und aus Lavasteinen gebaut worden war. »Zuerst zeig ich dir den See mal von oben, komm mit«, sagte Hans, dem ich die vielstufige Treppe hinauf folgte. Auf dem Lydiaturm angekommen erwartete uns ein unglaublich schöner Weitblick über die Baumkronen und den ganzen Kratersee. Hans strahlte mich an. »Der ist ja riesig groß!« Ich konnte meine Begeisterung nicht verbergen. In der anderen Richtung erblickte ich das Siebengebirge. Ein traumhafter Tag. Hans umarmte mich und gab mir einen innigen Kuß. Der See glitzerte in der Sonne und ein paar weiße Boote konnte man ausmachen. Danach gingen wir die Treppe hinunter und folgten einem Pfad, der von Farnen und alten Buchen und Eichen gesäumt war, bis wir an eine schöne Badestelle kamen. Dort gab es einen richtigen kleinen Sandstrand, der steil abfiel. Ein langer Baumstamm war in den See gefallen, auf dem man sitzen konnte. Ich zog sofort meine Schuhe aus, nahm das Kleid hoch und stakste ins kühle Nass. Kleine Blasen stiegen im Wasser auf und blubberten an der Oberfläche. Ich fragte Hans danach, der mir erklärte: »Dem See entsteigt Kohlendioxyd, er war einmal vor 11000 Jahren ein Vulkan. Der Vulkan schläft nur, er könnte irgendwann wieder aufwachen. Direkt am Seeufer steht die heute unbewohnte Jesuitenvilla, in der im vorigen Jahrhundert acht junge Mönche auf mysteriöse Weise ums Leben kamen. Man vermutet, dass sie durch das aufsteigende Kohlendioxid des Sees bei bestimmten Wetterlagen dort in ihren Betten im Schlaf erstickt sind. So nennt man die Stelle, an der die alte Villa noch steht, auch ›Stickloch‹.«

Mich gruselte es ein wenig, aber Hans legte beschwichtigend den Arm und mich und versicherte, dass ein Aufenthalt an der frischen Luft am See keine Probleme bereiten würde. Wir waren ganz allein trotz des schönen Wetters. Hans packte die Kamera aus und fotografierte mich. Ich winkte ihm zu und rief: »Komm auch hinein, es ist herrlich erfrischend.« Hans breitete langsam die rot-weiß-karierte Picknickdecke auf dem Sand aus und entnahm dem Korb eine Flasche Rotwein, Brot,

Käse und andere Leckereien. Ich schaute auf die andere Seite des glitzernden tiefblauen Sees und sah ein großes kirchenartiges Gebäude. »Ist das dort ein Kloster?«, fragte ich Hans und deutete in die Richtung. Er erklärte mir danach einiges über das spätromanische Kloster, die Kirche und die Abtei Maria Laach, als ich zurück zur Decke kam und Platz nahm und mir ein Glas Wein reichte. »Hier, nimm einen Schluck. Auf unsere besten Zeiten!«, prostete er mir zu.

Es muss am Wein gelegen haben, der seine Wirkung zeigte und mich übermütig machte, aber mich überkam auf einmal große Lust, mich im Wasser abzukühlen. Hans lachte, als ich ihm ein Bad im See vorschlug. Er zögerte aber nicht lange, und entledigte sich seiner Kleidung bis auf seine Unterwäsche. Ich tat es ihm gleich, lief zum Wasser und ließ mich hineingleiten. Es war wunderbar kühl und erfrischend. Hans kam mir nach und schwamm neben mir her. Dann wechselte er die Position und schwamm so nah vor mir, dass ich mich an seinen Schultern festhalten und auf seinem Rücken mit ihm zusammen durch Wasser gleiten konnte und nur die Beine bewegen musste. Wir sprachen nicht, ich genoss es, wir waren eins miteinander.

Wir verlebten einen wundervollen Tag, wenn ich auch eine arge Schrecksekunde hatte. Als ich auf der Decke lag, um in der Sonne meine Unterkleider trocknen zu lassen und über den See schaute, stand Hans einige Meter hinter mir und schaute sich um. Plötzlich rief er: »Achtung, Anna, da kommt eine Schlange!« Ich hasse Schlangen und sprang vor Schreck sofort auf. Eine sich rasch bewegende Schlange kam auf mich zu, glitt in Wellen über meine Decke, auf der ich gerade gelegen hatte, schlängelte aufs Wasser zu und glitt mit einem kleinen Platsch in den Laacher See. Mich schauderte.

Aber ich lief ihr doch hinterher, um sie im Wasser näher anzusehen. Noch kurz konnte ich einen Blick auf sie werfen, bevor sie verschwand, als Hans hinter mir erschien. »Es war eine Ringelnatter. Etwa einen Meter lang. Ein schönes Tier und völlig ungefährlich«, erklärte er mir. »Und trotzdem«, erwiderte ich trotzig, »wäre ich dort liegen geblieben ohne deine Vorwarnung, wäre sie glatt über mich hinweggeschlängelt. Mich hätte sicher der Schlag getroffen!« Hans lachte. Er schlug vor, zum Ausklang des Tages noch im Hotel Waldfrieden eine Kleinigkeit zu trinken und etwas zu uns zu nehmen. Danach sagte er: »Komm mit.« Er ging zur Rezeption, sagte seinen Namen, und ein Schlüssel wurde ihm überreicht. Er führte mich zum Zimmer Nummer 4, schloss auf und trug mich ins Bett.

Nach ein paar leidenschaftlichen innigen Stunden nahmen wir ein Bad und machten uns auf den Rückweg nach Münstereifel. Diesen Tag werde ich niemals mehr vergessen.

18. August 1938

Christa, der ich von meinen Erlebnissen natürlich nichts erzählt habe, hat nun eine Stelle im Einwohnermeldeamt. Seit die Kennkartenverordnung angekündigt wurde, muss jeder jüdische Bürger aufs Amt laufen und eine Kennkarte beantragen und das macht unheimlich viel Verwaltungsaufwand. Christa wurde als Schreibkraft eingestellt, damit sie die vielen Pässe ausstellen kann. Ab 1. Oktober muss jeder so ein Ding bei sich tragen. Bei Juden ist ein Vermerk im Pass. Ein großes J. Und wir Frauen bekommen als Erkennungsmerkmal den Zweitnamen Sara, die jüdischen Männer den Namen Israel. Somit sind wir gleich gebrandmarkt. Da mein Vater Jude ist, gelte ich vor den Nazis auch als Jüdin, da ich sein Kind bin. Somit werde ich Anna Sara Katz heißen, was merkwürdig klingt. Es ist unfassbar, was Hitler sich alles ausdenkt.

21. September 1938

Ich bin schwanger!

Schon eine ganze Weile habe ich es gefühlt, ich muss es sofort Hans mitteilen – nur wie?

Einerseits bin ich glücklich, andererseits habe ich furchtbare Angst. Wenn das rauskommt, dass Hans der Vater ist …! Nicht auszudenken. Ich werde fortgehen müssen, bevor man mir etwas ansieht. Doch zuvor suche ich das Gespräch mit Hans.

22. September 1938

Als seine Frau gestern einkaufen ging – ich sah sie mit Tasche aus dem Haus gehen – lief ich schnell zu Hans, um ihm von der Neuigkeit zu erzählen. Er war überrascht, aber gar nicht so schockiert wie ich erwartet habe. Er nahm mich in den Arm und küsste mich. Dann sagte er: »Zu deiner Sicherheit und der des Kindes musst du bald einen geeigneten Ort finden, an dem du die Schwangerschaft in Ruhe verbringen kannst, und ein Krankenhaus, in dem du unter der Aufsicht eines Arzt entbinden wirst. Dafür werde ich sorgen.«

Er wird mir eine Wohnung in Köln besorgen. Ich werde in die Großstadt ziehen. Was ich meinen Eltern sage, weiß ich noch nicht so recht. Aber da wird uns auch noch etwas einfallen, so hoffe ich. Zunächst aber sage ich noch nichts von meinen Plänen, bis die ganze Sache auch sicher ist.

Kapitel 31
Vatertag

Am nächsten Morgen erhielten wir einen Anruf der Polizei. Zum Glück nahm Max den Anruf entgegen. Ich lag noch auf der Couch und hörte nur Gesprächsfetzen. Als Max zu mir kam, war mir schon klar, dass wieder irgendwas nicht stimmte. Das sah ich an seinem Gesichtsausdruck.

»Es ist wieder was Komisches passiert. Gerade rief die Polizei an, sie haben herausgefunden, dass man unser Haus angezündet hat. Es lagen keine technischen Defekte vor, jedoch sieht es so aus, als hätte jemand den Brand auf dem Dach gelegt. Und das von einem der umliegenden Häuser aus. Ist das nicht unfassbar? Wer will uns denn hier was?«

Ich setzte mich ruckartig auf. »Das ist doch jetzt nicht wahr? Wer hat denn ein Interesse daran, uns zu schaden? Warum Brandstiftung? Mir langt's langsam. Ich fühl mich wie in einem schlechten Krimi. Max, ich hab Angst. Und wo Mikesch Frostschutzmittel getrunken haben soll, ist mir genauso schleierhaft. Hängt das denn alles mit den Skeletten zusammen?«

»Ich weiß es nicht.« Max war auch mit seinem Latein am Ende. »Haben wir etwas entdeckt, das wir nicht entdecken sollten? Sicher, dem Mörder wäre es natürlich sehr unangenehm, was wir hier alles ans Tageslicht befördert haben, aber nun mal ehrlich – der dürfte doch längst das Zeitliche gesegnet haben. Und wer sollte sonst davon wissen, was hier passierte?«

»Ich ruf gleich Christopher von der Polizei Euskirchen an, ich lasse ihn mal etwas über unseren Hans Brecht nachforschen.« Christopher war sehr erfreut, von mir zu hören. Ich erklärte ihm nur, dass ich den Eindruck hätte, dass Hans Brecht seine Finger im Spiel hatte, da er ja auch der Hauseigentümer war, als die Leichen eingemauert wurden. Ich bat ihn, in sein polizeiliches Führungszeugnis zu schauen, ob er irgendwann einmal in eine Straftat verwickelt worden war. Laut Christopher hatte die Polizei das aber schon längst überprüft. Es war ihm rein gar nichts anzukreiden. Nicht mal die kleinste Straftat. Er war ein unbeschriebenes Blatt.

In Sachen Brandstiftung hatten auch die Ermittlungen in alle Richtungen begonnen. Es waren jedoch bisher kaum Anhaltspunkte gefunden worden und auch keine Spur des Täters.

Da würden wir auch nicht weiterkommen. In der Nacht träumte ich, dass ich mich mit der Frau im roten Kleid im Haus aufhielt. Wir sprachen vertraut miteinander und schienen uns zu kennen. Plötzlich war überall Qualm, dann loderte Feuer und schloß uns ein, wir fanden keinen Ausgang und irrten hustend umher ... ich schrie auf! »Hilfe!«

Max lag neben mir und beruhigte mich. »Du hast nur geträumt, es war alles nur ein Traum, Liebes!« Er nahm mich in den Arm. Mein Herz pochte wie wild.

»Ich hatte einen furchtbaren Alptraum, es brannte, wir waren im Haus eingeschlossen und ... ach, Max, ich glaube, ich werde langsam verrückt!« Mir liefen Tränen übers Gesicht.

Doch Mikesch kam und legte sich auf meine Beine. Sein Schnurren beruhigte mich, Max strich mir über die Haare. »Schlaf jetzt wieder ein. Und denke vorher an etwas Schönes.«

Der neue Morgen kam und die Sonne schien. Endlich brach der Frühling durch. Max musste zu unserer Baustelle, unserem ewigen Bau. Aber er rief schon um Neun an und fragte, wie es mir ging. Ich sagte, es wäre alles okay. Er hatte gute Neuigkeiten. Die Dachdecker waren fertig geworden. Auch der Boden in unserem Schlafzimmer sei neu verlegt worden, Max war wieder etwas optimistischer. »Es geht wirklich gut voran, Inga. Du kannst nun bald die Küche kommen lassen und auch die Möbel für deinen Buchladen. Komm, lass uns nach vorne schauen. Es wird alles gut.«

Ich rief die Möbelfirmen an und orderte die Küche für nächsten Dienstag, das Biedermeiersofa und den Verkaufstisch aus dem Antiquitätengeschäft für den darauffolgenden Montag. Gleichzeitig bat ich den Elektriker sowie den Installateur, die Leitungen und Anschlüsse in der Küche zu legen und alles vorzubereiten.

Als nächstes musste ich eine Auswahl an Büchern treffen, die ich anbieten würde. Ich wollte mich auf eine bestimmte Richtung spezialisieren, und so entschied ich mich für eine Krimiecke (wie naheliegend in diesem Haus!), eine Reiseecke, in der auch Stadtführer, Bildbände und Bücher über unser Städtchen und die Eifel zu finden sein würden, außerdem natürlich Belletristik. Ich ging die Listen der Bestseller durch und bestellte bei den Verlagen erst einmal eine Auswahl an den Topsellern, außerdem wendete ich mich an die Krimiverlage und bestellte die besten Krimis. Es würde eine extra Eifelkrimiecke geben. Zum Glück hatte ich selbst sehr viel gelesen und wusste, welche Bücher ihr Geld wert waren. Da die Verlage uns Buchhändlern einen Rabatt gaben, ich neben den Einkaufskosten jedoch keine Miete zahlen und kein Personal bezahlen musste, würde ich etwa ein Drittel des Preises jedes verkauften Buches als Reingewinn erwirtschaften können.

Bei den Süßigkeiten hielt ich mich erst einmal zurück und kaufte in einer Bonbonmanufaktur ein Nostalgiesortiment aus Lollies, Bonbonieren und Kräuterdrops in Tüten, die sehr hübsch aussahen und aus besten Zutaten von Hand hergestellt wurden.

Das Aussuchen der Bonbonieren in Glocken- und Zwiebelform mit passenden Deckeln und den Dekomaterialien lenkte mich komplett von unseren Problemen ab. Die Buchlieferungen sollten am Samstag eintreffen. So würde ich am Wochenende genug Zeit haben, die Kartons auszupacken und die Bücher in die Regale einzuräumen. Babs hatte schon ihre Hilfe angeboten. Ich freute mich. Die Eröffnung meines Ladens würde in wenigen Wochen erfolgen können. Und der Einzug in unser Haus könnte in den nächsten 4 Wochen über die Bühne gehen, sofern nicht wieder irgendetwas passierte. Babs klingelte an der Tür. Sie hatte eine Überraschung für mich dabei. Sie drückte mich kurz und sagte: »Mein Beitrag zum Buchladen, Süße! Los, pack aus!« forderte sie mich auf. Sie übergab mir zwei große Pakete, die in buntes Papier eingewickelt waren. Ich riss das Geschenkpapier auf. Vor mir lag ein wunderschöner Vorhang in Bonbonfarben, besser noch, gestreift und in den Farben Lindgrün und Hellgelb, dazu dezente Tupfer aus Orange. »Die sind ja unbeschreiblich schön!« Den zweiten packte ich auch noch aus.

»Ich hab mit Max Maß genommen, als du nicht hier warst, ich hoffe, wir haben uns nicht vermessen. Gefallen sie dir?«

»Aber klar. Die passen hundertprozentig und sind farblich ideal für meine Einrichtung. Vielen, vielen Dank.« Ich war echt gerührt. Vorhänge hatten mir noch gefehlt. Diese würden das Schaufenster einrahmen. Da sie aus lichtdurchlässigem Stoff angefertigt worden waren, würden sie kein Licht schlucken. »Wunderbar, wirklich. Du weißt gar nicht, welche Freude du mir damit machst. Was in den letzten Tagen schon wieder bei uns los war, geht auf keine Kuhhaut! Erst wurde Mikesch vergiftet oder hat sich selbst vergiftet, das wissen wir noch nicht so genau. Er ist zum Glück über den Berg. Und dann ruft die Polizei noch an und sagt, dass wir den Brand einem Brandstifter zu verdanken haben! Babs, ich hab richtig Angst, dass dieser irre Typ wiederkommt und diesmal meine ganze Einrichtung dran glauben muss. Stell dir vor, es sind in Kürze alle Bücher und die neuen Möbel im Haus und alles fertig renoviert und dann passiert so etwas wieder!«

Babs konnte mich gut verstehen, meinte aber, dass meine Sorge unsinnig wäre. Sicher würde der Brandstifter, wer auch immer er war, nicht noch einmal dieses Haus in Brand setzen, das wäre doch absurd.

»Ja, aber warum hat er es denn gemacht?«

Babs überlegte. »Vielleicht hat er bewusst den Dachboden vernichten wollen. Du hast doch da die Briefe und so gefunden. Sieht so aus, als hätte er Angst davor, dass zu viel über die Vergangenheit ans Tageslicht kommt.«

»Ach ja, aber woher sollte dieser Mensch denn wissen, was ich dort gefunden habe?«, fragte ich mich.

»Lass mal nachdenken, wer weiß denn von deinem Dachbodenfund? Max. Und ich. Wer noch?«

»Tilla Brecht und Peter Schmitz. Sonst niemand.« Ich dachte nach.

»Na, die kommen alle nicht in Frage, von denen hat keiner einen Grund, diese Dinge vernichten zu wollen. Ach, das ist doch alles Unsinn. Tilla saß mit mir im Café, als das Haus in Flammen aufging. Und sie wäre auch gar nicht fähig zu solch einer Tat. Und Peter Schmitz? Furchtbarer Unsinn, der kann keiner Fliege was zuleide tun und hat ganz bestimmt kein Interesse daran, ein altes Haus zu zerstören. Puuuh, so allmählich schlägt mir das Ganze auf den Magen.« Ich rieb meinen Bauch, der gluckerte und sich beschwerte.

»Was ist er denn für ein Typ?«, wollte Babs wissen.

»Er weiß mehr als ein Geschichtsbuch. Man könnte meinen, er habe die letzten 500, wenn nicht 1000 Jahre in Münstereifel gelebt. Wenn du ihn fragst, was am 13. Januar 1733 in Münstereifel passiert ist, sagt er es dir.« Babs lachte.

»Ach, wollen wir nicht zum Haus fahren, und die Vorhänge mal aufhängen? Möchte so gerne mal sehen, wie sie ausschauen«, schlug sie vor. Wir trugen die Kartons ins Auto und fuhren zum Geschäft. Zuerst machten wir eine kleine Besichtigungsrunde durchs Haus. Babs war begeistert. »Das wird ja wunderschön. Die oberen Stockwerke hatte ich ja zuletzt noch nicht gesehen. Euer Schlafzimmer mit dem blass-weißen Dielenboden sieht umwerfend aus.« Wir ließen Max die Gardinenleiste anbringen, die Babs auch gleich mit besorgt hatte. Danach hängte ich die neuen Vorhänge auf. Ein Blickfang.

»Hilfst du mir am Samstag, wenn die Bücher kommen, beim Einräumen?«, bat ich meine Freundin.

»Na klar, da bin ich dabei. Ich hab das lange Wochenende frei und wir können uns in die Arbeit stürzen. Ich freu mich so!«

Am Donnerstag war Christi Himmelfahrt und tolles Wetter. Da Max in unserer Wohnung über Korrekturen brütete, beschlossen Babs und ich, eine Fahrradtour nach Gilsdorf zu machen und dort die Heide zu umrunden. Unterwegs kamen uns von Traktoren gezogene Planwagen mit grölenden Männern entgegen.

Ich wich einem der rasant um die Kurve kommenden Gefährte aus und landete beinahe im Graben.

Fluchend über so viel Rücksichtslosigkeit hielt ich mich gerade so auf dem Drahtesel. Beim Blick zurück auf die singenden Kerle fiel uns ein, dass heute Vatertag war, der in der Eifel von den meisten Papas und denen, die es noch nicht sind, ausgiebig gefeiert wird. Kurze Zeit später begegneten wir einer kleineren Gruppe Männern mit Bollerwagen und einem Fässchen Bier, die sich aber recht gesittet benahm und auf einer Bank eine Pause einlegte. Die Jungs winkten uns freundlich.

Wir umrundeten die Gilsdorfer Heide mit ihren Wacholderbüschen, ließen die Räder am Wegrand liegen und stiegen den Hang hinauf. Oben genossen wir die Stille und den Weitblick. Babs packte zwei Fläschchen Radler aus dem Rucksack aus und wir stießen im Gras sitzend auf uns an.

Als wir über Nöthen nach Bad Münstereifel zurückkehrten, ging es mir richtig gut und ich freute mich auf meine Zukunft mit Max und dem Buchladen, an dem ich noch kurz vorbeifuhr, nachdem ich mich von Babs getrennt hatte, die in die andere Richtung fuhr. Ich lehnte mein Mountainbike an die Wand. Als ich aufsah, fielen mir Glassplitter auf, die auf der neu eingesetzten Fensterbank lagen. Die Fensterscheibe war zersplittert, es klaffte ein großes Loch im Glas.

Ich war nicht fähig, ins Haus zu gehen. Einbrecher? Max. Ich rief Max sofort an, der nicht ans Handy ging. Dann wählte ich panisch unsere Festnetznummer zu Hause. Max meldete sich kurz darauf. »Ach, Inga, ich hab mein Handy verlegt … ich …«

»Das Fenster an unserem Haus ist kaputt! Komm bitte sofort. Da waren Einbrecher!« Ich kreischte fast. Hier konnte doch am helllichten Tag nicht eingebrochen worden sein!

Max antwortete: »Ich komme.«

Ein paar Minuten später parkte er in der Nähe und kam, ohne das Auto abzuschließen, angelaufen. Ich stand wartend an der Erftmauer. Stumm deutete ich auf das eingeschlagene Fenster. »Ich geh da jetzt rein!« Max schloss auf. Kurz danach kam er wieder heraus. Er hielt ein kleines Päckchen in der Hand. Bei näherer Betrachtung war das ein dicker Stein, um den ein Blatt Papier gewickelt war, das mit einer Paketkordel verschnürt war. Max entfernte die Schnur und entfaltete das zerknitterte Papier.

»Frau Meyer, hören Sie auf zu schnüffeln. Lassen Sie die Vergangenheit ruhen. Sonst müssen Ihre Katze und das Haus beim nächsten Mal dran glauben.«

Max und ich starrten uns an. Der Briefeschreiber hatte sich nicht einmal die Mühe gemacht, die Buchstaben aufzukleben, sondern mit einer einfachen Druckschrift mit Kuli geschrieben. Max erholte sich als Erster. »Damit gehen wir jetzt zur Polizei. Das ist ein Drohbrief und derjenige gesteht, dass er unseren Kater und das Haus auf dem Gewissen hat! Ruf die Polizei an!«

Mit zitternden Fingern bediente ich mein Handy, nach dem dritten Klingeln melde sich Christopher. »Hallo Inga, ich seh's schon an der Nummer. Was gibt's Neues?«

»Du musst vorbeikommen oder einen Kollegen schicken. Wir haben einen Drohbrief erhalten. Er wurde uns mit einem dicken Stein durchs gerade neu eingebaute Fenster des Hauses geworfen!«

Christopher versprach, dass er sich sofort ins Dienstfahrzeug setzen und persönlich zu uns kommen würde.

Max ging nochmal ins Haus, ich zog es vor, draußen an der Erftmauer zu warten. Einige der Passanten blieben kurz stehen und schauten mich fragend an und fingen an zu tuscheln. Ich aber hatte keine Lust, ihnen Auskunft zu geben und mich weiter zu unterhalten. Natürlich trat auch unsere liebe Nachbarin Frau Mehlhorn auf die Straße. »Ich habe es Ihnen ja gesagt, dieses Haus bedeutet nichts als Unheil. Sie laufen in ihr eigenes Unglück!« Die hatte mir gerade noch gefehlt! »Was meinen Sie denn damit?«, rief ich ihr nach, doch sie entfernte sich in Richtung Werther Straße. Die Stadt war am heutigen Feiertag gut besucht, viele Menschen liefen durch die Straße oder saßen vor Cafés oder Eisdielen. Wie konnte jemand unbemerkt einen Stein ins Fenster geworfen haben, fragte ich mich. Es musste heute in der Früh geschehen sein, bevor die meisten Menschen aufgestanden sind. Anders war das nicht zu erklären.

Christopher und sein Kollege kamen wirklich schnell. Er begutachtete den Drohbrief und den Stein und sichtete das Haus. »Ich will endlich, dass das aufhört!«, schrie ich aufgebracht, als könnten die Beamten etwas an den Vorfällen ändern. Sie nahmen den Fall auf und notierten, was wir dazu erzählen konnten, was nicht viel war. »Mir scheint, hier hat jemand sehr viel Dreck am Stecken, wenn er sich so viel Mühe macht, etwas zu verheimlichen!«, stellte Christopher fest. »Was hat das mit der Katze auf sich?«, wollte er wissen.

»Sie wurde vergiftet. Und um ein Haar wäre sie gestorben, wenn wir nicht sofort zum Tierarzt gefahren wären!«, erklärte ich.

»Habt Ihr irgendeinen Verdacht?« Christophs Kollege sah mich prüfend an.

»Nein. Wenn mir was einfallen sollte, sag ich Bescheid.« Natürlich hatte ich einen Verdacht, den ich aber noch nicht äußern wollte. Sollte ich den Anwalt belasten, Tilla Brechts Sohn, ohne einen echten Anhaltspunkt nennen zu können? Tilla sollte es nicht leidtun, das Haus an uns verkauft zu haben. Ich wollte ihren Sohn nicht anzeigen, ohne sichere Beweise zu haben.

»Am besten verhaltet Ihr Euch so, wie es der Drohbriefschreiber fordert. Nicht mehr auf eigene Faust nachforschen und unauffällig verhalten. Tut mir den Gefallen. Ihr seid sonst in Gefahr. Scheint mir ein ziemlich irrer Typ zu sein, aber in seinem Brief sind keine Rechtschreibfehler enthalten. Es handelt sich also um keinen Kinderscherz oder sowas. Wir bleiben dran und bitte – keine Aktionen in Eigenregie, bitte.«

Ich nickte und Max legte den Arm um mich.

Kapitel
32 Anna

8. November 1938

Heute Mittag kam Christa zu uns, klingelte Sturm. Ich ließ sie hinein. Sie blickte sich angstvoll um, bevor sie die Türe hinter sich schloss und sofort lossprudelte: »Ihr seid in Gefahr. Ich weiß aus sicherer Quelle, dass gestern der polnische Jude Grünspan in Paris ein Attentat verübt hat. Sein Opfer war der deutsche Gesandtschaftsrat Ernst vom Rath. Das wird eine Rache an den Juden nach sich ziehen, glaube mir. Nehmt euch in acht, Anna. Ich muss sofort wieder auf die Arbeit verschwinden, wollte dich nur schnell vorwarnen. Wenn ich Näheres erfahre, lasse ich es dich wissen, Anna.«

Als sie weg war, rief ich Mama und Papa und erklärte ihnen, was Christa mir zugetragen hatte. Auch sie waren entsetzt.

10. November 1938 Am Morgen

Ganz früh am Morgen war Christa bei uns. Es war noch dunkel. Sie informierte uns, dass es ein Blitztelegramm gegeben hatte, das letzte Nacht von München aus an alle Leitstellen der Polizei und an hohe SS-Stellen herausging. Darin wurden diese angewiesen, wie der angeblich spontane Pogrom gegen die Juden angegangen werden soll.

Christa weiß das aus einer geheimen Quelle, die sie mir nicht preisgeben darf. Sie hat einen neuen Freund, der bei der Polizei arbeitet. Ich vermute mal, der hat sie darüber informiert. Besonders jüdische Geschäftsleute stehen auf der Liste, wir können also schon fast froh sein, dass uns das Juweliergeschäft nicht mehr gehört.

11. November 1938

Gestern, am Martinstag, war der grauenhafteste Tag der Geschichte. Meiner Geschichte.

Wir waren ja zum Glück vorgewarnt. Ich war zu Hans herüber gegangen und habe ihm vom Telegramm erzählt. Er zögerte nicht lange, sondern bat unsere Familie, im Dunkeln nacheinander in einem Abstand von fünf Minuten zu ihm herüber zu kommen. Er wollte den Hintereingang offen stehen lassen, um uns zu empfangen und unserer Familie ein sicheres Versteck zu bieten. Genauso machten wir es dann. Als der Martinszug um 18 Uhr begann, maulte Elias herum, dass er dieses Jahr nicht mit seiner Laterne mitgehen konnte, aber ich erklärte ihm, dass es eben nicht möglich sei. Kurz danach gingen schreckliche Dinge vor sich.

Von einem Nachbarn hörte Hans, dass sich bereits nachmittags bei Nathans einige Leute versammelt hatten, die ihre Tuche aus dem Geschäft nahmen und in die Erft warfen oder zerschnitten. Als der Martinszug begonnen hatte, hörten wir, dass weitere jüdische Geschäfte überfallen und geplündert wurden, Brechts erhielten einen Anruf. Eine ganz verstört aussehende Frau kam zu uns gelaufen und erzählte, dass SA-Leute vor Wolffs Geschäft stünden und mit Steinen die Fenster einwerfen würden. Sie zerstörten im Haus Möbel und warfen Gegenstände auf die Straße.

Die Frau erklärte, dass am Entenmarkt ein Wachtmeister gekommen sei und Andreas Kaufmann einfach mitgenommen hätte. Es war schrecklich, die Frau begann zu schluchzen. Hans bot ihr ein Glas Schnaps an, das diese dankend annahm. »Wo mögen sie den Herrn Kaufmann denn nur hinbringen?«, wiederholte sie immer wieder. »Er ist ein ehrenwerter Mann, der Respekt verdient.«

Dann sahen wir, wie einige SA-Männer vorbeigingen und auf unser Häuschen zusteuerten. Wir hielten alle die Luft an.

Eine Fensterscheibe klirrte, sie warfen mit Steinen. Wir hörten Stimmen und Sniffers Bellen. Mama schaute mir entsetzt in die Augen, die Farbe war ihr aus dem Gesicht gewichen. Ich werde nie diese Angst in ihren Augen vergessen. Papa legte seinen Arm um sie.

Wir hörten dann, dass sich die Stimmen der Männer entfernten, die Richtung Synagoge zogen. Was dort passieren würde, konnten wir uns alle ausmalen.

Hans fand als Erster die Sprache wieder, selbst die seiner Frau war verstummt. »Bleiben Sie bitte alle heute Nacht in meinem Hause.« Mutter zitterte am ganzen Körper. Elias hatte am wenigsten von der ganzen Sache verstanden und legte sich aufs Sofa. Er machte sich Sorgen um seinen Sniffer, den wir im Haus zurückgelassen hatten. Doch selbst ihm war klar, dass er jetzt nicht dorthin gehen konnte, um ihn zu holen. Wir richteten auf dem Sofa und den Sesseln unser Nachtlager ein und waren einfach nur dankbar, dass wir bei Brechts sein durften.

Wir schliefen kaum. Als wir heute Morgen wieder unser Haus betraten, kam Sniffer uns entgegengelaufen. Elias umarmte ihn erleichtert. Sein Hund wedelte mit dem Schwanz und war wohlauf. Wir schauten uns im Haus um. Es waren zwei Fensterscheiben eingeworfen worden, das Glas lag innen auf dem Teppich, aber die Haustüre war nicht aufgebrochen worden. Wir hatten großes Glück trotz allem.

Wie wir von Nachbarn hörten, wurde in der letzten Nacht von Einheimischen nicht nur das Geschäft von Hugo Wolff teilweise zerstört und sein Wagen aus der Stadt herausgerollt und angezündet, sondern auch die Läden von Nathans und die Wohnung des Viehhändlers Wolff direkt in unserer Nähe verwüstet. Fast müssen wir dankbar sein, dass wir den Juwelierladen nicht mehr besitzen …

18. November 1938

Hans hat mir eine Wohnung besorgt. Ich wohne seit ein paar Tagen in Lindenthal. Habe eine schöne kleine 2-Zimmer-Wohnung und fühle mich recht wohl. Als ich meinen Eltern von meinem Entschluss erzählte, dass ich nach Köln ziehen möchte, waren sie einverstanden und stellten keine weiteren Fragen. Nach den Ereignissen der letzten Woche haben sie Verständnis dafür, dass ich nicht mehr in Münstereifel bleiben möchte. Sie wissen, dass ich weiterhin mein Gehalt beziehe und für meinen Unterhalt selbst aufkommen kann. So habe ich jetzt Zeit und Ruhe, mir die Wohnung schön einzurichten und etwas fürs Baby zu stricken, ein Bettchen zu besorgen und alles das zu tun, was man so macht als werdende Mutter.

Hans kann mich jetzt häufiger besuchen, ich bin ja so froh. Wir reden öfter darüber, wie es nach der Entbindung weitergehen soll, aber er meint: »Kommt Zeit, kommt Rat. Ich werde immer für dich und das Kind da sein, das verspreche ich dir.« Ich hoffe es. Zunächst geht es mir jedoch recht gut. Mit der Straßenbahn kann ich in die Stadt fahren und sehe so viele Leute wie sonst nicht einmal in einem Monat. Und Geschäfte. Ich mag gerade das Stadtleben. Eine junge Frau in meinem Alter, die unter mir wohnt, hat sich ein wenig mit mir angefreundet. Sie besucht mich ab und zu, wenn ihr Kind schläft, und wir trinken Tee und halten ein Schwätzchen. Eine schöne Abwechslung. Sie hat ein kleines Mädchen, das zwei Jahre alt ist.

24. Dezember 1938

Weihnachten ohne meine Familie, aber mit Hans. Er kam noch heute Abend spät bei mir vorbei, um ein Glas Sekt mit mir zu trinken, ich bekam nur ein halbes wegen der Schwangerschaft. Er erzählte, die Bedingungen für Juden in unserer Stadt wären schlechter denn je, ich könne froh sein, hier zu wohnen in der Anonymität der Großstadt. Aber oft bin ich auch sehr einsam hier. Die junge Frau, die unter mir wohnt, Anita heißt sie, ist alleinerziehend. Sie besucht mich ab und zu. Ihr Freund hat sie sitzen lassen, als er erfuhr, dass sie in anderen Umständen ist.

Sie fragte nach meinem Entbindungstermin und sagte mir schon jetzt zu, auf mein Baby mit aufzupassen, wenn ich mal weg müsse.

Kapitel 33
Das Kräuterbuch

Am folgenden Tag war Max' erste Aktion, einen Glaser zu bestellen, der uns die Fensterscheibe wieder neu einsetzte. Ich fertigte vorher Fotos vom zerstörten Fenster an und telefonierte mit der Versicherung, damit uns der entstandene Schaden ersetzt wird. Max hatte frei, die Schule hatte einen Brückentag eingelegt, so dass er sich um die technischen Dinge kümmern konnte.

Ich ging durch die Fußgängerzone, um ein paar Kleinigkeiten zu besorgen, kaufte mir ein Eis in der Eisdiele »Bella Italia« und kam am Apothekenmuseum vorbei. Dort hing ein Plakat, auf dem Termine für geführte Kräuterwanderungen bekannt gegeben wurden. Eine Frau in mittelalterlicher Gewandung war abgebildet und es wurde um Anmeldung gebeten. Ich fotografierte das Plakat mit der angegebenen Handynummer ab und rief die Kräuterfrau an. Vielleicht würde sie mir helfen können. Diese Frau Alexa war Kräuterspezialistin, und fragen kostete schließlich nichts. Sie ging sofort ans Telefon. Ich erklärte ihr, dass ich ein altes Kräuterbuch gefunden hätte und dazu einige Fragen hätte. Gerne würde ich sie besuchen. Sie lud mich ein, am Nachmittag ins Apothekenmuseum zu kommen. Dort habe sie eine Führung und würde sich vorher mein Buch anschauen können.

Um halb drei stand ich ihr gegenüber. Eine nette Frau von etwa fünfzig Jahren, sie trug die Kleidung einer Magd, so als wäre sie dem 15. Jahrhundert entstiegen. Ich zeigte ihr das Kräuterbuch.

Sie schaute es sich genauer an und ich wies sie auf die Markierung neben dem Eisenhut hin.

»Der Eisenhut, ja, der Eisenhut ist eine der hier giftigsten Pflanzen. Die giftigste Europas sogar.«

»Was könnte der Eintrag daneben bedeuten? Dieses Wort mit Sch?«

»Ich würde sagen, das Wort heißt Schleid, was vermutlich Schleidtal heißen soll, denn dort ist der gelbe Eisenhut, auch Wolfseisenhut genannt, zu finden. Früher wurde diese Pflanze verwendet, um damit heimische Wölfe und Füchse zu vergiften.

Daher stammt auch der Name.« Sie nahm ein Buch aus ihrer Tasche. »Das hier ist ein aktueller Bildband der Giftpflanzen Deutschlands. Ich kann Ihnen ein Foto des Eisenhutes zeigen.« Sie zeigte auf eine farbige Abbildung der gelben Pflanze.

»Ach, das ist eine giftige Pflanze? Die hab ich schon oft gesehen!«

»Sie ist sogar eine der giftigsten überhaupt. Der gelbe Eisenhut enthält in allen Pflanzenteilen, besonders im Wurzelstock, das Alkaloid Lycaconitin. Davon sind wenige Gramm bereits tödlich. Selbst bei Berührung kann das Gift zu Hautschäden führen, sogar vor Taubheit wird gewarnt. Also, wenn Sie Kinder haben, sollten Sie diese Pflanze auf keinen Fall im Garten anpflanzen.«

»Und die wächst hier im Münstereifler Schleidtal?«, fragte ich noch einmal nach.

»Aber ja. Früher auf jeden Fall. Daran kann ich mich sogar erinnern.«

»Könnte man damit jemanden vergiften? Ich meine, wenn man zermahlene Pflanzenteile in ein Getränk geben würde?«, wagte ich mich zu fragen.

»Der Eisenhut schmeckt zwar bitter, aber in einem gesüßten Getränk wie Kaffee mit Zucker oder Saft dürften die Chancen gut stehen, dass der bittere Beigeschmack nicht sofort erkannt wird.

Bei den alten Griechen richtete man übrigens nur Schwerverbrecher mit Lycaconitin hin, da der Tod dadurch unheimlich grausam ist. Überhaupt leiden Tiere oder Menschen mit einer Vergiftung durch Pflanzen meist einen sehr qualvollen Tod. Im Mittelalter war das ein sehr häufig gebrauchtes Mordgift.«

»Danke, Sie haben mir sehr geholfen. Und – keine Angst – ich möchte keinem mit meinem Wissen schaden.« Ich zwinkerte ihr zu und verabschiedete mich. Im Apothekenmuseum kaufte ich noch zwei kleine Flaschen Stephinsky, einen Magenbitter, den vor 150 Jahren ein Apotheker namens Franz Maria Ferdinand Stephinsky aus Münstereifel aus Eifler Kräutern entwickelt hatte. Er wurde früher als Medizin bei Magenbeschwerden verabreicht, bis man später auch den Verkauf auf Gaststätten ausweitete und ihn als Absacker nach dem Essen anbot. Um meinen Magen zu beruhigen, trank ich einen Schluck davon. Die 43 % Alkohol brannten ordentlich. Nachdenklich ging ich zu unserem Haus und berichtete Max von dem Gift. Der war dabei, die Wände zu streichen, hatte einen Hut aus Zeitungspapier auf dem Kopf und schaute nun doch überrascht. »Schleidtal? Ja, das gibt's doch nicht. Ob die alte Brecht vielleicht dort diesen Eisenhut gepflückt hat, um die Jüdin zu vergiften?«

»Wäre zumindest eine Möglichkeit. Und auch vorstellbar. Ich hab mal gelesen, dass Gift das typische Mordmittel von Frauen sei. So könnten sie ihre körperliche Unterlegenheit gegenüber Männern geschickt ausgleichen, zumal sie sich oft mit Nahrungsmitteln und Schädlingsbekämpfungsmitteln besser auskennen. Gut, nehmen wir mal an, der Herr Sommer hätte seiner Schwester als ›Hilfsmittel‹ das Kräuterbüchlein zugeschickt oder sie war aus anderen Gründen in dessen Besitz, dann hätte sie vermutlich auf die Kräuter gesetzt, die hier in der Nähe zu finden waren. Aber das sind alles nur Mutmaßungen und Spekulationen. Man wird vermutlich nie mehr herausfinden, wie es wirklich gewesen ist.« Ich seufzte.

Dann fiel mir wieder das Rezeptbuch in die Hände, das ich noch nicht näher untersucht hatte.

Da ich aber kaum ein Wort aus dem Buch wirklich entziffern konnte, brachte es mich keinen Schritt weiter. »Ich werde noch einmal Peter Schmitz aufsuchen müssen, denke ich. Das Rezeptbuch ist unsere einzige Chance, noch etwas herauszufinden.« Max bekleckerte sich gerade im Gesicht mit Farbe und tupfte sich mit einem groben Tuch leicht genervt ab. Ich nahm mir einen Pinsel und begann die gegenüberliegende Wand zu streichen, eine Arbeit, die durchaus beruhigend auf mich wirkte. Wir schwiegen und hingen unseren Gedanken nach. Der Raum wurde fertig und erstrahlte in einem schönen Grün. »Morgen kommt der Glaser. Er musste die Scheibe heute erst bestellen. Und nächste Woche kann die Außenfassade in Angriff genommen werden. Das Gerüst wird am Montag aufgestellt«, berichtete Max. Alles könnte so schön sein, wenn … Max hatte vorerst das Loch mit einem Pappdeckel abgedeckt und sagte, er würde vorsichtshalber in der kommenden Nacht im Haus schlafen wollen, damit nicht auch noch jemand einbricht.

Ich wählte Herrn Schmitz' Nummer, um mich mit ihm auf einen Kaffee zu verabreden. »Hallo, Herr Schmitz, ich habe wieder neuen Lesestoff für Sie, diesmal Lektüre aus dem 20. Jahrhundert. Wären Sie so nett und würden mir noch ein paar Zeilen daraus vorlesen und ›übersetzen‹?«, fragte ich ihn. Er sagte mir sofort neugierig zu. Wir würden uns am Abend »In de Höll« treffen.

Wie verabredet erschien Herr Schmitz in dem Lokal. Wir bestellten einen Kaffee, er einen Kaffee extrastark, ich einen Milchkaffee mit viel Zucker und Milch. Er trug einen schwarzen Mantel, schwarze Hosen und einen lila Schal sowie einen schwarzen Hut. Mir kam der Gedanke, dass er mir glatt in dieser Tracht die Beichte abnehmen könne. Als uns die Getränke gebracht wurden, reichte ich ihm das alte handgeschriebene Büchlein. Er hielt es ganz nah ans Gesicht und begann daraus vorzulesen: »Hühnerragout mit Gemüse und Reis, Kartoffelsalat nach Hausfrauenart, Pilzomelette ... also, das hier sind erst mal alles nur ganz normale Rezepte, die jemand aufgeschrieben hat. Hier hinten beginnt dann ein Teil, in dem der Verfasser Daten vermerkt und dazu Tagebuch geführt hat, so wie ich vermute.« Er blätterte etwas im zweiten Buchteil hin und her. »Hier steht zum Beispiel:

23. April 1938

Heute ist Samstag und Waschtag. Wir haben die Ostertage schön verbracht und ich bin wieder in guter Hoffnung. Seit unserem Umzug nach Münstereifel im letzten Jahr hat sich viel ereignet. Hans ist nun im Stadtrat und das Juweliergeschäft läuft sehr gut. Mein Bruder arbeitet zurzeit in Dresden mit bekannten Wissenschaftlern zusammen.«

Der Historiker las mir einige der früheren Einträge, die mit einer gestochen scharfen und gleichmäßigen Handschrift geschrieben waren, aus dem Büchlein vor. Es gab nichts Aufregendes darin, ein normales Hausfrauenleben des frühen 20. Jahrhunderts. Klar war jedoch, dass das Buch Tilla Brechts Schwiegermutter gehört haben musste und von ihr verfasst worden war, denn sie berichtete weiter vorne von der Geburt von Frank Brecht. Also von Tillas Mann, der am Neujahrstag des Jahres 1935 das Licht der Welt erblickt hatte und bei dessen Geburt sie beinahe das Zeitliche gesegnet hatte, wie sie einige Wochen später in ihrem Tagebuch vermerkte. Sie hatte bei der Geburt so viel Blut verloren, dass es sehr schlecht um sie stand. Erst nach einigen Wochen erholte sie sich. Ihr Mann Hans sorgte sich sehr um sie und den kleinen Frank und stellte eine Amme ein, die das Kind stillte und seine Ehefrau Emily versorgte, bis diese wieder auf den Beinen war.

Peter Schmitz musste nun zu einem Termin und bot an, das Büchlein mitzunehmen und für mich durchzulesen. »Sofern irgendein Eintrag interessant für Sie sein könnte, werde ich Sie anrufen, Frau Meyer.«

»Das ist echt nett, vielen Dank.« Wir zahlten und verabschiedeten uns.

Kapitel 34
Anna

12. Januar 1939

Gestern, am Mittwoch, den 11. Januar, ist unsere Tochter um 5 Uhr in der Früh zur Welt gekommen. Die Wehen setzten viel zu früh ein. Ich telefonierte nach Münstereifel und unterrichtete Hans, der zum Glück direkt am Apparat war. Sofort kam er zu mir, brachte mich in eine Klinik und gab mich als seine Frau aus, so dass man mich anstandslos behandelte. Der Arzt sagte, das Baby würde zu früh kommen. Ich erschrak und hatte furchtbare Schmerzen. Hans drückte meine Hand, gab mir einen Kuss und sagte: »Es wird alles gut.« Dann ließ er mich mit dem Arzt allein, der mich in den Kreißsaal schob. Die Geburt war schmerzhaft, dauerte jedoch nicht allzu lange. Mein Kind schrie erst nicht, doch der Arzt gab ihm einen Klaps und es machte seinen ersten zögerlichen Laut. Dann sagte er: »Ich gratuliere Ihnen, Frau Brecht, Sie haben eine Tochter zur Welt gebracht.«

»Ist sie gesund?«, fragte ich. Er untersuchte sie, wog sie und sagte: »Sie ist zwar noch recht leicht, doch sie macht einen munteren Eindruck. Sie wird es schaffen, denke ich.«

Ich war so erleichtert, dass ich weinen musste, und bat ihn, nach Hans zu schicken, der im Besucherraum wartete, und ihm Mitteilung zu machen.

Als ich auf dem Zimmer war, kam er mit einem riesigen Blumenstrauß und nahm meine Hand. »Welchen Namen soll sie bekommen?«, fragte er. Ich sagte, sie solle Lena heißen und bitte meinen echten Nachnamen tragen. Er würde das arrangieren, versprach er.

So sind wir nun eine richtig kleine Familie, doch niemand darf davon erfahren. Hans ist in Gefahr. Wie soll es nur weitergehen?

15. Januar 1939

Heute, am Sonntag, hat Hans uns im Krankenhaus besucht. Lena wird noch eine Weile hierbleiben müssen, da sie noch nicht genug wiegt, aber sie ist sonst gesund und trinkt gut. Sie sieht Hans sehr ähnlich, wie ich finde.

Meine Eltern wissen natürlich nicht, dass sie Großeltern geworden sind. Vielleicht werde ich es ihnen bald einmal schreiben. Irgendwann müssen sie es ja erfahren. Hans erzählte, dass meinem Vater am 3. Dezember der Führerschein und die Kfz-Papiere entzogen wurden, wie allen anderen Juden. So sind nun meine Eltern nicht einmal mehr mobil. Auch dürfen sie nicht mehr das Kino besuchen oder ins Theater oder zu sonstigen kulturellen Vorstellungen gehen. Elias, der nun eigentlich bald das Gymnasium besuchen soll, wird auf keiner nicht-jüdischen Schule mehr angenommen. Juden dürfen auch nicht mehr studieren und die, die im Studium stecken, müssen abbrechen. All das hatten meine Eltern mir bei unserem letzten Telefonat verschwiegen, sicher aus Angst, dass ich mir zu viele Sorgen um sie und Elias machen würde.

Die letzten jüdischen Deutschen müssen ihre Geschäfte verkaufen und ihre Wertpapiere und Schmucksachen abliefern.

Hans fuhr bald wieder nach Hause, es war ein trauriger Abschied. Er küsste mich und sagte, er komme wieder, sobald es ihm möglich ist.

Irgendwann wird Lena sprechen können und mich fragen: »Warum geht mein Papa immer weg?«

02. März 1939

Lena und ich sind nun zu Hause, meine Freundin Anita kümmert sich rührend um uns, denn ich bin noch gar nicht so richtig vertraut mit der Babyversorgung und -pflege. Lena schreit viel, denn ich habe wohl zu wenig Milch. Anita ist ein Engel und besorgt mir Lebensmittel, wenn sie einkaufen geht, hilft mir beim Baden von Lena und beim Wickeln, zeigt mir, wie man die Windeln wäscht, und macht mir so das Leben als junge Mutter sehr viel einfacher. Manchmal habe ich ein schlechtes Gewissen, aber sie sagt, ich solle mir keine Gedanken machen. Ihre kleine Tochter freut sich auch über Lena und ist etwas enttäuscht, dass sie bisher nichts tun kann außer daliegen.

16. März 1939

Hans kommt immer sonntags und bringt alles mit, was unsere Tochter benötigt, so auch schöne Kleider und ein warmes Lammfell. Da Lena anscheinend ständig Hunger hat, brachte er mir eine Nestlé-Babyflasche mit, die gerade ganz neu auf den Markt gekommen ist, und so ein Milchpulver, das man mit Wasser verdünnt und dann beifüttern kann. Wir haben das heute ausprobiert und Lena hat gierig aus dem Gummiaufsatz getrunken und die Milch gemocht. Danach hat sie einmal richtig lange geschlafen. Vielleicht werde ich jetzt auch mehr Ruhe in der Nacht finden, denn ich sehe sehr übernächtigt aus.

Hans ist sehr stolz aufs Lenchen, und wenn auch dieses Versteckspiel sehr anstrengend für ihn sein muss, lässt er sich nichts anmerken. Wir haben zwar immer nur die Sonntage, aber die genießen wir.

Kapitel 35
Der Brandstifter

Am Samstag kam wie bestellt meine Bücherlieferung an, eine ganze Palette voller Kartons. Mein Herz machte Luftsprünge. Und der Glaser mit der neuen Scheibe erschien beizeiten. Max sah sehr verschlafen aus und gab zu, dass er in unserem Haus nicht viel geschlafen habe. Bei jedem Knacken des Holzes oder einem anderen Geräusch war er aufgeschreckt und hatte sich eingebildet, dass etwas nicht stimme. Er fuhr zum Baumarkt.

Gegen Mittag traf auch Babs ein, um mir beim Auspacken zu helfen. Sie hatte zwei Flaschen Sekt zum Anstoßen mitgebracht, wir drehten unser weißes Nostalgieradio, das mir Max fürs Geschäft geschenkt hatte, auf halbe Lautstärke und hörten Musik. Ein Buch in den Händen zu halten, daran zu riechen, über den frischen glatten Buchdeckel zu streichen, das Gefühl fand ich schon immer verlockend. Nun hatte ich hier meine Lieblingstitel und sehr viele andere Bücher in meinem eigenen Laden, fast wie eine eigene Bibliothek. Mein Reich. Meine Stimmung hellte sich auf. Babs sang schön schief »Holiday« von Madonna mit und blätterte hier und da in einem der Krimis. »Schreib doch auch mal einen Krimi über dieses Haus hier, Inga, genug Stoff hättest du ja schon!«, rief sie lachend.

»Ja, ›Inga Meyer und die Brandstifter‹!« Wir fielen in albernes Gelächter ein, der Sekt tat sein Übriges. Als Max von seinen Besorgungen zurückkam, hatten wir beide einen ordentlichen Schwips, die Regale waren jedoch komplett mit Büchern bestückt und es sah alles sehr heimelig aus. Max hatte ein paar Erdbeertörtchen in Herzform aus dem Café »Le Petit« mitgebracht und öffnete die zweite Flasche Sekt, schenkte uns noch einmal ein, nahm sich selbst ein Glas und prostete uns zu. »Das ist toll geworden, Mädels! Auf die Buchhandlung. Wie nennst du sie eigentlich? Wir brauchen noch einen Namen.«

Babs schlug vor, meine Buchhandlung »Ingas Lädchen« zu nennen. Ich meinte »Bücher & Bonbons« oder vielleicht »Books & Sweets«.

Max faltete die kreuz und quer über den Boden verteilten Kartons zusammen und bündelte sie. »›Bei Hempels unterm Sofa‹ wär auch eine passende Bezeichnung!«, murmelte er, während er unsere Unordnung beseitigte. Ein Eckschrank blieb leer, in dem sollten nächste Woche die Süßigkeiten ausgestellt werden. Max begann, die gerade gekauften Strahler anzubringen. Am Abend war der Laden so gut wie fertig ausgestattet.

Als in der darauffolgenden Woche die Möbellieferungen eintrafen, schüttete es mal wieder wie aus Eimern. Die Möbelpacker sahen aus wie begossene Pudel. Aber das Biedermeiersofa und der Verkaufstisch passten sehr gut zum Ambiente. Eine große Vase mit gelben und roten Tulpen, die Max mir mitbrachte, stellte ich auf den Tisch und konnte mein Glück kaum fassen. Ein paar Leute blieben draußen vor dem Schaufenster stehen und lugten neugierig zu uns hinein. Babs half mir auch, als die Bonbons kamen, die Süßigkeiten in die Bonbonieren einzufüllen und eine schöne Schaufensterdeko zu basteln. Die Sweeties-Ecke war nun auch fertig. Von Vany und Tobi, die reinschneiten, um das Geschäft zu besichtigen, bekam ich ein paar tolle Wandbilder. Vany war Hobbyfotografin und hatte mir etliche schöne Eifelaufnahmen auf Leinwand drucken lassen. Die Wald- und Wiesenaufnahmen passten sehr gut zu den Grüntönen der Wände. Wieder ein wunderbar passendes Geschenk, das mein Geschäft vervollständigte.

Wir planten die Eröffnung und ich setzte den Termin fest: Am 6. Juni, einem Samstag, sollte die Feier starten und der erste Verkaufstag sein. Babs nahm einen Block und schrieb die Dinge auf, die wir für den Tag besorgen mussten. Drei Kartons Sekt, vier Kartons Orangensaft, einen Kasten Mineralwasser, Früh Kölsch und Biber Bier, das eine neue Euskirchener Brauerei neuerdings herstellte, Knabberzeugs und silberne Kerzenständer mit weißen Kerzen. Sie bot an, die Sachen für mich zu besorgen und so ihren Beitrag zur Einweihung zu leisten. Gute Babs! Tobi und Vany sicherten mir auch ihre Hilfe zu, Tobi würde sich mit Vany um die Gästebewirtung kümmern.

Als in der nächsten Woche die Küche geliefert und eingebaut wurde, half ich an allen Ecken, stand aber die meiste Zeit den

Arbeitern im Weg und beschloss, nach Hause zu Mikesch zu fahren und die ersten Umzugskartons zu packen. Ich begann meinen Schreibtisch auszuräumen und Briefe, Alben und andere Dinge in Kisten zu verstauen.

Dabei fiel mein Blick auf den Kaufvertrag unseres Hauses. Mir stach die zackige Unterschrift von Tillas Sohn Walter, der neben Tilla unterschrieben hatte, direkt ins Auge. Dann fiel es mir wie Schuppen von den Augen: Tilla hatte ihrem Sohn doch von den Leichenfunden erzählt. Laut ihrer Aussage hatte er sich furchtbar aufgeregt.

Ich griff nach meinem Handy und wählte Max' Handynummer. »Max, hör mal, mir ist eingefallen, dass Tillas Sohn, der Rechtsanwalt, ja auch noch von dem Leichenfund was wusste. Sag mal, könnte der nicht irgendeinen Grund haben, dass wir nichts über die früheren Bewohner des Hauses und ihrer üblen Geschichte herausfinden?«

Max schnaubte am anderen Ende der Leitung, er schien gerade etwas Schweres zu tragen. »Puh, ja, mag sein. Vielleicht möchte er seine Familienmitglieder schützen, die in den Fall verwickelt gewesen sein könnten? Aber, äh, Inga, ich lass hier gleich was fallen, können wir uns später weiter unterhalten?« Ich sponn weiter: »Ja, warte kurz. Nehmen wir mal an, er hatte Kontakt zu dem Mörder, gut, muss in seiner Kindheit gewesen sein. Und heute könnte diese Person noch als Täter entlarvt werden durch diesen unsäglichen Zufall. Was könnte passieren?«

Ich hörte, wie Max seufzend und leicht genervt das Teil auf dem Boden absetzte. »Na, nicht viel, der Mörder lebt nicht mehr, aber der Ruf der Familie und ihrer Vorfahren würde beschmutzt werden. Für einen Rechtsverdreher sicher eher unangenehm. Aber – worauf willst du hinaus?«

»Ich suche nach einer Erklärung, warum sich dieser Walter Brecht so aufregte und einen Beweis, dass er den Brand gelegt haben könnte.«

»Den Brand in unserem Haus gelegt? Ja, gut, er wusste ja von seiner Mutter, dass du auf dem Speicher Briefe und Fotos gefunden hattest, vermute ich mal. Sicher hat Tilla ihm davon erzählt.

Der Rechtsanwalt hat womöglich wirklich irgendwie seine Finger mit im Spiel.«

»Ich werde noch herausfinden, was es mit dem auf sich hat und ob der in die Sache verwickelt ist.« Ich war fest entschlossen. »Sollte er es gewesen sein, wollte er vielleicht mit dem Brand die Beweismaterialien auf dem Speicher vernichten, aber dann hat er zumindest jetzt keinen Grund mehr, unser Haus noch einmal abzufackeln. Das beruhigt mich ein wenig. Aber es wird Zeit, dass ich Tilla noch einmal aufsuche und mit ihr ein paar Dinge über ihre Familie bespreche. Ciao, Max, bis heute Abend!«

Natürlich ging ich noch am selben Nachmittag zu Tilla und befragte sie über ihre Familie.

»Was war Ihr Schwiegervater eigentlich für ein Mann?«, tastete ich mich langsam heran. Frau Brecht war heute in Plauderstimmung.

»Er war ein gütiger Mann, der sehr viel arbeitete und mich immer freundlich behandelte. Als Frank und ich heirateten, schenkte er uns zur Hochzeit die Eheringe, die er uns eigens anfertigte, er war nicht nur Geschäftsmann, sondern hatte eine Ausbildung als Goldschmied absolviert. Für mich fertigte er einmal ein Amulett an, das ich noch heute trage. Er war sehr großzügig und nahm mich gern als Schwiegertochter, obwohl ich nicht aus reichem Hause stammte. Seine Frau sah das eher mit Argwohn. Ihr konnte ich es nie recht machen. Als ich meinen Sohn erwartete, freute sich mein Schwiegervater sehr. Er war ein guter Opa und kümmerte sich rührend um Walter. Aber auch mein Sohn hatte einen Narren an ihm gefressen, die beiden verbrachten viel Zeit miteinander. Hans ging in dem Jahr in Rente, als unser Sohn Walter 1955 zur Welt kam, da brauchte er eine neue Lebensaufgabe. Er hatte kurz zuvor einen leichten Herzinfarkt erlitten und musste kürzertreten. So brachte er unserem Jungen bei, wie man angelt, ein Baumhaus baut, auf Gras pfeift und aus Schilf einen Hochsitz baut. Ich weiß das noch so genau, weil Walters Opa oft mit ihm durch die Natur lief und sie dann mit allerhand Schätzen zurückkamen. Er war es auch, der ihm zum sechsten Geburtstag ein Schlauchboot schenkte, mit dem sie dann zur Steinbachtalsperre fuhren, um darauf herumzupaddeln.«

Man merkte Tilla sofort an, dass sie ihren Schwiegervater gemocht hatte. »Er war jedoch ein ruhiger Mann, der nicht zu viele Worte machte. Und eine gewisse Melancholie lag immer über ihm. Aber mit Kindern konnte er unheimlich gut umgehen. Als er starb, war mein Sohn gerade acht Jahre alt und wie gelähmt. Walter stand ihm näher als mein Mann, der ja seinen Vater verlor. Aber das hat man ja oft, dass die engen Beziehungen sich nicht unbedingt zwischen Vater und Sohn, sondern zwischen Opa und Enkel entwickeln. Walter hätte alles für seinen Großvater getan.«

Die Worte klangen noch in meinen Ohren nach, als ich schon gegangen war.

Als ich nach Hause kam, sprach ich mit Max darüber. »Also, klar ist schon mal, dass der Rechtsanwaltsschnösel nichts auf seinen Großvater kommen lassen wollte. Und dass ihm das sehr unangenehm gewesen sein muss, als wir die Leichen im Haus seiner Familie fanden. Der dachte sicher erst einmal, sein Opa könnte der Täter sein, eine Schande für seine Familie.«

»Und du meinst, der setzt deswegen unser Haus in Brand?« Max schien daran zu zweifeln. »Der wird es auf jeden Fall abstreiten, vermutlich ist ihm nichts nachzuweisen.«

Dann zeigte Max mir Handyfotos von unserer Holzküche, die er fertig aufgebaut hatte. Sie sah unheimlich schön aus. »Bald werden wir umziehen können«, meinte Max und gab mir einen Kuss.

Kapitel 36
Anna

21. August 1939 Münstereifel am Abend

Endlich bin ich wieder zu Hause, zumindest auf Besuch. Hans holte Lena und mich heute Morgen ab und wir fuhren von Lindenthal nach Hause. Hans besprach mit mir auf dem Weg, wie ich es am besten meinen Eltern beibringen sollte, dass ich ein Baby habe.

Zunächst sollte ich einmal nicht sagen, wer der Vater ist, das wäre das Schlauste, waren wir uns einig. Ich würde sie glauben lassen, dass ich in Köln einen Mann kennengelernt hätte, der der Vater sei. Das würde die Angelegenheit vereinfachen.

Ich hoffte, sie würden sich freuen. Hans setzte mich und Lena am Jüdischen Friedhof ab, als niemand uns sehen konnte, und fuhr weiter. Lena hatte ich auf dem Arm, sie war wach und schaute aufmerksam um sich. Wir gingen durchs Johannistor in die Stadt hinunter. Ein junger Mann kam mir entgegen. Seine Art, sich zu bewegen, kam mir sofort irgendwie bekannt vor. Erst als er fast vor mir stand, erkannte ich ihn und er mich. Luka! Erst guckte er verdutzt, dann verstehend und dann hämisch. Bevor er den Mund öffnete, wusste ich bereits, dass er mich beschimpfen würde. »Aha, die jüdische Hure – hast wohl doch noch irgend einen Dummen gefunden, dem du den Kopf verdreht hast, und ihm einen Balg angedreht! Verstehe. Ein Arier wahrscheinlich?« Ich wurde rot und wollt mit Lena an ihm vorbeigehen, doch er versperrte mir den Weg und hielt mich am Arm fest, dass es mich schmerzte. »Habe ich dich nicht zuletzt abends aus dem Auto des Juweliers steigen gesehen? Die ganze Stadt spricht darüber, dass Ihr ein Verhältnis habt. Und nun der Balg! Da werde ich mir etwas einfallen lassen.« Ich schluckte, Lena wimmerte leise, die ich besorgt an mich drückte. »Dir wird in Kürze etwas zustoßen, sieht dann wie ein Unfall aus, mach dich auf etwas gefasst!« Er schubste mich mit beiden Händen von sich, so dass Lena in meinen

Armen begann, heftig zu schreien. Er spuckte auf die Straße und ging weiter.

Mit klopfendem Herzen und einer Gänsehaut ging ich langsam herab zum Markt, versuchte mich zu beruhigen und streichelte Lena beruhigend über den Rücken. Was der sich einbildet und herausnimmt, dachte ich wütend. Ich hatte furchtbare Angst vor einem erneuten Zusammentreffen. Ich versuchte, meine Angst abzuschütteln und setzte ein Lächeln auf. Dann klingelte ich an unserer Haustüre. Elias öffnete. Er starrte erst mich an, dann das Baby und rief dann ganz aufgeregt: »Maaamaa, Papaaa, wir haben Besuch!« Dann erst drückte er sich feste an mich und ich strich ihm durch die Haare. Er war sehr gewachsen und schmal geworden und auch ein bisschen blass. Ich erklärte ihm sofort, dass dies Lena, seine Nichte, sei. Er staunte nicht schlecht. Dann kam als nächstes Mama durch die Wohnzimmertür in den Flur und blieb wie erstarrt stehen. »Anna!« Mehr brachte sie nicht heraus. Dann kam sie auf mich zu, nahm mich und Lena in die Arme und sagte: »Wie schön, dich wiederzusehen. Endlich bist du wieder zu Hause! Wir haben dich ja so vermisst. Wer ist denn das? Kommt erstmal herein und setzt Euch!« Im Wohnzimmer lag Papa auf der Couch und hatte wohl gerade ein Nickerchen gemacht. Mama nahm mir das Kind ab und ich setzte mich auf einen Stuhl. »Lieber Papa, schau mal, wen ich euch mitgebracht habe. Das ist Lena, eure Enkeltochter.« Papa setzte sich mit einem Ruck auf und sein Gesicht vergess ich nicht mehr. Darin war Erstaunen, Entsetzen, Freude und Ungläubigkeit zu lesen. Auch Mama war völlig überrascht und schaute das Baby immer wieder an, als könne sie nicht glauben, dass dies ihr Enkelkind ist. »Du bist Mutter, Anna!«, stammelte sie. Lena war ganz brav und schien zu fühlen, dass sie hier hingehört.

Danach erzählte ich viel von Lindenthal und von dem angeblichen Vater der Kleinen, außerdem von meiner Freundin Anita und wollte auch alles wissen, was sich hier inzwischen zugetragen hat. Da gibt es gar keine guten Neuigkeiten. Kein einziges jüdisches Geschäft ist mehr übrig geblieben in Münstereifel, alle mussten sie an die Arier verkaufen, und das zu Spottpreisen, wie Papa aufgebracht erzählte.

Mama schlug vor, ich solle mich nun erst einmal ausruhen, sie würde uns ein gutes Mittagessen zubereiten. Elias taute auch langsam auf und erzählte, er dürfe nicht mehr zur Schule gehen. Man hätte allen Juden den Schulbesuch verboten. Der Arme. Seitdem stromert er hier den ganzen Tag in der Stadt herum, sagte Mama. Was soll er auch sonst tun? Papa berichtete von dem Sohn seines jüdischen Freundes Alfred, der in Köln Medizin studiert hatte und von heute auf morgen einfach nach Hause geschickt worden war. Der Junge darf sein Studium nicht fortsetzen, schimpfte Papa.

Aber auch wenn es eigentlich keine guten Entwicklungen und Neuigkeiten gibt, bin ich jetzt so glücklich, bei meiner Familie zu sein nach so langer Zeit.

Eben habe ich Mama Lenchen übergeben und mich ein wenig in unsere Gartenlaube gesetzt, die letzten Sonnenstrahlen genossen und den Vögeln zugehört. So ein friedvoller Ort. Ich weiß Hans ganz in meiner Nähe und ich danke Gott für unser Zusammentreffen und für Lena, die er uns schenkte.

Nun lieg ich in meinem Bett, Elias schläft ruhig, Sniffer liegt ihm zu Füßen und zuckt manchmal und seufzt, meine kleine Lena schläft neben mir und ich bin so ein glücklicher Mensch, dass ich es gar nicht in Worte fassen kann.

Auch wenn sie wissen, dass ich morgen wieder nach Lindenthal fahren werde, haben sich auch die Eltern sehr gefreut. Ich werde sie ganz sicher bald wieder besuchen.

Kapitel 37
Geständnisse

Das Telefon klingelte. Peter Schmitz hatte im Rezeptbuch von Emily Brecht einen Eintrag gefunden, der ihm interessant erschien. Wir waren zwar müde, aber ich lud ihn spontan ein, vorbeizukommen. Nachdem ich ihm den Weg zu unserer Wohnung beschrieben hatte, räumte ich schnell das Chaos auf, das ich beim Ausräumen meines Schreibtisches hinterlassen hatte. Kurze Zeit später kam unser Besuch, legte Hut und Schal ab und ich stellte Max Peter vor. Die beiden gaben sich die Hand und fanden sofort zum Du und auch wir duzten uns von nun an. Wir setzten uns ins Wohnzimmer und Peter begann besagte Stelle im Buch vorzulesen.

»Heute fand ich in der Brieftasche meines Mannes ein Foto, das diese Jüdin von nebenan zeigt. Ich bin der festen Überzeugung, dass er ein Verhältnis mit ihr hat. Eine Rechnung von einem Hotel in Maria Laach, die an Ehepaar Hans Brecht adressiert war, steckte ebenfalls in seinen Sachen. Ich war nie in Maria Laach. Er war zum besagten Zeitpunkt angeblich auf Geschäftsreise. Ich werde diesem Mistkerl die Hurereien austreiben!«

Peter hüstelte ...

»Hier schreibt sie: Ich habe meinem Bruder geschrieben und um Hilfe in Sachen Jüdin gebeten, er kann nicht aus Dresden weg und rät mir, mich mit meinem Mann auszusprechen. Ich werde den Kerl nicht auf Knien anflehen, diese Beziehung aufzugeben. Ich werde nicht abwarten, ich werde mein Schicksal selbst in die Hand nehmen. Die alte Olga wird mir helfen können. Diese besuche ich morgen.«

Die alte Olga war in der Stadt bekannt als Kräuterweib. Sie half als Hebamme auch bei Geburten und den Schwangeren bei Übelkeit und Erbrechen, erklärte uns Peter.

Der letzte Eintrag im Tagebuch war unter dem Tag 22.08.1939 vermerkt.

»Es ist vollbracht. Die Hure und ihr Kind sind tot. Ich fahre nun mit den Kindern nach Rügen, mein Mann, der hoffentlich wieder zu Sinnen kommt, kümmert sich um die beiden Leichen.«

Wir starrten uns an. Das war ein Schuldeingeständnis. Für die Polizei ein eindeutiger Hinweis. Ich musste nur Christopher anrufen.

Es war zwar schon spät am Abend, aber er hatte ja versichert, ich könne ihn auch nachts anrufen. So klingelte ich eine Zeit lang bei ihm durch, bis eine verschlafene Stimme sich meldete. »Ja?«

»Hallo Christopher, hier ist Inga. Ich hab einen Beweis dafür, wer den Mord begangen hat. Es war die Emily Brecht. Wir haben ein Tagebuch von ihr gefunden. Sie hat darin alles gestanden.«

Christopher war wohl sehr überrascht, schien sich zu sammeln und wach zu werden und sagte dann: »Ah.« Stille. »Gut, ich komme morgen vorbei und wir besprechen das. Danke dir. Gute Nacht dann!«, und er legte auf.

»Der dachte jetzt sicher, ich spinne!« Max und Peter lachten.

»Was mich nur wundert, ist, dass sich die Eltern von Anna Katz nicht über das Verschwinden ihrer Tochter und ihres Enkelkindes gewundert haben. Ob die Eltern Katz nicht mehr hier wohnten? Oder ob sie einfach davon ausgingen, dass ihre Tochter in Lindenthal lebte und dort blieb? Es muss doch irgendein Kontakt bestanden haben? Und fraglich ist auch, ob sie von der Schwangerschaft ihrer Tochter Anna wussten und von der Entbindung. Sie müssen doch Fragen gestellt haben hinsichtlich des Kindsvaters?«, überlegte Peter laut.

Daran hatte ich noch gar keinen Gedanken verschwendet.

»Mag sein, dass sie nichts von der Schwangerschaft gewusst hatten. Wenn jedoch die Eltern umgezogen oder gar deportiert und in einem Konzentrationslager umgebracht worden waren, müssten sie auf einer Gedenktafel oder in irgendwelchen Schriften erwähnt worden sein«, meinte er.

Mir kam sofort der jüdische Friedhof am Hotel Dachsbau in den Kopf, auf dem früher die Juden beigesetzt worden waren, und ich beschloss, dort einmal hinzufahren und mir die Grabsteine anzuschauen. Zunächst aber verabschiedete sich Peter, der nach Hause wollte, und dem wir herzlich für seine Mühe dankten.

Am nächsten Morgen parkte ich auf dem Platz vor dem Friedhof, der durch einen grünen Stahlzaun eingezäunt war. Das Tor ließ sich öffnen, ich trat ein. Erst schritt ich etwas ziellos zwischen den Grabsteinen umher, die sehr alt waren. Einige der Verstorbenen waren bereits im 19. Jahrhundert beerdigt worden, die Grabsteine enthielten hebräische und auch zum Teil deutsche Aufschriften. Jedoch fand ich nirgends den Namen Katz, zumindest nicht auf den für mich lesbaren Grabsteinen.

Was mir auffiel, war, dass die Grabsteine vorne standen und das Grab mit der Einfassung jeweils hinter dem Grabstein angelegt war, ganz anders als bei unseren Friedhöfen. Auch lagen Steine auf einigen Grabsteinen. Der Wind bewegte die Äste der alten Bäume, die zwischen den Gräbern standen, leicht und hinterließ ein Sausen in meinen Ohren. Kein Mensch war weit und breit zu sehen. Nur die Geräusche der Umgehungsstraße waren zu hören. Als ich wieder zum Eingangsbereich kam, fiel mir eine große Steintafel auf. Dort waren die Namen der jüdischen Bürger Bad Münstereifels eingraviert, die durch die Nationalsozialisten umgebracht worden waren. Der Wortlaut war: »Aus dem Staube erhebt er den Erniedrigten« Ps. 113,7

Neben einigen anderen Namen fand ich die Einträge:

Katz Johann, geb. 23.3.1889 dep. 1942

Katz Elisabeth, geb. 24.2.1892 dep. 1942

Katz Anna, geb. 14.11.1914 dep. 1942

Darunter las ich die Aufschrift »Gewidmet dem Andenken der unter dem nationalsozialistischen Regime in den Tod deportierten jüdischen Mitbürger der Stadt Bad Münstereifel.«

Nun wurde mir klar, warum Anna Katz' Tod nicht bemerkt oder zumindest nicht im Nachhinein nach ihr gesucht worden war. Man hatte angenommen, dass sie wie ihre Eltern 1942 deportiert worden war und im Konzentrationslager den Tod gefunden haben musste. Dabei war sie längst von Emily Brecht ermordet worden.

Am folgenden Tag schlug ich beim Frühstück den Kölner Stadtanzeiger auf und überflog ein paar Überschriften. Ich schaute mir die Sportnews an, las etwas über eine neue KiTa und über einen Feuerwehreinsatz. Mein Blick fiel auf die Todesanzeigen, dann auch auf die Jubilare. Ein großformatiges Foto zeigte eine weißhaarige Dame mit Adlernase und Blumenstrauß.

Ein Name sprang mir ins Auge. Die Seniorin wurde im Altenheim Köln vom stellvertretenden Bürgermeister besucht, ihr wurde zu ihrem 105. Geburtstag am 20. Mai ein Strauß Blumen überreicht.

Mir fiel die Tasse aus der Hand. Der heiße Kaffee lief mir über die Füße. Ich schrie vor Schmerz und Überraschung auf. Die Aufnahme zeigte eine alte runzlige Frau. Emily Brecht.

Kapitel 38
Das Urteil

Tilla Brecht, Max und ich betraten den Sitzungssaal. Frau Emily Brecht wurde von zwei Beamten hereingeführt. Die Stimmung war angespannt. Emily gab den Mord sofort zu und gestand ohne Reue, dass sie es nicht ertragen hatte, sich von dieser Jüdin den Mann ausspannen zu lassen.

Emily sprach trotz ihres Alters mit einer lauten harten Stimme: »Ich hasste Anna Katz, die mir meinen Mann weggenommen hat! Am 22. August 1939 habe ich nach der Tat Champagner getrunken. Über jeden elenden Juden, der im Krieg vergast wurde, habe ich mich gefreut und hasse auch heute noch alle Juden. Sie brachten nur Unheil über uns.«

Ihr Hass war so stark wie vor beinahe 80 Jahren. Zum genaueren Tathergang machte sie folgende Angaben:

»Ich bat meinen Bruder Reinhold, die Jüdin umzubringen, der aber lehnte das ab und bat mich, Ruhe zu bewahren. Ich sollte meinen Mann auf die Affäre ansprechen und ihn bitten, diese Treffen zu unterlassen. Natürlich war das eine naive Idee von ihm. Dieser Feigling weigerte sich, mir zu helfen. Nach einem großen Disput habe ich den Kontakt zu ihm abgebrochen. Ich wusste mir keinen anderen Rat, als selbst die Sache in die Hand zu nehmen, als ich erfuhr, dass die Hure wieder zurück war und sogar ein Kind bei sich hatte, das augenscheinlich Hans wie aus dem Gesicht geschnitten war. Um diesen Skandal zu umgehen und meinen Mann auf den rechten Weg zurückzuführen, besuchte ich eine Kräuterfrau im Ort. Sie verstand mich und gab mir eine kurze Anleitung, wie ich einen Gifttrank aus konzentriertem Eisenhutsaft selbst herstellen konnte. Ich ging ins Schleidtal und sammelte mit Handschuhen Eisenhut. Ich brühte nach Anleitung der Alten einen Trank. Ich musste dafür sorgen, dass die Jüdin und der Balg einen Schluck davon tränken, der Tod würde in Kürze durch Herzstillstand eintreten. Da die Jüdin mich kannte, musste ich einen Boten zu ihr schicken. Am Unverfänglichsten war unser ältester Sohn Frank, der damals etwa vier Jahre alt war. Ich schickte ihn mit einem Korb los, den er in die Laube der Juden stellen sollte. Hineingelegt war eine Karte, der ich den Anschein gab, als hätte sie mein Mann geschrieben. »Für Anna. In Liebe, Dein Hans« schrieb ich darauf und fälschte seine Handschrift, was mir nicht schwerfiel.

Frank kam freudenstrahlend zurück und hatte den Korb in der Laube auf der Bank hinterlassen, wie ich es ihm aufgetragen hatte. Danach musste ich nur noch die Laube beobachten. Die Hure aß von den Lebensmitteln aus dem Korb und trank vom Traubensaft, den ich mit Eisenhut verschönert hatte. Der Balg trank auch gierig davon, mein Plan ging auf.« Die Alte lachte hämisch. Alle Anwesenden erstarrten bei diesem Geständnis. Es gab kein Bedauern in der Stimme der Emily Brecht.

Die Alte fuhr fort: »Nach dem qualvollen Tod beider gab ich meinem Mann Bescheid, er möge seine Geliebte und seinen Balg nun verschwinden lassen. Mein Ehemann fürchtete einen Skandal und war gezwungen, Stillschweigen zu bewahren. Er trug die Leichen weinend aus der Laube der Juden durch den Hintereingang in unser Haus. Hans schloss unser Geschäft für ein paar Tage und schickte mich und die Kinder in Urlaub nach Rügen. Wir stiegen noch am selben Abend in den Zug. Er schloss das Geschäft wegen Renovierung. Als wir weg waren, ließ er die Leichen verschwinden. Ich wusste nicht, wohin er sie gebracht hatte. Erst als mein Enkelsohn Walter, der mich öfter besuchte, von den Skeletten erzählte, konnte ich mir denken, um wen es sich da handelt. Ihre Gebeine lagen all die Jahre in unserem Haus, ohne dass ich es gewusst habe.«

Im Gerichtssaal herrschte Totenstille. Des Weiteren erfuhren die Anwesenden, dass ihr Mann innerhalb weniger Wochen nach dem Vorfall komplett ergraute. Da er Anna und Lena geliebt hatte, es aber nun niemandem mehr nützte, wenn er seine Frau belastete, litt er Jahre seines Lebens unter dem Wissen, dass seine Liebsten so grausam getötet wurden und er noch dazu beigetragen hatte, sie verschwinden zu lassen. Emily drohte, ihn wegen seiner Beziehung zur Jüdin für seine Rassenschande anzuklagen und hatte ihn fortan in der Hand. Seine Frau verachtete und hasste er von diesem Zeitpunkt an und behandelte sie mit Kälte und Ablehnung. Hans Brecht grämte sich sein Leben lang, sie blieben jedoch verheiratet, bis er im Alter von nur 63 Jahren einen frühen Tod starb. Den Harfenschlüssel der Laube legte er in seinen Schreibtisch und betrat sie nie mehr. Sie war der Todesort seiner Lieben.

Frau Brecht fuhr fort: »Dieses Foto hier habe ich all die Jahre aufbewahrt. Mein närrischer Mann trug es bis zu seinem Tod in einem geheimen Fach in seinem Portemonnaie bei sich. Ich habe es erst später gefunden. Ein Foto dieser Hure.« Der Staatsanwalt nahm das Foto entgegen. Nach einem Blick darauf, der tiefes Mitleid spiegelte, gab er es Tilla Brecht, die unter Tränen blind im Gerichtssaal saß und das Foto an sich nahm. Sie hatte die ganze Zeit gewusst, dass Emily noch lebte, es aber als belanglos erachtet und daher nicht erwähnt. Sie hätte sie niemals mit einem Mord in Verbindung gebracht.

Emily sprach weiter: »Nur neun Tage nach meiner Tat brach der Zweite Weltkrieg aus. Wir reisten zurück nach Münstereifel, was zwei Tage dauerte.«

Nachdem das Gerichtsurteil gesprochen war und Emily Brecht im Alter von 105 Jahren zwar wegen doppeltem Mord verurteilt, aber aufgrund ihres fortgeschrittenen Alters als haftunfähig erklärt wurde, verließen Tilla Brecht und ich den Gerichtssaal wie betäubt. Tilla gab mir das Foto mit den Worten: »Hier, nimm es, du hast bewirkt, dass der Fall immerhin noch aufgeklärt wurde und diese Person vor Gericht gestanden hat. Meine Schwiegermutter ist eine Mörderin! Unglaublich ...«

Ich schluckte und blickte auf das kleine Schwarzweißfoto mit dem weißen Zickzackrand. Eine junge Frau lächelte mich an.

Kapitel 39
Die letzte Ruhe

Die Gebeine von Anna Katz und Lena wurden ein paar Wochen später von der Gerichtsmedizin freigegeben und in unserem Beisein auf dem Judenfriedhof in Münstereifel von einem Rabbi aus Köln unter den hohen Bäumen bestattet. Ihren Grabstein suchten Max und ich gemeinsam aus.

Die Inschrift lautete:

Der Tod bedeutet nichts –
er zählt nicht.
Wir sind nur nach nebenan gegangen –
Nichts ist geschehen.
Alles bleibt genau, wie es war.
Wir warten nur auf Dich,
gleich um die Ecke
für eine kleine Weile.

Anna Katz	*Lena Katz*
**14.11.1914*	**11.01.1939*
†22.08.1939	*†22.08.1939*

Ruhet in Frieden.

Sie mussten nur 24 Jahre auf ihn warten.

Kapitel 40
Aufklärung

Am Morgen klingelte das Telefon. Ich hob ab und es meldete sich mein Freund von der Polizei, Christopher Lepert. Er kam sofort zum Punkt. »Du wirst es nicht glauben, ein ziemlich schräger Vogel hat uns angerufen, ein Mann, der behauptete, der Brandstifter zu sein.«

»Was?! Soll das ein Scherz sein?« Ich konnte es nicht fassen.

»Nein, er rief zunächst bei uns auf der Wache an, redete ein wenig um den heißen Brei herum. Er wüsste, wer zuletzt den Brand in dem Fachwerkhaus in Münstereifel gelegt habe. Wir luden ihn zu einem Gespräch ein. Dabei rückte er Stück für Stück mit der Wahrheit heraus.«

»Welche Wahrheit?«

»Nun, er sagte, jetzt, da diese Verwandte von dem Rechtsverdreher Brecht als Mörderin entlarvt worden sei, wolle er auf keinen Fall die Familie weiter schützen. Brecht hätte ihm einmal aus einer heiklen Situation herausgeholfen. Der Kerl meinte, das wäre Jahre her, aber der Anwalt Brecht sei vor ein paar Monaten zu ihm gekommen und habe ihn unter Druck gesetzt. Brecht behauptete, der Kautz wäre ihm noch einen Gefallen schuldig, außerdem würde er für diese kleine Gefälligkeit gut entlohnt werden. Brecht muss ihm zunächst 20.000 Euro angeboten haben, um gezielt ein Feuer zu legen.

Der Rechtsverdreher, wie der Geständige Brecht junior nannte, hatte versichert, dass niemand im Haus sei, da das Haus noch renoviert werden müsse, und dass außer ein paar alten Sachen nichts zu Schaden kommen würde. Als der Mann nicht darauf eingehen wollte, hat Brecht ihm das Doppelte geboten. Für diese Summe hat er dann das Feuer gelegt. Er wollte ein Geständnis ablegen, meinte der Kerl, betonte aber, dass er erpresst worden wäre.«

»Das ist unfassbar. Dann haben wir jetzt was gegen den jungen Brecht in der Hand!«

»Ja, das Verfahren gegen ihn ist eingeleitet. Ich denke, der wird seinen Job nicht mehr länger ausüben!«

Ich konnte es kaum glauben und rief Max, der sich im oberen Stockwerk aufhielt.

»Am Ende kommt alles ans Licht!«, meinte er. »Nur wird das Frau Brecht furchtbar aufregen.«

Kapitel 41
Ein Blick in die Vergangenheit

»Max, lass mal deine Beziehungen spielen. Ich möchte das ehemalige Wohnhaus der Familie Katz einmal ansehen. Du kennst doch diesen Herrn Betz gut? Kannst du nicht mal fragen, ob er uns sein Haus zeigt ...?«, bat ich Max an einem Sonntagmorgen, als wir zum ersten Mal in unserem eigenen Haus im Bett erwachten. Ich konnte von unserem Fenster direkt in den Hinterhof dieses Hauses schauen, von dem ich wusste, dass Anna Katz dort einige Zeit mit ihrer Familie gelebt hatte, nachdem sie damals unser jetziges Haus verlassen mussten. Max streckte sich und gähnte. »Du hast ja wieder Ideen, man hat die Augen noch nicht ganz auf, schon fällt dir wieder was Neues ein. Aber gut, den Betz kann ich mal fragen, den sehe ich sogar morgen in der Schulausschusssitzung. Was soll ich ihm denn sagen? Dass du mal sein Haus besichtigen möchtest?« Max grinste.

»Nein, das geht natürlich nicht. Mensch, lass dir mal was einfallen.« Ich sprang aus dem Bett, die Sonne schien und ich war endlich wieder die Alte. Ich lief im Bademantel hinunter in den Laden, um zu schauen, ob ich nicht alles geträumt hatte.

Tillas Sohn Walter gestand während der Vernehmung, dass er der Anstifter für den Brand unseres Hauses war. Die anderen Delikte waren ihm nicht nachzuweisen, jedoch würde er für seine Tat büßen müssen. Das Gerichtsverfahren gegen ihn lief. Er würde vermutlich nie mehr als Anwalt arbeiten dürfen.

Unser Haus war nun fix und fertig, die Eröffnung meines Ladens Anfang Juni war ein voller Erfolg gewesen. Endlich berichtete die Presse einmal etwas Positives über unser neues Heim. Ich hörte oben in der Küche Max mit dem Geschirr klappern und lief wieder die Treppe hinauf. Wir frühstückten in unserer neuen Küche und genossen dann den Sonntag zu Hause.

Am Montagabend kam Max aus der Ausschutzsitzung nach Hause und meinte: »Wir haben eine Einladung bei Familie Betz zum Kaffee am Sonntag. Sie haben Nachwuchs bekommen und ich habe mich nur nach dem Baby erkundigt, da hatte er uns schon eingeladen. Wir sollten mal den Kleinen gucken kommen, meinte er. Also besorg was fürs Baby und dann kannst du dich Sonntag umsehen.«

»Dich kann man wirklich losschicken!«, meinte ich und drückte ihn.

Wir klingelten am Sonntag bei Betz' und wurden freudig hineingebeten. Das Haus war zwar klein, aber geschmackvoll eingerichtet, im Flur führte eine Treppe hinauf. Herr Betz rief seine Frau, die mit dem Baby herabkam und uns freundlich begrüßte. Senta, die mir auf Anhieb sympathisch war, bat uns ins Esszimmer, in dem der Tisch mit Kaffee und Kuchen für uns gedeckt war. Der Kollege meines Mannes, Herbert, sprach uns sofort auf die Gerichtsverhandlung an. Mir schien, er fragte nicht nur aus Höflichkeit, sondern aus echtem Interesse. Max begann über den Fall Brecht und die Vorfälle der letzten Monate zu berichten. Senta unterbrach Max, als er über die Enteignung der Familie Katz und den Umzug in das Haus der Betz' sprach. »Dann hat Anna Katz in unserem Haus gelebt?«

»Ja«, entgegnete ich und erzählte bis zum Gerichtsbeschluss alles, was mir wichtig erschien. Nach dem Essen bat ich die Hausherrin, mir den Weg zum Bad zu zeigen.

»Die Treppe herauf und oben rechts die erste Tür«, sagte sie.

Als ich die Stufen hinaufging, blieb ich am Treppenabsatz stehen. Im Treppenhaus hing ein Ölgemälde in goldenem Rahmen. Es blickte mich eine Frau an, die ein rotes Kleid trug. Sie hatte grüne Augen, schwarze Locken und ein Grübchen in der Wange. Ihr Lächeln bewirkte bei mir eine Gänsehaut, die Nackenhärchen stellten sich mir hoch. Ich war wie erstarrt. Die Frau aus meinen Träumen in Farbe auf Leinwand. Sie war auf dem Gemälde ein wenig jünger als auf den Schwarzweißfotos, die ich gefunden hatte. Ich ging langsam die letzten Stufen der Treppe hinauf und stützte mich aufs Geländer. Das Gemälde war vermutlich von den Nachbesitzern aufbewahrt worden. Ob Betz' wussten, wer die Frau war? Im Bad ließ ich kaltes Wasser über meine Arme laufen und kühlte das Gesicht. Dann ging ich wieder die Treppe herab.

Als ich wieder das Esszimmer betrat, schaute Max mich an und unterbrach sein Reden. »Was ist los, Inga?« Ich muss wohl blass gewesen sein. »Dort oben an der Treppe hängt ein Gemälde, wisst Ihr, wer darauf abgebildet ist?« Senta und Herbert verneinten. »Das Bild hing schon dort, als wir das Haus kauften, wir fanden es schön und ließen es dort.«

»Es ist Anna Katz.« Schweigen. Senta legte die Gabel neben ihren Teller und stand auf. »Ich finde das...unglaublich.« Max wollte das Gemälde sehen und wir gingen hinauf. Anna schaute uns an, als würde sie sagen: »Das habt Ihr nicht gedacht?«

»Wie ungewöhnlich, dass sie gemalt wurde!«, bemerkte Herbert. »Vielleicht gab es einen Maler in der Familie, es ist eher ungewöhnlich, dass sich jemand damals malen ließ, oder?« Ich nickte.

Da es ein schöner warmer Junitag war, gingen wir anschließend hinaus in den Garten. Dort gab es ein Labyrinth aus Grasflächen und Steinen, das wunderschön aussah. Am Rand befand sich eine Laube aus Stahl, die einem Vogelkäfig glich. Innen war eine runde Bank angebracht, auf der man Platz nehmen konnte. Rote Rosen rankten an den Seitenwänden empor und verströmten einen süßen Geruch. Voller Staunen glitten meine Hände über das kalte Stahlgitter der Tür. »Das ist ja wunderschön hier!«

»Der Pavillon lässt sich aufschließen, möchten Sie einmal hineinschauen?«, bot Herr Betz uns an. Ich nickte. Er ließ Max und mich hinein und wir nahmen auf der Holzbank Platz. Die Sonne wärmte schon jetzt ein wenig. Anna Katz muss hier oft gesessen haben, als sie hier gewohnt hat, dachte ich. Anna ... mein Blick fiel auf die geöffnete Tür. Der Schlüssel, der darin steckte, glich meinem gefundenen Schlüssel genau. Er besaß ebenso ein Harfenornament am Ring.

Mir wurde bewusst, dass hier Anna und ihr Kind die letzten Minuten ihres Lebens verbracht haben mussten.

Als das Baby unserer Bekannten quengelig wurde und gefüttert werden musste, verabschiedeten wir uns von Familie Betz und gingen nach Hause. Max ließ sich aufs Sofa fallen, seine Sneakers ließ er auf den Boden fallen. »Du weißt, was in diesem Pavillon passiert ist?«, begann ich. »Mein Schlüssel war der Zweitschlüssel, der gleiche, mit dem Herr Betz aufschloss.

»Ja, das ist mir auch gleich aufgefallen.«

»Es ist so ein friedlicher Ort und man kann gar nicht glauben, dass ...«

Die Türklingel läutete, die ich noch immer nicht durch eine andere ersetzt hatte. Ihr Geräusch ließ mich vor Schreck zusammenzucken. Ich ging die Treppe hinunter und öffnete.

Ein alter Mann stand vor mir und blickte mich erwartungsvoll an. »Guten Tag. Sind Sie Frau Inga Meyer?«, fragte er mich. Er war ganz sicher kein Vertreter, auch nicht von den Zeugen Jehovas, die schicken nicht so alte Leute und kommen immer zu zweit, fuhr es mir durch den Kopf. Ich sagte: »Ja, die bin ich.«

Mein Blick musste mal wieder meine ganzen Gedanken widergespiegelt haben, denn er sagte: »Es muss Sie sehr überraschen, dass ich Sie aufsuche, aber würden Sie ein paar Minuten Zeit für mich haben? Es gibt eine wichtige Sache, über die ich mit Ihnen reden möchte.«

Max erschien hinter mir und bat ihn herein. Der Mann mochte an die 90 Jahre alt sein, zumindest weit über 80. Sein Gesicht war runzlig und sein Haar schlohweiß. Ich ließ ihn gleich unten im Laden in der Sitzecke Platz nehmen, um ihm den beschwerlichen Weg die Treppe hinauf zu ersparen. Max bot ihm ein Glas Wasser an.

Wir blickten ihn neugierig an. »Mein Name ist Elias. Elias Katz.« Seine wasserblauen Augen schauten mich eindringlich an. Eine Gänsehaut überzog meine Arme, noch bevor ich die volle Bedeutung des Satzes richtig verstanden hatte.

»Ich bin der Bruder von Anna und habe die ersten Jahre meiner Kindheit in diesem Haus verbracht. Es waren glückliche Jahre, bis Hitler an die Macht kam. Sie werden sich sicher wundern, dass ich Sie gefunden habe. In der Zeitung habe ich gelesen, dass Sie den Mord an meiner Schwester aufgeklärt haben. Ich möchte Ihnen danken, dass Sie die Mörderin gefunden haben. Ich habe den Holocaust überlebt, da mich Hans Brecht geschützt hat. Er schickte mich nach England, von wo aus ich später nach Israel fliehen konnte. Dort hatte er Kontakte zu einer Familie, die mich aufnahm, da ich niemanden mehr hatte außer meinem Hund, den ich schweren Herzens bei Herrn Brecht zurücklassen musste. Ich habe nie erfahren, warum meine Schwester und das Baby plötzlich verschwunden waren. Der Krieg brach aus. Niemand kümmerte sich darum, man nahm an, sie wäre nach Lindenthal zurückgefahren und später deportiert worden. Ich habe lange Zeit versucht, Anna und ihr Kind ausfindig zu machen. Aber das ist eine lange Geschichte, die ein ganzes Buch füllen würde. Ich bin hier, um Ihnen danke zu sagen, und Ihnen das Einzige, was mir von Anna blieb, zu schenken.«

Zitternd griff er in seine Tasche und gab mir ein lindgrünes Buch.

Es war Annas Tagebuch.

Kapitel 42
Alte Liebe

Wir sprachen noch eine Weile mit Elias Katz, der sich dann verabschiedete. Wir luden ihn ein, am nächsten Tag wiederzukommen.

Ich las das Tagebuch während der Nachtstunden, konnte es nicht weglegen. Es war mir, als hätte ich diese Menschen selbst gekannt, so lebendig schrieb Anna. Sehr spät erst löschte ich das Licht und schlief ein.

Am Tag danach klingelte Herr Katz zur vereinbarten Zeit an unserer Haustür.

Ich hatte Kaffee und Kuchen vorbereitet und lud ihn ein, Platz zu nehmen. Elias erzählte von seinem Leben in Israel, von seiner Frau, die vor einem Jahr verstarb, und seinen beiden Söhnen.

Nach der Pogromnacht 1938, als sich die Lage für Juden immer mehr zuspitzte, entschied Hans Brecht, dass er Elias Katz schützen müsse. Er hörte von den Plänen der englischen Regierung, eine große Zahl jüdischer Flüchtlinge aufzunehmen. Brecht erkundigte sich bei seinem Freund Erich Klibansky, der in Köln unterrichtete, nach einem möglichen Kindertransport nach England. Klibansky war Lehrer und Rektor am Kölner Jawne, dem einzigen Realgymnasium im Rheinland. Er wollte so viele seiner jüdischen Schüler retten wie möglich. Hans Brecht erläuterte ihm, dass er Elias ebenfalls retten möchte und besprach die Möglichkeit mit den Eltern von Elias. Nur Kinder durften kommen, die Eltern mussten in Deutschland zurückbleiben. Viele englische Familien waren bereit, jüdische Kinder in ihren Familien aufzunehmen oder spendeten Geld für die Flüchtlinge. Dr. Klibansky informierte kurz darauf Hans Brecht über eine geplante Abreise in zwei Tagen. Der Zug sollte in Köln abfahren. Klibansky würde seine Schüler mit jedem Zug nach England begleiten.

Elias wurde zwei Tage vorher darüber informiert. Er durfte keine Spielsachen von zu Hause mitbringen, nur ein Foto seiner Familie. Das Tagebuch seiner Schwester Anna, das er unter ihrem Kopfkissen nach ihrem Verschwinden gefunden hatte, schmuggelte er ebenfalls unbemerkt zwischen seiner Kleidung mit. Seine Eltern hatten Herrn Brechts Vorschlag schweren Herzens zugestimmt. Sie wussten, dass Elias in Münstereifel nicht mehr sicher leben konnte. Als sie ihn in den Zug setzten, waren sie einerseits erleichtert über seine Chance auf ein sicheres Leben, andererseits bedeutete es, das eigene Kind in die Ungewissheit ziehen zu lassen. Der Abschied war schrecklich. Seinen Eltern und seinem Hund Sniffer Lebewohl sagen zu müssen, die er vielleicht nie mehr würde wiedersehen, war für Elias fast nicht zu ertragen.

Auf der Reise über Holland und anschließend mit dem Schiff nach England weinte Elias viel und vermisste seine Eltern. Auch war ungewiss, ob alle jüdischen Kinder eine Familie finden würden, in der sie aufgenommen werden konnten. Zunächst wurden die Flüchtlinge in Lagern untergebracht. Er hatte Glück. Ein älteres kinderloses Ehepaar nahm ihn und ein weiteres jüdisches Mädchen bei sich auf. Sie hatten einen Bauernhof in einer sehr ländlichen Gegend in Sussex, Elias flüchtete sich zu den Tieren und begann nach einigen Monaten, sein Heimweh etwas abzulegen und sich einigermaßen wohlzufühlen. Die Pflegeeltern Lis und Richard waren gute Menschen und behandelten das Mädchen Juliane und Elias wie eigene Kinder. Mit der Sprache war es auch nicht einfach. Anfangs verstand Elias kein einziges Wort Englisch. Man verständigte sich mit Händen und Füßen. Aber allmählich erlernte auch er die englische Sprache und besuchte eine Schule in der Nähe. Mit Juliane, die in Köln ihre Familie zurücklassen musste, hatte er einen innigen Bund geschlossen. Sie sprachen oft von Deutschland und ihren Erlebnissen.

Elias stand anfangs in Briefkontakt zu seinen Eltern und Hans Brecht. Er konnte immerhin mitteilen, dass er es in der Familie gut angetroffen hatte. Später wurde die Situation jedoch schlechter. Es wurde keine Post mehr nach Deutschland transportiert.

Brechts Freund Klibansky wurde am 20. Juli 1942 mit seiner Familie und einigen seiner Schüler nach Minsk abtransportiert und ermordet. Er hätte nach England ausreisen dürfen, blieb jedoch.

Der Alte fuhr fort: »Nach dem Krieg reiste ich mit dem Schiff nach Israel, lernte eine hübsche, kluge Frau kennen. Wir heirateten und gründeten eine Familie. Erst als mein Sohn, der Geschichte studierte, nachzuforschen begann, wo seine Wurzeln liegen, kamen die Gedanken an Deutschland zurück. Mein Sohn wollte über meine Heimatstadt mehr erfahren, ich nannte ihm den Namen und er reiste einfach hin. Er forderte mich auf, mit ihm nach Münstereifel zu kommen. Es war mir zu diesem Zeitpunkt nicht möglich. Ich wollte diese Wunden nicht wieder aufreißen. Mich nicht erinnern. Dann jedoch geschah etwas Merkwürdiges.« Er machte eine längere Pause, als müsse er den Faden wiederfinden und seine Gedanken ordnen. »Ben rief mich aus der Eifel an. Er sagte, er hätte in Münstereifel ein Zimmer genommen und wohne dort seit drei Tagen. Heute sei ihm auf der Werther Straße eine alte Frau begegnet. Sie hat ihn ungläubig angesehen, wäre langsam nähergekommen, und habe dann die Einkaufstaschen fallen gelassen und sich bekreuzigt. Sie hat ihn wie erstarrt angeschaut und »ELIAS! Elias!« hervorgebracht! Ben hob ihre Einkäufe, die über die Straße rollten, auf, die Eier waren zerbrochen. Die Alte zitterte. Er stellte sich dann kurz vor. »Mein Name ist Ben Katz. Sie kennen meinen Vater?« Sie hat genickt und ihn gebeten, ihr noch einmal seinen Namen zu nennen. Ben hielt sie am Arm, da sie am ganzen Körper zitterte. »Sie sehen ihm so ähnlich. Ich dachte gerade, er ...« Ihre Stimme brach ab. Ihr Gesicht war runzlig, die weißen Haare hatte sie zu einem Dutt hochgesteckt und mit einem schwarzen Haarnetz gebändigt. Ihre Kleidung war dunkelblau, ein Strickjäckchen, ein karierter Rock, sie war gut gekleidet, beschrieb er sie mir. Ben musterte sie genau. Eine hübsche Frau muss sie gewesen sein, als sie jünger war, urteilte mein Sohn richtig. Dann brach sie hervor: »Lebt er noch?« Und Ben lächelte und sagte: »Ja, er ist bei guter Gesundheit und lebt in Israel.«

»Israel!« Das war alles, was sie sagen konnte. »Und Sie sind sein Sohn?« Sie konnte es kaum glauben. »Sie sehen ihm zum Verwechseln ähnlich.«

Ich fragte Ben sofort, wer denn diese alte Dame gewesen sei. Und er erwiderte, ihr Name sei Lucia.

Mir war sofort klar, wer Lucia war. Mir fielen die Eheringe aus Alufolie aus Annas Tagebuch ein, Elias und Lucia hatten als Kinder »geheiratet«. Gänsehaut überzog meinen ganzen Körper. »Welch ein … Zufall! Das ist…das war Ihre Freundin aus Kinderjahren?«

Elias blickte auf und ich sah ein helles Blitzen in seinen blauen Augen. Ein Grübchen bildete sich auf seiner faltigen Wange. »Oh ja, das war meine allerbeste Freundin, die kleine Schwester von Annas Freundin Christa. Mein Sohn war selbstverständlich irritiert über die Reaktion der Frau. Er hat sie gebeten, mit ihm in der Fußgängerzone auf einer Bank Platz zu nehmen und hat ihr zunächst erklärt, warum er nach Bad Münstereifel gekommen ist und so gut Deutsch sprechen würde. Er ist nämlich zweisprachig aufgewachsen. Da beruhigte sich die alte Dame langsam. Sie begann zu erzählen, dass sie nicht mehr geglaubt hätte, dass es Elias geschafft hätte zu überleben. Es hat damals vor meiner Abreise nach England keine Verabschiedung mehr geben können, ich habe nur noch einen schnell aufgeschriebenen Zettel für sie weitergeben können, auf dem stand: ›Lebe wohl. Wenn wir uns wiedersehen, werde ich dich nie mehr verlassen, ich versprech's dir. Passe auf dich auf, Dein Elias.‹«

Nun stiegen auch Max die Tränen in die Augen. Wir schauten uns betroffen an.

»Dann hat Ben mir die ganze Geschichte erzählt und gesagt: ›Papa, du hast jetzt die Möglichkeit, dich in den Flieger zu setzen und deine liebe Schulfreundin wiederzusehen. Du bist noch gesund und in der Lage, zu reisen. Diese alte Dame hat mich gebeten, dir auszurichten, dass sie dich sehr gerne noch einmal wiedersehen würde und lässt dir herzliche Grüße ausrichten.‹ Was sollte ich tun? Ich musste mich auf den Weg begeben.«

Elias Katz hatte eigentlich genug von Deutschland, es hatte ihm kein Glück gebracht. Seine Familie war zerstört worden, seine Eltern wurden deportiert von den Nazis, seine Schwester und ihr Kind waren verschollen.

Dass sein Freund und Retter Hans Brecht längst gestorben war, hatte er durch eine Sterbeanzeige erfahren, die ihm nach Israel gesendet wurde. Eine Verwandte von Familie Isay, die nicht jüdisch war und von Hans Brecht eingeweiht worden war, hatte als Einzige die Adresse des jungen Elias erhalten. Brecht hatte sie angewiesen, dass sie ihn informieren solle, sollte ihm jemals etwas zustoßen.

»Das Schlimmste ist nicht etwa, wenn man erfährt, dass ein geliebter Mensch sterben musste. Das Schlimmste ist in der Tat, wenn man nicht weiß, ob derjenige noch lebt oder nicht oder wo er sich aufhält. Ich habe irgendwann aufgehört, nach meiner Schwester Anna zu suchen. Das Tagebuch war das Einzige, das mit geblieben ist von ihr, aber es gab mir keine Antwort auf meine Frage.« Der alte Mann hatte tiefe Furchen im Gesicht, das vom Leben gezeichnet war.

»Irgendwann habe ich entschieden, dass ich nur überleben kann, wenn ich aufhöre, weiter in der Vergangenheit zu leben. Ich habe mich entschlossen, zu heiraten und mein neues Leben in Israel zu verbringen.« Er gähnte. Ich schenkte ihm Wasser nach. »Ich werde morgen Lucia wiedersehen. Und nun kann ich auch das Grab meiner Schwester besuchen. Würden Sie mir zeigen, wo sie begraben liegt?«

»Natürlich. Wann immer Sie wollen. Wir haben sie auf dem jüdischen Friedhof beerdigt«, versicherte ich ihm.

Dann verabschiedeten wir uns voneinander. Max bat ihn, uns wieder zu besuchen, um gemeinsam zum Judenfriedhof zu fahren. Er dankte, gab uns die Hand und ging hinaus.

Wir gingen früh zu Bett. Max drehte sich unruhig neben mir im Bett hin und her. Spät schlief ich ein und träumte von Dachböden und einer Vase ...

Als ich am Morgen erwachte, war ich alles andere als erholt. Aber der erste Gedanke war, dass wir Betz' noch einmal besuchen mussten.

Max gähnte. »Moin!«

»Mensch, Max, ich habe das Tagebuch gelesen, im Haus von Senta und Herbert müssen wir uns unbedingt noch auf dem Speicher umsehen. Dort sind bestimmt noch Dinge vorhanden, die der Familie Katz gehört haben.«

»WAS soll da noch rumliegen?« Max war mal wieder nicht so sehr daran interessiert. »Ich frage aber diesmal nicht, das musst du dann machen.«

Nach dem Frühstück rief ich Senta Betz an. Sie freute sich, von mir zu hören. Ich erklärte ihr, dass wir besucht worden waren von einem Verwandten von Anna Katz. Und dass ich nun sehr viel mehr wüsste. »Eine unverschämte Frage von mir, ich weiß, aber … Dürfte ich mal mit dir zusammen auf euren Speicher gehen? Ich habe von ihrem Bruder ein Tagebuch von Anna erhalten. Könnte es sein, dass auf dem Dachboden noch altes Zeug liegt oder habt Ihr da schon aufgeräumt?«

»Nein,« erwiderte Senta, »wir sind ja erst kürzlich eingezogen und hatten das Baby gerade bekommen. Da waren wir erst einmal froh, dass wir das Kinderzimmer und unsere Räume eingerichtet hatten. Den Speicher haben wir uns noch nicht vorgenommen. Du machst mich neugierig. Ich würde gern mit dir nach Spuren von Annas Familie suchen. Wann hast du Zeit?«

»Ich könnte heute Nachmittag zu dir kommen, wann schläft euer Kind? Ich richte mich da gerne nach dir.«

»Komme gegen Eins, dann schläft unser Sohn immer.«

Am Nachmittag ging ich mit Herzklopfen zu Senta und klopfte leise an der Tür, um das Baby nicht zu wecken. Sofort öffnete sie mir. Sie hielt lächelnd eine große Taschenlampe hoch. »Hallo Inga, damit werden wir jetzt auf die Suche gehen.« Ich folgte ihr die Treppe hinauf. Die Speicherluke hatte sie bereits geöffnet und die Treppe heruntergeklappt. »Sieht erstmal ziemlich wacklig aus«, meinte ich, stieg aber als Erste auf die schmalen Stufen. Senta kam hinter mir her und leuchtete, bis wir den Schalter fürs Licht gefunden hatten. »Sehr hell leuchtet die Birne ja nicht, …«. Wir begannen, die Ecken systematisch abzusuchen.

»Wonach suchen wir eigentlich genau?«, wollte Senta wissen. »Ich suche eine rosa Vase, schau mal in diesem alten Schrank dort nach!« Fehlanzeige. Wir fanden jedoch alte Kleider, die sicher niemand mehr tragen würde, und eine Kamera. »Guck mal hier…!« Die Kamera war in einer Tüte eingepackt und dadurch kaum staubig.

»Die gucken wir uns unten im Licht mal genauer an, nimm sie mit«, schlug Senta vor. Die Vase, nach der ich suchte, fanden wir nicht. Sie hätte das Geld enthalten können, das Hans Brecht der Familie Katz geschenkt hatte. Aber vermutlich hatte längst jemand das Geld an sich genommen, außerdem wäre es ja inzwischen wertlos gewesen.

Wir schauten noch eine Weile unter den Decken und in den Kästen und Kisten nach, fanden aber nichts mehr, was auf Annas Familie hindeutete.

Unten im Esszimmer nahm ich die Kamera aus der Tüte und schaute sie mir genauer an. »Ich schenke sie dir, wenn du sie haben möchtest«, schlug meine Nachbarin vor. Das Angebot nahm ich dankend an.

»Komm, lass uns noch einen Kaffee trinken, so lange der Kleine schläft.« Senta wollte noch mehr über das Tagebuch erfahren. In groben Zügen erzählte ich ihr, was ich daraus erfahren hatte.

Dann ging ich nach Hause, wo Max schon auf mich wartete. Er aß einen Joghurt und lehnte am Fenster, schaute raus in die Fußgängerzone, wo sich eine Gruppe mittelalterlich verkleiderter Frauen und Männer getroffen hatten. Er wies mit dem Kopf auf die Gruppe. »Die werden wohl gerade fotografiert.« Ich zeigte Max die Kamera und erzählte ihm, dass wir die gefunden hatten. »Ihagee Exakta ... Dresden«, Max las den Schriftzug auf dem silbernen Mittelteil. Sie war schwarz-silber, der mittlere Teil bestand aus Metall, und sie besaß sogar einen Blitz.

»Mmh, von der Firma habe ich noch nie gehört, ist sicher ein ziemlich altes Ding, schätze ich.« Max drehte das Teil und begutachtete es von allen Seiten. »Sie scheint noch recht gut in Schuss zu sein. Kein Rost oder stärkere Abnutzungserscheinungen.«

»Tolles Ding, finde ich. Ich glaube, ich werde damit mal zu Hürtens gehen, im Fotofachgeschäft haben die doch sicher Ahnung von der Kamera. Würde gerne wissen, ob man damit noch fotografieren kann«, überlegte ich.

»Wenn du noch einen Film für diese Kamera bekommst, ist es gut möglich, dass sie noch funktioniert.« Max musste an den Schreibtisch, Klausuren korrigieren, und ließ mich mit meiner

Kamera allein. Ich ging rüber zum Fotogeschäft Hürten. »Da haben Sie aber ein altes Schätzchen! Wo haben Sie die denn gefunden? Flohmarkt?«, fragte mich die Geschäftsinhaberin.

»Das ist ein Dachbodenfund. Ich würde sehr gerne wissen, ob ich mit dieser Kamera noch Fotos machen kann und aus welcher Zeit sie stammt.«

Frau Hürten wusste sofort Bescheid: »Das ist eine Ihagee Kine Exakta, eine der ersten Kleinbild-Spiegelreflexkameras, die damals in Dresden gebaut wurden. Warten Sie, ich schaue mal kurz im Internet nach ...«

Wir fanden heraus, dass es sich hierbei um eine 1936 in Dresden von Karl Nüchterlein konstruierte Kamera mit Leichtmetallgehäuse handelte, die einen 24 x 36 mm Kleinbildfilm enthielt. Frau Hürten schaute sich die Kamera genauer an.

»Da scheint noch ein Film eingelegt zu sein!«, wunderte sie sich.

Mit ein paar Handgriffen entnahm sie eine Filmrolle. »Das ist ja ein Ding!« Wir staunten beide. »Kann man den noch entwickeln lassen?« Frau Hürten meinte, dass dieser Film zwar ziemlich alt sei, man ihn aber einmal einschicken könne. »Sowas ist mir ja noch nie passiert«, gestand sie mir.

Ich bat sie, dies zu tun. Dann verabschiedete ich mich und ging nach Hause, rief »Hallo, Max, bin wieder da!« und nahm Annas Tagebuch zur Hand und blätterte es durch. Hatte Anna nicht eine Kamera erwähnt, mit der ihr Freund Hans Fotos in Paris gemacht hatte? Ich suchte nach der Stelle im Tagebuch und fand den Eintrag. Annas Vater, nicht Hans Brecht, hatte diese Kamera besessen. Sie erwähnte den Modellnamen und schrieb, dass ihr Vater das Teil wahrscheinlich verkaufen müsse. Das war sicher kein Zufall. Diese Kamera hatte einmal Annas Vater gehört, Anna hatte sie mitgenommen, als sie mit Hans einen Ausflug zum Laacher See gemacht hatte. Ein Relikt aus alten Tagen. Ich fragte mich, was auf dem Film noch zu erkennen sein würde, und ob der Film überhaupt belichtet war. Ich ging zu Max, der aufblickte und diesmal dankbar für die Ablenkung war. »Mein Kopf brummt, was gab's bei Hürtens?« Ich erzählte meinem Freund von unserer Entdeckung.

Ein paar Tage später rief mich eine Mitarbeiterin des Fotofachgeschäftes an. »Ihre Fotos sind da. Frau Hürten bat mich, Ihnen das mitzuteilen.« Mein Herz begann zu rasen. Ich nahm meine Tasche und die Geldbörse und lief hinüber. Die Mitarbeiterin übergab mir den Umschlag mit den entwickelten Fotos. Ich zitterte, bemühte mich, ihr das Geld zu geben, nahm den Umschlag und lief nach Hause. In der Küche setzte ich mich und riß den Umschlag auf.

Die Schwarz-Weiß-Fotos zeigten deutlich ein Baby, das dunkle Haare und ein hübsches Gesicht hatte.

Lena. Ich durfte in das Gesicht von Annas Kind blicken, das nicht einmal ein Jahr alt wurde.

Kapitel 43
Wiedersehensfreude

In den nächsten Tagen ging es mir gar nicht gut. Ich stand morgens auf, guckte aus dem Fenster und mir schwindelte. So legte ich mich wieder einen Augenblick hin. Max brachte mir einen Kaffee ans Bett, um den Kreislauf anzukurbeln, aber den mochte ich nicht trinken. Allein der Geruch war mir zuwider. »Ich werde mir eine Magen- und Darmgrippe eingefangen haben«, seufzte ich und überlegte mir einen Plan, wer mich heute im Geschäft vertreten würde. »Soll ich Babs mal fragen, ob sie dir heute Morgen den Laden schmeißen kann?«, fragte Max besorgt, der zur Schule musste.

Ich nickte matt. Nach dem Telefonat kündigte Max an, dass sie gleich kommen würde. Als ich ihr die Tür öffnete musterte sie mich: »Na, du siehst ja aus. Total blass.«

»Es wird mir gleich besser gehen, ist nur der Kreislauf«, erwiderte ich schwach. Heute wollte Elias Katz seine alte Freundin wiedertreffen, dachte ich. Ich hoffte, dass er uns noch einmal besuchen würde, um zu erzählen, wie das Treffen gelaufen sei. Das muss sich sonderbar anfühlen, wenn man nach 70 Jahren einen lieben Menschen wiedersieht. Ob man sich dann überhaupt noch wiedererkennt?

Ich schlief ein bisschen und als ich aufwachte, fühlte ich mich besser. Ich ging Zähne putzen und aufs Klo und zog mich an. Katzenwäsche, in die Küche, ein Butterbrot essen, und dann konnte ich Babs im Laden ablösen. Ausgerechnet heute war viel los im Städtchen, oft klingelte die Ladenglocke.

Am Nachmittag kam Elias Katz herein, er hatte eine Dame untergehakt, die einen Hut trug und lächelte. »Guten Tag, meine Damen!«, begrüßte er Babs und mich freundlich, fast überschwänglich. »Darf ich euch meine wiedergefundene Freundin vorstellen: Das ist Lucia.« Wir schüttelten uns die Hände und boten den beiden Alten ein Getränk an, das sie dankend annahmen.

Wir setzten uns in die Leseecke. Lucia schaute sich staunend um und sagte: »Dieses Haus habe ich früher oft besucht, Sie haben es sehr schön renoviert. Mein Kompliment.« Ich dankte ihr und fragte: »Haben Sie sich denn nach so langer Zeit gleich wiedererkannt?«

»Ja, das haben wir.« Elias lächelte. »Wir hatten uns im Café verabredet und als eine Dame zur Tür hereinkam, die in etwa in meinem Alter war, die ohne Begleitung erschien und sich suchend umschaute, war mir klar, das muss Lucia sein.«

Lucia erklärte, man hätte sich dann erst einmal das ganze Leben erzählt. Sie war inzwischen Witwe und lebte alleine in Bad Münstereifel in einer Wohnung an der Alten Gerberei. Elias sprach weiter: »Auch mein Leben ist in Israel eigentlich so gut wie zu Ende gewesen, als meine Frau voriges Jahr starb. Die Söhne sind längst aus dem Haus, ich hatte keinen Antrieb mehr und keine rechte Aufgabe.

Dass ich nun Dank meines Sohnes Ben noch einmal so eine Überraschung erleben darf, ist mehr als ein Wunder.«

Babs räusperte sich, sie schien auch etwas ergriffen zu sein. »Das ist eine sehr schöne Geschichte, was werden Sie denn nun machen?«

Elias sagte, er werde nun ganz sicher seinen Rückflug erst einmal stornieren und einen längeren Aufenthalt in Bad Münstereifel planen. Es gäbe noch so viel zu sehen. Lucia lachte. Ich hatte noch nie zwei so alte Leute gesehen, die einen so glücklichen Eindruck machten.

Elias Katz schaute mich an. »Frau Meyer, ich habe da eine ungewöhnliche Bitte an Sie. Würden Sie uns einen Wunsch erfüllen und uns mit ihrem Auto eine kleine Wegstrecke chauffieren können? Es bedeutet uns sehr viel, noch einmal einen Ort aufzusuchen, den wir zu Fuß nicht mehr erreichen können.«

Ich freute mich, dass er mich um etwas bat. »Sehr gerne, ich bringe Sie überall hin. Sie müssen mir nur den Weg verraten.« Elias lachte und meinte, den würde ich dann erfahren. Wir planten, ihre kleine Tour am nächsten Sonntag durchzuführen, denn dann sollte das Wetter wunderbar warm werden und ich hätte ja einen freien Tag. Max traf gerade ein und hörte noch den letzten Satz mit. Er begrüßte die beiden Alten und ließ sich Lucia vorstellen. Seiner Reaktion konnte man ansehen, dass auch er die Frau direkt ins Herz geschlossen hatte.

Als neue Kundschaft das Geschäft betrat, verabschiedeten sich die beiden herzlich von uns. »Wollen wir uns am Sonntag hier um zwei Uhr treffen?«, fragte ich.

»Ja, das ist eine gute Zeit, um ein Abenteuer zu wagen.« Elias winkte über die Schulter, ohne sich umzudrehen, und lachte vor sich hin.

Kapitel 44
Der geheime Ort

Am Sonntagmorgen wurde ich von den Sonnenstrahlen geweckt, die durchs Fenster fielen. Sonne, das war passend für so einen Tag. Max lag noch schlafend neben mir und hatte einen zufriedenen Ausdruck im Gesicht. Ich zog meinen Morgenmantel über und lief leise barfuß in die Küche. Mikesch hatte den Umzug aus seinem alten Revier ins neue hier am Markt gut verkraftet. Wie auch heute Morgen verlangte er miauend sein Futter. Ich summte leise vor mich hin und war gespannt, wohin ich Elias heute bringen würde. Max wollte natürlich mitfahren.

Gegen 14 Uhr klingelte es an der Haustüre, Elias und Lucia strahlten. Ich hatte einen Picknickkoffer gepackt, ein paar gekühlte Getränke, etwas Brot und ein großes Stück Käse waren darin enthalten, außerdem eine Flasche Rotwein und 4 Gläser.

Es konnte losgehen. Elias half Lucia beim Einsteigen, sie nahm lächelnd neben mir auf dem Rücksitz Platz. Herr Katz setzte sich neben Max auf den Beifahrersitz. »Wohin soll uns die Reise führen?«, fragte Max etwas theatralisch.

»Hinauf zum Kloster, am Uhlenberg, ich zeige Ihnen den Weg.« Max ließ den Motor an und wir fuhren den Weg hinauf, den Uhlenbergweg entlang bis zu einem Wanderparkplatz und bogen auf Elias' Anweisung hin dann links ab. Dort stand ein Schild, dass die Straße nur für den Verkehr von Land -und Forstwirtschaft zugänglich sei. Wir fuhren jedoch trotzdem weiter. Rechts von uns erschien die weiße Kirche von Eschweiler und vor uns lag der Steinbruch des Eschweiler Tales. Nun ging der Blick von Elias suchend über die Wiese links jenseits des geteerten Feldweges. Er schien irgendetwas zu suchen. Auch Lucia blickte hinüber. »Es ist hier«, sagte sie.

»Da! Bitte halten Sie hier, Max!« Elias war ganz aufgeregt. Max ließ uns aussteigen und fuhr rechts ran, um nicht die Straße zu blockieren. Elias und Lucia betraten die Wiese, auf der das Gras gerade abgemäht war. Es duftete sehr gut nach Heu und Sommer. Ein laues Lüftchen wehte aus dem Tal herauf, sonst keine

Menschenseele. Die Alten schienen uns vergessen zu haben. Wo wollten sie nur hin? Arm in Arm untergehakt und sich gegenseitig stützend gingen sie langsam über die Wiese. Ich nahm den Picknickkorb aus dem Kofferraum und folgte ihnen mit Max. Dann sah ich ihn. Erst war er mir gar nicht aufgefallen. Er stand in der Sonne, groß und erhaben, der einzige große Baum hier weit und breit. Die beiden vor uns erreichten ihn und berührten seine dicke Rinde. Ich erkannte, dass es ein Birnbaum war, der sehr alt sein musste. Die Krone des Baumes war sicher an die zwanzig Meter hoch, der Baumstamm unmöglich mit beiden Armen zu umfassen. Solch einen riesigen Birnbaum hatte ich noch nie gesehen. Max schaute mich fragend an. Ich gab ihm ein Zeichen abzuwarten, breitete die mitgebrachte Decke auf dem Boden unter dem Baum aus, der Schatten spendete. Danach packte ich den Picknickkorb aus und verteilte die Teller und den mitgebrachten Proviant. Max setzte sich zu mir und zerschnitt den Käse in kleine Würfel, nahm Gläser und füllte sie mit Wein.

Elias und Lucia konnten sich nun vom Anblick des Baumes lösen und kamen zu uns. Sie lachten. Wir boten ihnen einen Platz auf der Decke an. Das Setzen war sehr umständlich für die beiden, daran hatte ich nicht gedacht, aber es ging. Elias sagte feierlich. »Diesen Baum haben wir 1935, also vor 80 Jahren gepflanzt. Wir haben ihn gegossen und gehofft, dass er einmal sehr groß wird und wir später einmal zusammen unter seinen Ästen sitzen können. Dieser Wunsch ist heute in Erfüllung gegangen.« Er hob das Glas und wir tranken und aßen gemeinsam mit den alten Leuten, die sich zum Glück in noch recht guter körperlicher Verfassung befanden. Wir genossen den Ausblick auf die Kirche von Eschweiler, die auf der anderen Seite des Tals lag, und horchten den Alten und ihren Geschichten aus Jugendtagen. Es war auch für uns ein einmaliger und bedeutungsvoller Nachmittag. Später halfen wir Lucia und Elias wieder beim Aufstehen und brachten sie wohlbehalten zurück nach Hause. Sie dankten uns herzlich für unsere Hilfe.

Kapitel 45
Ein neues Leben

Nach diesem Tag rief Elias uns an und sagte, er habe sich entschlossen, seinen Lebensabend in Bad Münstereifel bei Lucia zu verbringen. Er wolle nicht mehr zurück nach Israel. Sein Sohn Ben wurde informiert, der zwar im ersten Moment etwas geschockt war, andererseits aber den Wunsch seines Vaters nachvollziehen konnte.

Elias würde in Lucias Wohnung an der Alten Gerberei ziehen, so lange sich die beiden noch alleine versorgen konnten. Wir versicherten ihnen, dass wir gerne behilflich sein würden, was die Einkäufe und andere Dinge des Alltagslebens betraf. Lucias Tochter und Sohn lebten in der Stadt und sahen täglich nach ihr. Auch ihre Kinder waren amüsiert darüber, dass ihre Mutter in diesem Alter noch ihre alte Liebe wiedergefunden hatte.

Nur mir war immer noch unwohl. Ich fühlte mich schlapp und antriebslos. Die ganzen Ereignisse der letzten Wochen und Monate schlugen mir wohl auf den Magen. Am Morgen schloss ich übellaunig meine Ladentüre auf und stellte ein paar Bücherkisten mit Sonderangeboten heraus. Meine Nachbarin, die in Schwarz gekleidete Alte, die immer herumunkte, rupfte trotz ihres fortgeschrittenen Alters Unkraut aus den Steinkübeln vor ihrer Haustüre, als hätte sie mich schon erwartet. »Guten Morgen, Frau Mehlhorn!«, grüßte ich so freundlich es mir möglich war. Sie beäugte mich kritisch und kam auf mich zu. »Mädchen, Sie müssen Ingwer und Nelkenwurz nehmen. Einfach als Tee aufbrühen. Dann verschwinden die Beschwerden!«

Völlig überrumpelt fragte ich sie: »Warum?«

Frau Mehlhorn entgegnete: »Dann lässt sich die Übelkeit besser ertragen.«

Woher wusste sie …?

»Ich sehe, dass Sie ein Mädchen erwarten. Meine Mutter war schon Seherin, ich habe ihre Gabe geerbt. Sie werden ein gesundes Kind zur Welt bringen.« Dann drehte sie sich um und verschwand in ihrem Haus.

Als ich ihre Worte begriff, war mir sofort klar, dass sie recht haben musste. Ich fuhr zum Arzt, der ihren Verdacht bestätigte und mir Glück wünschte.

Mir fehlte nichts, im Gegenteil. Ich war tatsächlich schwanger. Als ich heimkam, öffnete mir Max die Tür. »Was sagt der Doc?«

»Er sagt, dass du Vater wirst.«

»Nein!«

»Doch!«

Max hob mich hoch und tanzte mit mir durch den Laden.

Und wie wir sie nennen würden, war uns beiden sofort klar, sie würde Anna heißen.

Rezept von Ingas Eifler Döppekooche

Zutaten:
1,5 kg geschälte Kartoffeln
3 Eier
2-3 Zwiebeln, kleingehackt
200 g durchwachsener Schinkenspeck
eine Kabanossi-Wurst
1 1/2 TL Salz
1/2 TL Pfeffer

Die geschälten Kartoffeln grob reiben oder in der Küchenmaschine grob zerkleinern, gehackte Zwiebeln untermischen, 3 Eier hinzugeben, die Kabanossi-Wurst in dünne Scheiben schneiden und untermischen. Mit Salz und Pfeffer würzen und den Teig gut verrühren.

Einen Bräter mit Butter einfetten und mit dem Schinkenspeck den Boden auslegen, die Kartoffelmasse zur Hälfte einfüllen, mit den restlichen Speckstreifen eine Zwischenlage bilden, dann wieder Kartoffelmasse einfüllen.

Den Döppekooche in den auf 200° C vorgeheizten Backofen schieben und 60 bis 90 Minuten backen, bis die obere Schicht goldbraun und knusprig geworden ist.

Dazu serviert man Apfelkompott oder wahlweise Salat.

Familie Brecht

Hans Brecht ⚭ **Emily Brecht** geb. Sommer

* 1901 in Düsseldorf
† 1963 in Münstereifel
Umzug nach Münstereifel 1937 ins Haus und Juweliergeschäft der **Familie Katz** (jüd. Familie)
Witwe Emily Brecht zieht 1963 um in eine Wohnung in Euskirchen und geht mit ca. 90 ins Altenheim nach Köln.

Emily Brecht: * 20.05.1910

Reinhold Sommer

* 1908
† 1989 in Dortmund
Beruf: Apotheker

Frank Brecht ⚭ **Tilla Brecht** geb. Schmidt

Frank Brecht: * 1935 in Düsseldorf
† 1995 in Münstereifel
ziehen 1963 ins Haus Markt 3, als Hans Brecht stirbt

Tilla Brecht: * 1935
lebt im Marienheim

Sabine Schätzle geb. Sommer

* 1940 in Dortmund

Walter Brecht

* 1955 in Düsseldorf
Rechtsanwalt, lebt heute in Köln
liebte seinen Großvater Hans, den er 8 Jahre kannte

Familie Katz

Johann Katz ⚭ **Elisabeth Katz**

Johann Katz	**Elisabeth Katz**
* 23.03.1881 deportiert 1942 Juwelier	* 24.02.1892 deportiert 1942

Anna Katz	**Elias Katz**
* 14.11.1914 † 22.08.1939	* 01.05.1925

Lena Katz	**Ben Katz**	**Aaron Katz**
* 11.01.1939 † 22.08.1939	* 1957	* 1955

Danksagung

Dieser Krimi wäre nicht zustande gekommen, wenn es im Winter 2014 schon einen solchen gegeben hätte. Ich betrat die Buchhandlung und fragte nach einem Bad Münstereifelkrimi mit geschichtlichem Hintergrund. Da es diesen in der Form nicht gab, kam mir die Idee, selbst einen zu schreiben.

Ohne die Hilfe vieler Menschen, die mit ihrem Vorablesen, guten Ratschlägen und Verbesserungsvorschlägen zu dem Buch beigetragen haben, wäre dieser Krimi nicht entstanden.

Besonders hervorzuheben sind Bert Schwank, der als Erster den Entwurf Korrektur las, Chavva Schneider fürs Lektorat und ihre Beratschlagung in jüdischen Essensfragen, Harald Bongart, der mit seinem weitreichenden Wissen über die Juden Bad Münstereifels eine echte Stütze und ein Quell der Inspiration war.

Ferner danke ich Herrn Martin Hein, Geschichtslehrer am St.-Michael-Gymnasium, für das Durchsuchen der Schülerlisten von 1885 bis 1895 und dem mir erlaubten Zutritt ins Schularchiv zwecks Recherche. Daraufhin bestätigte sich die Vermutung, dass David Kaufmann, der »Schindler von Bad Münstereifel«, Schüler des St.-Michael-Gymnasiums war, was bisher nicht bekannt war.

Ebenso bin ich Autorin Sophie Lange für ihre Beratung beim Thema Matronenheiligtum sowie Gertrudis Symann in Fragen rund um Ina Bresgen und der Schwanenapotheke sehr dankbar. Bei Tierarzt Rolf Grote erhielt ich Infos bezüglich Behandlungsmethoden bei Vergiftungserscheinungen, Jörg Meyer unterstützte mich in polizeilichen Fragen. Dirk Zimmer gab praktische Ratschläge in Sachen Schildkrötenhaltung und brachte mich auf eine glänzende Idee, Horst-Peter Neuse half beim Lektorat und bei der Strukturierung des Romans, beriet mich und fertigte die Karte von Bad Münstereifel an. Den Autoren Ralf Kramp und Katja

Kleiber danke ich für die freundlichen Tipps und für die Zeit, die sie sich nahmen, um mein Manuskript vorab zu lesen.

Herzlichen Dank auch an Arne Houben und den Rhein-Mosel-Verlag für die Chance, meine Geschichte zu veröffentlichen.

Wahrheit und Fiktion

In diesem Buch finden sich einige fiktive Personen, die Familie Brecht sowie die Familie Katz entspringen meiner Fantasie. Die gesamte Geschichte ist frei erfunden. Es finden jedoch einige wahre Zeitgenossen Erwähnung, die mit ihrem Wirken Bad Münstereifel vorangebracht haben. Meine Protagonistin Anna Katz, eine Halbjüdin in den dreißiger Jahren, hätte diesen Persönlichkeiten jedoch in ihrem Alltag in Münstereifel begegnen können. Viele Ereignisse sind den Artikeln der Münstereifeler Zeitung aus den Jahren 1934 bis 1939 entnommen, die ich vorab gelesen habe.

Die Geschichte um Anna Katz und Inga Meyer ist jedoch frei erfunden.

Die Orte, die in der Geschichte vorkommen, sind in Bad Münstereifel zu finden, sie haben jedoch nichts mit der Geschichte gemein. Allein das Café Le Petit ist wirklich das Geburtshaus von David Kaufmann und war auch das Wohnhaus seines Bruders Andreas Kaufmann.

Es wird nun auf Wunsch unserer Bürgermeisterin Frau Sabine Preiser-Marian eine Gedenktafel an seinem Geburtshaus angebracht.

Persönlichkeiten der Stadt Bad Münstereifel

David Kaufmann, (1875 – 1969)
Andreas Kaufmann (*1878) und Frau Frieda (*1886)
Ina Bresgen, Apothekerin (1909-1983), Leiterin der Schwanenapotheke
Schriftsteller und Maler Jakob Kneip (1881 – 1958)
Dr. Louise Greve (1895 – 1971), Leiterin des Kurhauses
Pfarrer Rothkranz (08.11.1894 in Düsseldorf, † 12.07.1978 in Bad Münstereifel)
Bürgermeister Ernst Arntz (* 1.3.1883, † 21.1.1974) im Amt ab 1.5.1934, am 13.11.1944 von der Gestapo verhaftet

Quellenangaben

Doorway to Freedom, The Story of David Kaufmann, von William E. Ramsey and Betty Dineen Shier, Mosaik Press,2008

Reichskristallnacht von Hans-Dieter Arntz, Helios Verlag,2008

Archivbilder Bad Münstereifel, Harald Bongart und Helmuth Cloot, Sutton Verlag,2003

Wildfang im Pensionat, Angelica Hartung, Bachem Verlag, Köln, 1897

Münstereifeler Zeitung, 1934 bis 1939, alle Ausgaben.

Kräutertipps aus dem Rhein-Mosel-Verlag

Wild- und Heilkräuter aus der Mosel-Eifel-Hunsrück-Region

Dass der heilige Petrus die Himmelspforte bewacht, ist Ihnen sicher bekannt. Aber was hat er dazu beigetragen, dass es heute die Schlüsselblume auf der Erde gibt? In welchem Wasser wusch Maria die Windeln des Jesuskindes? Was für ein Zaubermittel trugen die Seiltänzer des Mittelalters immer bei sich, wenn sie in luftiger Höhe ihre Kunststücke darboten, und was für eine Pflanze bekamen Kreuzritter von ihren Frauen mit auf den Weg, wenn sie ins Heilige Land zogen? Wenn Sie an den Antworten auf diese – und noch viele andere, im Zusammenhang mit (Heil-)Pflanzen stehenden Fragen interessiert sind, dann blättern Sie doch einfach mal in diesem Büchlein. Sie werden sich wundern, was es über die heimischen Wildpflanzen, die zumeist ja auch Heilpflanzen sind, alles zu berichten gibt. Der Autor hat sich bemüht, möglichst viel über die Heilkraft, die Anwendungsbereiche, und Küchentauglichkeit einiger Kräuter zu erfahren. Darüber hinaus werden aber auch viele andere interessante Dinge erzählt, die sich hinter den Pflanzen verbergen. Seien Sie neugierig.

ISBN 978-3-89801-018-4 • 176 Seiten • Broschur • vierfarbig

14,90 €